JN000513

伊集院静

ミチクサ先生

下

Michikusa-sensei

Ijuin Shizuka

講談社

ミチクサ先生（下）

装画・挿画　福山小夜
装丁　田中久子

その日、午後から金之助は鏡子を外に連れ出すことにした。

「旦那さま、どこへ連れて行って下さるんですか？」

「森戸という海岸だ」

「モ、モリト、そこには何があるんですか」
モ、モリト？　お姉サマ、何しに行くの？　イイナ、イイナ……と妹たちまでが、そこへ連れて行って欲しいようなことを言い出す。
「君たち、キヨさんは、いや鏡子姉さんはここに病気を治すために来てるんだ。遊びに来てるんじゃないんだよ」

「でもモリト海岸だから、義兄さん海水浴へ行くんでしょう」

――違う、何を屁理屈言ってるんだ、この子供たちは、まったく！

「ワァーッ、人力車だよ。あれに乗るんだ。イイナー。車に乗って海水浴だ！」

と妹たちが大声で言った。

――遊びに行くんじゃないと言っとるだろう。

鏡子までが嬉しそうにしていた。

「森戸神社は安産の神様なんだよ」

金之助が言うと、ありがとうございます、と鏡子は礼を言った。

人力車が動き出すと金之助は思い出したように袂（たもと）からちいさな封筒を取り出し、鏡子の膝の上に載せた。

「何ですか、これは？」

「俳句の稿料だよ」

「何ですか？　稿料って」

「私の俳句を雑誌が載せてくれたんだ。その御礼だ」

「俳句でお金がもらえるんですか？　まあ五円も入っています」

「二号分だ」

「これを私に？」

「ああ、何か欲しいものがあったら買いたまえ」

「本当ですか！　でも家計に使わせていただきます」

俳句でお金が……と鏡子は感心したように言い直した。

この時、鏡子は金之助の稿料を初めて受け取った。のちに小説『吾輩は猫である』がベストセラーになり、入って来る印税に目を丸くして驚くようになるとは想像もつかなかった。

車夫が森戸の海岸にむかって坂道を懸命に駆けていた。

鏡子は金之助と出かけられるだけで嬉しくてしかたなかった。

「正岡さんはお元気でしたか？」

「子規の大将かね？　ああ相変わらずだが、身体の方はだいぶ弱っていたね。それでもたいした食欲で土産品に持って行った鰻（うなぎ）は二人前、団子は三人前ぺろりと平らげたよ」

「まあ三人前も。それならリウマチもじきにお治りになりますね」

鏡子は金之助から子規がリウマチだと聞いたことを覚えていた。

「……そうだね」

金之助はそう返事をしたものの、数日前病気の具合を尋ねた時の、子規の暗い表情がよみがえっていた。

「あしはリウマチとばかり思うとったが、どうやらあしの病気はカリエスらしい。カリエスなら、この先の仕事のやりようもあろうと、先月、新聞『日本』の常勤はよしてもろうた」

「ああ、その方がいい。カリエスはゆっくり養生するのが一番と言うからね」

子規が何かと余生について語るのは、彼の性格上いたしかたあるまい、と金之助は思っていた。

「正岡さんは横になったきりなのですか？」

「今はそうだね」

「奥さま、ご家族は大変ですね」

「正岡君は独り身だよ。松山から母君と妹さんが見えて看護なさっているよ」

「それは安心ですね。許嫁（いいなずけ）の方もいらっしゃらないんですか？」

「さあどうなんだろうね」

金之助は根岸の家の控えの間の壁に飾ってあった子規の〝生涯に望むもの〟のひとつに〝伴侶に出逢うこと〟と書いてあったことを思いだし、押し黙ってしまった。

「正岡さんは旦那さまが上京されるのを望んでいらっしゃいましたよね」

「ああ、あいつは文学に傾倒しているからね。私と文学談議をしたいのさ」

「旦那さまはかまわないんですか?」

金之助は妻の顔を見返した。

森戸は美しい海岸であった。

海水浴客もいたが、のんびりしているところがよかった。ボートを借りて鏡子を乗せてやった。鏡子は満面に笑みを浮かべている。

「ボートを漕ぐのがお上手ですね」

「ボート部の部長が下手では話にならんだろう」

「旦那さまのむこうに富士山が見えます。まるで富士山を背負っていらっしゃるようです」

「そりゃ、ちょっと重いな」

「いいえ、旦那さまと富士山はお似合いです」

「キヨが言っている意味がよくわからないな」

「そんなことありません。富士山はどの山より高くて大きいでしょう。旦那さまと似ています」

「あまり、おかしな喩(たと)えをしなさんな。私は背も高くないし、こころも狭量だよ」

金之助のにべもない言い方に鏡子はうつむいた。それでも思い直したように話しはじめた。

「旦那さま、上京なさったら何かなさりたいことがおありなのですか?」

鏡子の言葉に金之助は妻の顔を見た。

「いや、別段ないが……」

「何か旦那さまがなさりたいことがあれば、私はそうしていただきとうございます」

——そうなのか……。

「そうしていただくことが鏡子の望みです」

二人はひとしきりボートで周遊し、桟橋に戻った。桟橋に立つと鏡子が声を上げた。

「わあ〜、綺麗（きれい）！」

鏡子が指さした方角に夏の夕陽に光る江ノ島があり、そのむこうに空一面の朱色の中に富士山が浮かび上がっていた。

それは相模一帯でもっとも美しい富士の風景だった。

「私は、こんなに美しい富士山と海を、旦那さまが、どんな文章でお書きになるのか、読んでみとうございます」

金之助は鏡子の言葉に胸の奥の何かが揺れ動くのを感じた。


鎌倉と東京を往来する日々が続いた金之助は、鎌倉にいたある日、円覚寺を訪れ、僧、釈宗演（しゃくそうえん）と面談した。

釈は金之助が松山に移る少し前、米山保三郎（よねやまやすさぶろう）と参禅した折に世話になった僧で、保三郎に〝天然居士（てんねんこじ）〟の禅号を与えた今北洪川（いまきたこうせん）のあとを継いで住職となっていた。年齢は金之助と七つしか違わないが、大変聡明な僧で、保三郎と釈の問答はそばで聞いて感心するものがあった。三人で鎌倉で過ごした折、保三郎の空間論についても議論した。

「そうですか。米山さんは亡くなりましたか……」

釈は静かに言って、沈黙した。

「はい。惜しいことをしました。来年には欧州の留学も決まっていたのです」

「それは残念だ」

釈が供養をするというので、金之助も従った。

「それは夏目さんもお淋しいでしょう」

「はい、淋しい限りです。ご住職、あの世は本当にあるのですか?」

「………」

釈は何も返答しない。

少しお待ちを、と言って釈は姿を消し、ほどなく戻るとちいさな札を差し出した。そこには〝天然居士〟と記され、裏返すと明治三十年五月、米山保三郎と丁寧な文字でしたためてあった。

「これは有難い。二人で写した写真に時折、手を合わせていたのですが、どうも具合が悪くて」

「あらためていらして貰えれば位牌も用意しておきましょう。この戒名は実に米山さんらしい。それにしても、あれほど真っ直ぐに倫理にむかえる人も珍しかった」

釈が笑った。

金之助は、円覚寺を出ると、そのまま東京にむかい、根岸に子規を訪ねた。

「おう、そいか。〝天然居士〟を供養してくれたか。なかなかの坊主じゃのう。これで米山君も迷うこともなかろう」

「いや、明日には熊本へ帰る。新学期もはじまるし、新任教師のこともある」

「美しい奥方は?」

「そのうち帰って来るだろう」

金之助は熊本に着いて、こう詠んだ。

　月に行く漱石妻を忘れたり
熊本の駅に着いて駅舎を出ると、車夫が待っていた。

先生、よう帰んなはったね。元気んごたるけん安心したですばい、と白い歯を見せた。

「新しい家はどうだね？」

夏目家は、また引っ越していた。

皇太子（のちの大正天皇）の傅育官をしていた落合東郭の留守宅で、こちらの方が夏目金之助先生にふさわしいというので引っ越した。

ともかく金之助は、熊本にいた四年間で六回、生涯で十七度引っ越しをしている。落ち着かないのではなく、引っ越しに縁があるのである。

幼少のころは生家と養家の往来も頻繁にあった。誕生した時からすぐに里子に出され、新宿の夜店の売り場の台の上にいたのを姉に見つけられ、すぐに牛込の家に戻されて以来、金之助の暮らしは引っ越しとともにあった。

「大江村の新しかお屋敷は眺めがよからしかけん、先生も気に入らるるたい」

――そうか……。

金之助は阿蘇の山から湧き立つ噴煙を眺めながら、その煙の姿が懐かしく思えた。

熊本に住んでから一年半になろうとしていた。

――この土地はもう自分にはかけがえのない所になっているのかもしれぬ。

阿蘇の噴煙を見ながら金之助は、神奈川の森戸海岸で鏡子と二人で見た、朱色に染まった美しい富士山と江ノ島と相模の海景を思い出していた。

耳の奥から声が聞こえた。鏡子の声だった。

「……美しいですね」

タメ息混じりの声だった。

金之助もあれほど美しい富士山を見たのは初めてだった。

「私は、こんなに美しい富士山と海を、旦那さまが、どんな文章でお書きになるのか、読んでみとうございます」

鏡子は陽差(ひざ)しに顔をかがやかせて、はっきりとそう言った。

金之助は妻の、その言葉がひどく印象に残った。風景がどうというのではなく、金之助がどんなふうに書くか、つまりどう表現するかを読んでみたい、という発想が面白かった。

二人が、あの場所で眺めた光景は同じはずだが、それをどう描写するかに興味が湧くと言う。

——面白い女性だ……。

「ほう、こりゃなかなかじゃないか」

金之助は屋敷の裏手に人力車を停(と)めさせて夏の風に波のようにたなびく桑の葉のあざやかさに感心していた。

「そげんでしょ。これば先生に見するごつ菅虎雄(すがとらお)先生に言われたですたい」

いかにも菅らしい指示に、金之助は顔をほころばせた。一面の桑の畑は残暑の中で、そこだけが美しい眺望でひろがっていた。

「奥さまはいつ帰んなはるとですか？」

「あいつは好きな東京でまだのんびりしているよ。その方が、こっちも自由に行きたい所へ行けて、都合がいいってものさ」

「あげん別嬪(べっぴん)の奥さまがおらすとに、なして先生(しぇんしぇい)は放ったらかしにしなさるとじゃか？　おいにはいっちょんわからん」

車夫は小首をかしげていた。

玄関を入ると、奥から、ミャ〜オと声がした。

「あいつも引っ越して来てやがるのか？」

「あん猫は、もうこん家の主(ぬし)んごたる」

「主か？　ハッハハ、そりゃいい」

すると、ワン、ワンと野太い吠(ほ)え声がした。

「犬も住みはじめたのか」

車夫は金之助を降ろし、足元にじゃれていた犬を抱き上げ、こりゃよか犬ばい、と笑っていた。

「ここらは鹿児島ん、ほれ、西郷どんの犬んごと、たいぎゃ賢か犬のおるとです。こん屋敷は長(なん)か間留守やったけん用心するとに飼わっしゃったとでしょ」

「お帰んなさいませ」

若い女中が丁寧に頭を下げた。鏡子付きのテルである。

「どうだ？　寝坊の願掛けは効いたかい？」

女中は頰を赤らめてうなずいた。

「先生、お帰りなさい」

五高生徒の寺田寅彦(てらだとらひこ)が猫を抱いて立っていた。

「おう寺田君、元気かね？」

「はい。新しい俳句をお見せしようと先生のお帰りを待っていたんです」

「勉強の方はきちんとしていますか」

「勿論(もちろん)です」

翌月十日、五高の開校記念日で、金之助は全教員を代表して、祝辞を述べた。

日曜日の朝なので金之助はゆっくり起きた。

寝間着のまま書斎へ行き、読みかけのテキストに目を通した。

玄関の方が騒がしかった。犬の声に、猫の声が重なり、女中の声がさらに重なる。

廊下を小走りする足音に、金之助は庭の方に目をやった。

せわしなく障子が開き、奥さまが帰んなはりました、と女中のテルが嬉しそうに言った。

——そうか、帰って来たか……。

足音が続き、障子がゆっくりと開き、

「長いことお一人にしてご不自由をさせ申し訳ありませんでした」

「いや、不自由はしてないよ。むしろ一人で気楽だったよ」

「旦那さま、ようやく奥さまがお帰りになったのですよ。一人で気楽はございませんでしょう」

女中のとくの声だった。

金之助は襟元を正して、座り直した。

鏡子の顔を見ると、金之助が鎌倉にいた頃より少しふくよかに見えた。

「元気そうじゃないか?」

「は、はい。ゆっくり養生させていただきましたから」

鏡子の言葉に重ねるようにとくが言った。

「もう奥さまはすっかりお元気になられました」

「そうかね。それは何よりだ。まあ今日は旅の疲れもあるだろうから、私の世話はいいから休みなさい。丁度、今日から小天の温泉まで山川と出かけることになった」

「えっ！　今からですか……」

鏡子が不満そうに言った。

「山川さんが行ったそうだが、なかなか湯もいいらしい。キヨさんの身体の養生にもなる。下見がてら行って、次は連れて行くよ」

「本当ですか？」

金之助がうなずくと鏡子は少女のように白い歯を見せた。

いつの間にか猫が鏡子の隣りにすり寄っていた。

テル、ととくが甲高い声を出し、

「奥さまから、この図々しい猫を離しなさい。それと犬もきちんと繋いで」

とたしなめた。

鏡子が出て行くと、金之助はとくに言った。

「あれは犬や猫がダメなのかい？」

「そうじゃ、ありません」

とくは言って金之助の方に近づいて、

「赤児をこしらえなくてはなりません。犬猫を近づけさせてはいけません」

「そういうものなのか？」

「そういうものです。次はきちんとしてもらいますから」

——どういう意味だ？　私に何か落度でもあったというのか……。

金之助はそれが訊きたくて、とくを見返した。

「旦那さま、奥さまはもうすっかりお元気になられましたから、どうぞよろしく願います。女は赤児を産めば変わります」

「そういうものかね」

「そんなふうに他人事のようにおっしゃらないで下さい。奥さまはこれから二人でも三人でも五人だって立派な子を旦那さまに産んでさしあげられます」

「ほう、ずいぶんと多いね」

「多い方が賑やかでよろしゅうございます」

「鎌倉のように賑やか過ぎるのはごめんだよ」

金之助は別荘での騒々しさを思い出して言った。

「それは中根(なかね)の家の躾(しつけ)がなっちゃないんですよ。その小天と言いましたか、お二人でゆっくり過ごされるのもよろしいかと。料亭も、芸者さんも居ない所なんですか」

「おいおい、ここは熊本だよ」

皆して出かけるのは日中、周囲に、散策するには手頃な山があり、そこを登山するのが半分目的だった。金之助は市内から西北に峠と山々が連なった先にある、この小天村に行ってみたかった。

特別高い山があるわけではなかったが、荒尾山(四四五メートル)、鎌研(かまとぎ)坂、鳥越峠、熊ノ岳(六八五メートル)と、山歩きをするのに、それぞれの山に風情があった。

のちに小説家になって執筆した「草枕」は、この一帯で過ごした日々の出来事が、思いつくままに書かれたような文章ながら、名作と呼ばれるものに出来上がる。

小天は、言わば金之助の熊本の日々がそのまま映し出された土地であった。

「おや、もうお出かけなんですか。せっかく奥さまがお帰りになったというのに……」

女中のとくが不服そうに言った。

「うん。そうだが、目的地の小天温泉に着くには峠をふたつ越えなくちゃならない。もたもたしていたら、それこそ山賊に遭いかねん」

「それはまた怖い道中ですね」

「フッフフ、大の男二人の道中だ。そのくらいのことがあった方が楽しみと言うものだ」

「ご用心なすって下さいよ。これからたくさんお子さんを作ってもらわなくちゃいけませんから」

とくと話をしていると、同行の山川信次郎と見送りに来た菅虎雄があらわれた。

山川はゲートルを巻き、肩から水筒をぶら下げて勇ましい登山の恰好をしていた。山川の姿を見てとくが言った。

「まるで行軍の兵隊さんですね。ロシアの兵隊でも探しに行くんですか？」

「小天へむかう山道は思ったより険しいんですよ」

以前一度、温泉を訪ねている山川が応えた。

「山川さん、くれぐれも旦那さまを無事にお帰しして下さいよ。山賊に襲われたりなされないようにお願いします」

「小天に着けば、前田案山子さんがおられます。案山子といえば細川藩で槍術の指南役を務めた達人ですから」

「そりゃ頼もしいですね」

「おいおい、冗談話をひろげるんじゃない。菅さん、小天は久留米までの通り道でしょう。どうだね？　温泉で休んでは？」

「いや、就職先のことで東京から客がある」

菅に一高の教員の話がもち上がっていた。

「私は一高の教員をする方がいいと思う」

金之助が言うと、山川もすぐに、

「熊本じゃ、ドイツ語の文献も入手に手間取るでしょう。私も夏目先生に同意見ですね」

と応じた。

金之助は上京した折にもそうだったが、五高の教師のレベルを上げるため何かと校長たちと話し合い、動いていた。菅に五高に戻ってほしい気持ちもあったが、菅としては東京で仕事をした方がいいと考えていた。

玄関先に立つ鏡子、とくとテルに寺田に犬、猫に見送られて屋敷を出発した。

金之助と並んで歩く菅虎雄が言った。

「とくと言ったかな、あの女中。山川の恰好を見て、ロシア兵でも探しに行くのかと言っていたが、ずいぶんと世情に詳しいな」

日清戦争に勝利し、賠償金は得たものの、終戦後すぐにはじまったフランス、ドイツ、ロシアの三国干渉で、日本は割譲された遼東半島の放棄を余儀なくされた。国民の間に不満が高まり、次はロシアとの戦いだと日本人の多くが口にしはじめていた。

「どうやら次の相手はロシアらしい」「富国強兵の銃は北へむけられるぞ」とまことしやかに語られていた。

そんな話を女中のとくが察知していたのに菅は感心したのである。

「とくはもともと義父の友人の恩給局の官吏の家に奉公していたんだ。その人もドイツ語専攻だったそうだから、いろいろ聞きかじったんだろう。それにとくは少し男勝りのところがあるからね」

「ほう、そりゃ勇ましい」

やがて前方に、秋の陽差しに外輪山が稜線を重ねる金峰山の麓が見えて来た。

じゃ、私はここで。菅が立ち止まって二人に手を振った。

道はすぐに勾配がきつくなり二人は少し速度をつけて歩き出した。

「いや、菅さんも言っていたが、夏目先生は小天がきっと気に入ると思うよ。何だったかな……。菅さんの言い方では〝文学的情景〟と言ったかな、いや少し違っているな。ともかく菅さんは何度も峠道で立ち止まり、嬉しそうにうなずいて、これは夏目君好みだ、とか、俳句よりも漢詩が似合うかもしれんとか……」

山川の話を聞きながら、兄のように慕う菅がそう言ってくれたのが、金之助は嬉しかった。

峠道を左に折れた時、金之助は思わず立ち止まった。

眼下に有明海が広がっていた。先に目をやると霞の向こうに雲仙普賢岳が、まるで中国の南宗画で描かれる山水画のように姿をあらわしていた。

――これは見事だ。こんな風景が日本にあるとは思わなかった……。

あと十五町ばかりの山道で、しとしとと雨が落ちて来た。山川が雨笠を金之助に渡し、彼は油紙を肩から被った。金之助も用意しておいた赤い毛布を頭から被った。雨雲を仰げば海の方の空が白みはじめているから、長くは続きそうもない。二人とも山登りに慣れていた。

雨が降ると鳥の鳴き声がやんだ。雲雀の声が先刻まで軽やかに聞こえていたので、金之助は雨がくやまれた。雲雀の声を足で踏んでいるような歩行ですこぶる心地よかったのだ。

ほどなく光が足下に差しはじめると、山川が立ち止まった。

「先生、ほれ、あそこですよ、小天は」

と左下方を指さした。

有明海に面したちいさな村が秋の雨後の夕陽の中に浮かび上がっていた。

山川が言うには、宿泊するのは前田家の別荘であった。前田案山子という細川藩で槍術指南を務めた人物の屋敷だ。明治以降、立候補して第一回総選挙で衆院議員となった。その案山子が、政治家や仲間を熊本に招く折に使った温泉のある別宅で、二人は今夜から、世話になることになっていた。

手慣れた温泉宿ではないから、素人っぽい所がいいという話で、世話賃でも置いて行くと、あわてて返しに道を降りて来るらしい。

「三号室か、いいじゃありませんか」

金之助は部屋に入って番号札を見て笑った。

「湯を持って来るより、下に薪を燃やしているから、そこに当たる方が足はすぐに乾くでしょう」

それもそうだ、と足袋を脱いで干すと、横から金之助を見る気配がした。

見ると、そこに掛け軸に描かれた一羽の鶴の画があった。

「おや、これは若冲（じゃくちゅう）じゃないか」

「ほう、さすがに夏目先生だ。以前来た時は六人の男の誰も、作者のことはわからなかった。伊藤若冲はお好きですか？」

「ことさら好きではないが、この若冲はいいね。ひと筆の筆致が大胆でいい」

「聞けば、得意は鮮やかな彩色画らしいいね」

「そうだが、ひと筆の若冲もいいんだ。こんな場所で出逢うとは思わなかった」

金之助がうなずくと、山川が笑っていた。

老婆が盆を手に入って来て、お茶を差し出した。真っ黒な茶であった。以前、台湾からの茶と教えられて、同じ茶を飲んだことがあった。苦味が合わぬという人がいるが、金之助は好みだった。

「お風呂にご案内しますで、ご準備ができましたら言ってやって下さい」と言い残して部屋を出た。

金之助は立ち上がって、襖（ふすま）を開け、お婆さん、お婆さんと声を掛けながら廊下へ出た。あの、お婆さん、と言うと、そこに立っていた女性が、

「まだお婆さんじゃありません」

と言った。若い、年の頃なら二十一、二歳の色白の女性が立っていた。金之助を見上げた眼差（まなざ）しがまことに美しかった。

「あっ、これは失礼した」

金之助は相手に会釈した。

やあ、卓子（ツナ）さん、ご無沙汰しています、と山川が声を掛けている間も、女性は金之助を見つめた瞳をまばたきもせず、じっと見つめていた。金之助も、瞳の美しさに感心して、女性をじっと見返していた。

金之助は、我にかえって女性に言った。

「あなたをお婆さんと言ったのではありませんから悪しからず……」

「そんなことかまいません」

女性ははっきりした声で言った。

「あなたは、この宿の人ですか？」

金之助が尋ねると、

「ここは宿でも、旅籠（はたご）でもありません」

その言い方が、怒っているふうでもなく、かと言って嫌味にも聞こえない。

――素直な女性なのだ……。

と金之助は好印象を抱いた。

「初めまして。五高で教鞭（きょうべん）をとっている夏目金之助です。山川君とは仲間でして、今回ここでお世話になります」

「前田卓子（つなこ）と申します。よくお見え下さいました。何もてなしはできませんが、どうぞごゆっくりなさって下さい」

あきらかに厳しい教育を受けた言葉遣いだった。女性はすぐに湯殿の方へ立ち去った。

山川の言葉に、金之助は笑って大きくうなずいた。

「ぶっきら棒だが、悪い人じゃない」

――面白い女性だ。おおいに気にいった。


湯殿でちょっとした出来事があった。

金之助と山川は湯船に肩までつかると、湯煙りの中に沈むように目を閉じた。

「夏目先生に気に入っていただければ嬉しい限りです」

山川は金之助が大江村に転居してからも居候を続けていた。

「湯もなかなかだね」

「それはよろしゅうございました」

「あの〝三番〟の部屋の座卓も、茶棚も趣味がいい」

その茶棚は竹で帆のかたちにこしらえてあり、金之助は紫檀（したん）の机に頬杖ついてしばらくその茶棚を満足そうに見ていた。

「やはり掛け軸の伊藤若冲も、鶴に梅のひと筆描きを選んでいるのが、さすがだな」

「そうなんですか」

「うむ、こんな鄙（ひな）びた温泉なら、若冲でも得意の色あざやかなものを選ぶのが気遣いに思えるが、逆に枯淡（こたん）を選んだところに主（あるじ）の好みがわかる」

「ほう、そんなものですか……。しかし夏目先生、あのような軸の作者がすぐにおわかりになる。私なんぞ珍紛漢紛（ちんぷんかんぷん）でした。画はどちらで勉強なさったのですか」

「別に勉強などはしないよ。子供の頃、東京の牛込の生家の蔵に山水画や浮世絵まがいの画があってね。それをよく見ていた」

「ほう、蔵に名品が……」

「名品などではないさ。若冲も京都で見たことがあるだけだ」

「しかし、たいしたお家だったのですね」

「いや、ただの没落名主の家です」

「そんな……」

「自分の家をことさら名家のように言うのは品がないが、これは本当のことです」

「……はあ」

その時、奥の方から木戸が開く音がして湯船の湯気が幕を上げるようにひろがり、そのむこうに人影がふたつ見えた。

人影のむこうに衝い立てがあり、そのむこうにもうひとつの湯船が見え隠れしていた。

女性であった。

全裸のまま、鶴のように立っている。その立ち姿がなんとも優雅であった。金之助は偶然にしても、美しい艶姿(あですがた)に見惚(みほ)れていた。


翌朝、早い朝湯を使い、老婆が用意した朝食を摂った。

「昨夜はよく休めましたか」山川が訊いた。

「うん、峠をふたつも越えたので身体が疲れていたのだろう。ぐっすりと寝たようだ」

「先生、昨晩は驚きましたね」

「何がだね？」

金之助は山川の言いたいことを察したが、ことさら無視をした。

「ここのお嬢さんのツナコさんとの湯屋での遭遇ですよ」

「ああ、あれか」

と返答しながら、金之助は、

——そうだ、ツナコといったな……。

と思っていた。

湯屋で、彼女は金之助と山川の存在に気付かず、平然と歩いていたし、途中、なんと背伸びまでしていた。金之助は思わず生唾を飲み込んだ。

――大胆な女性だ……。

昨晩、自分を見つめ続けた表情……、湯屋で背伸びした時の牝猫のような肢体……、昨夜から金之助の脳裡にあらわれる女性の姿に、戸惑うことがしばしばだった。

このような神経は、金之助には珍しいことだった。しかし、その感情は、シェークスピア作品の、例えば『ロミオとジュリエット』の中に登場する〝恋の病い〟などではない。

美しいものを眺めるだけで、さらに言えばその対象を考え、思いあぐねるだけで、気持ちが昂揚しているのがわかる。

まったく人間はそういう生きものなのではないかと思う。

ツナコがすでに小天を出ているというので、金之助は少し落胆した。〝朝の顔〟を見てみたい、日中の顔を見てみたいものだ、と思っただけのことである。

金之助と山川は別荘を出て、熊本市中にむかった。昨夜の雨もどこかへ去り、秋の澄み渡った空の下、金峰山地の峠道を歩き出した。

「山路を登り……」突然、金之助が声を上げた。

「えっ、今、何とおっしゃいましたか？」

「うん、〝山路を登りながら、こう考えた〟と言っただけだよ」

山川が立ちどまって言った。

「どう考えたのですか？」

「さあ、それはわからんよ」

「わからないのですか。でも私は先生がどう考えたのかを知りたいと思ってしまいます」

「なぜだね？」

「私も山を登りながら、いろいろ思ったことはありますが……。こう考えた、とおっしゃると、やはり、どうお考えになったのかを知りたくなるのは、人の思いというものではないでしょうか」

「ほう、そういうものかね？」

「はい、そうです。特に夏目先生がどんなふうに考えられたのかを知りたいです」

「私が、かね？」

「はい、そうです。先生がどんなふうにお考えになったのか、知りたいのです」

「なぜ、私なのかね？」

「それは、先生だからです」

「それは少し強引じゃないかね？　なぜ、私なのか、その理由が曖昧だね」

「上手（うま）くは説明できませんが、先生だから皆が知りたいんです。それは本当です」

「私には君の言っていることがよくわからない」

「よくわかってもらえなくていいんです。私たちにはわかるんです」

「私たち？　それは誰のことかね」

金之助は首をかしげた。

「私と、少なくとも五高の生徒たちです」

金之助は山川を見ていた目を、彼の背後の海に移した。

「ほう、それは大変だね」

「ほら、山川君、見てみたまえ。これほどのどかな海は他にはそうないでしょう」

秋の陽差しに有明の海が貴石のようにまぶしくかがやき、雲仙の稜線が明るく光っていた。

「私は、こんなに美しい富士山と海を、旦那さまが、どんな文章でお書きになるのか、読んでみとうございます」

鏡子の声だった。

――なぜ、私なのだ。

何かを無心に信頼している妻の表情が浮かんだ。


金之助が大江村の屋敷に戻ると、鏡子と女中のとく、テルと、猫、犬が迎えた。

「いかがでしたか、小天の温泉は？」

「もう少し綺麗にしてくれていれば、キヨさんを連れて行けるんだが……」

と金之助が言うと、鏡子には北九州の温泉の旅がよみがえって、少し顔を曇らせた。

下宿人が増えたので挨拶に来た。下宿料をいくら払えばいいか聞いてきたので、金之助は、ここは下宿屋じゃないから、そんなものはいらないと言った。それでも、鏡子ととくが算段して、山川や長谷川と同じ五円を受け取ることにした。

秋も終わる頃、熊本は冷えはじめた。

金之助は体調のことを思って、朝の冷水摩擦を始めることにした。

上半身裸で庭に出たのはいいが、やはり冷水は想像以上に冷たかった。ほんの少し濡れた手拭いが肌に当たるだけで飛び上がってしまう。

それを活け垣のむこうから見ていた植木屋や女中のテルが、

「先生は小鯛のごたる」

と笑っていた。

金之助は教頭格であったから、英語教師をはじめ、他の学科の教師たちの仕事振りをよく見て回った。そうしてイイ加減な教え方をしている教師には厳しく注意をした。校長と話し合い、能力がない教師の罷免も提案した。同時に優秀な新任の教師を招くために、さまざまなところへ手紙を出し、誘致をした。

奥太一郎(おくたいちろう)もその一人だった。

鏡子の体力は以前のように快復し、家の中は笑い声と犬、猫の鳴き声で賑(にぎ)やかだった。

金之助は時折、小天温泉で出逢ったツナコのことを思い浮かべた。

「旦那さま、大丈夫ですか？　何か心配事でもおありですか？」

鏡子にそう尋ねられ、まさか温泉で出逢った女性のこととも口にできぬので、金之助は苦笑いをして、鏡子を見ていた。

体力が戻ってからの鏡子は顔もふくよかになり、落着いたのと同時に、そのやわらかな所作に、金之助は、時折、ハッ、とさせられることがあった。

——いかん、いかん。昼間から何を考えておるのだ……。

夕刻、金之助は屋敷の庭に出て、一面にひろがる桑の畑を眺めていた。

その日の夕陽は特別美しかった。

あざやかに染まった彩雲がいく層にも重なり、時折、雲間からキラリと差す陽差しが、街の喧(けん)噪(そう)を歩いている時にどこからともなく聞こえて来る女性の艶やかなささやきに似ていた。

「あの方のことを好いていらっしゃるのね」

そのささやきが本当に誰かが交わした会話なのかは正確にはわからないが、金之助は思わず足を止めて、近くを見回してしまうのだ。

幻聴のようにも思えるが、声の主はわからぬ。

大江村の屋敷の裏手にひろがる桑畑と、その木々に当たる秋の落陽は実に風情があった。

風の音の中に、唐突に声が聞こえた。

「私はあなたのような方とおつき合いはできません。そういう女ではありません」

そう言って相手は哀しそうな目をしてうつむき、小走りに汐留の浜辺を立ち去った。

あの女性だった……。

お茶の水の駿河台にあった井上眼科の待合室で出逢った女性だった。

新橋、烏森の自宅を訪ね、汐留の浜辺で言葉を交わした。

あの日から六年が過ぎているが、金之助は、時折、彼女のことを思い出し、心の中で美しい面影を見つめることがあった。その度に胸のどこかに痛みを覚えるが、切なくて苦しいという感情より、その追憶に浸る自分を金之助は、むしろ冷静に見てしまうのだ。

——どうして、急にあの人のことを思い出したのだろうか……。

秋の夕風になびく朱色の桑の葉と夕陽を見ながら金之助は、自分の感情がひろがった原因を探った。

「ああ、そうか、この夕陽だ……」

金之助は声を上げた。

彼は井上眼科で、彼女に逢えなかった日、一人駿河台のてっぺんから、関東平野に沈む夕陽を眺め続けていた。

「どうして今日、あの人はいなかったのだ」

待合室で彼女の姿を探し続け、落胆し、とぼとぼと本郷へむかって歩いた帝大時代の自分の姿と、あざやかな夕陽がよみがえった。

「まあ、本当にそんなことを旦那さまが奥さまにおっしゃったのですか?」

「はい。〝あいつが、俺の本当の好みの女性さ〟って何やらなつかしそうな顔をして笑っておられました。何でも帝大時代に駿河台の眼医者さんの待合室でお逢いになったそうです」

「そんな昔の話をよく覚えていらっしゃいますね。しかも相手の女性の話を奥さまになさるとは、旦那さまこそ、オタンチンのパ、パ、パ……」

とくが言葉に詰まると、鏡子が、

「オタンチンノパレオラガスです」

と言って、フッフと笑った。

「そう、そのパル、オタンチンですよ」

「パレオラガスですから」

「どっちだっていいんですよ。奥さまのようにやさしくてお綺麗な方に、昔の女の話をする料(りょう)簡(けん)が許せません」

「リョウケンって何ですか?」

「料簡と言うのは、ケチな男がない頭で考えたツマラナイ考えのことです」

「旦那さまの頭の中には何もないのですか?」

「そりゃ、五高の先生ですから、少しは何かが入ってるんじゃないですか」

「私は、その人のことが気になって、その方はどんな方なのですか? と訊いたんです」

「それで旦那さまは何と言われたんです」

「眉は柳眉で、そうさな、腰付きは柳腰と言うんだろうな、あれは……」

「柳腰？　まあいやらしい。そんなことを旦那さまは奥さまにいけしゃあしゃあと……」

とくの顔が七輪の火のように赤くなっていた。

「でも、ヤナギが多い女性なんですね」

「おおかた柳橋の芸者か何かじゃありませんか。そんな女と奥さまじゃ比べものになりません。奥さまの良さは、このとくが一番よく知っております。これからは旦那さまが昔の女性の話をなすったら、こうおっしゃいなさい。〝私という妻がありながら、よく昔のツマラナイ女の話ができますね〟とね」

「それは旦那さまが可哀想じゃありませんか」

「どこが可哀想なんです？」

「いろんなことをお考えになるのが、お仕事ですし……自由にされた方がおしあわせかなと……」

「いいえ、そんな相手がつけ上がるようなことは口にしてはイケマセン」

「……そうか、人間というものは、同じような光景を見た時に、記憶がよみがえるのか」

金之助はもう一度、沈もうとする夕陽を見た。

やはり駿河台や、本郷の坂道に立ち止まって眺めた夕陽のあざやかさと同じだと思った。

しばらく陽光と彩雲に目を奪われ、金之助は声に出して言った。

「あの人は今、どこで何をしているのだろうか？」

声に出してみると、忘れていたはずの時間がよみがえり、金之助は淋しい気持ちになった。

もう一度、落日を仰いだ。

「あの人は……」

と言いかけた時、ミャーオ、と声がした。振りむくと、猫がじっと金之助を見ていた。金之助は、猫の目をじっと見返した。猫はまるで胸の内を見透かしたように鋭い視線を投げかけている。

「たしかに不謹慎な想像ではあるが、おまえからそんな目で見られる覚えはない。シーッ、シーッ、むこうへ行け」

金之助は手で払うようにした。それでも猫はじっと見たままである。その猫の鋭いまなざしを、どこかで見た気がした。

——そうか、その目は小天温泉で見かけたのか。

そうつぶやいてから、金之助は大きなタメ息を零した。


あと半月もすれば、熊本で二度目の元旦をむかえる。金之助は鏡子ととくとテルを呼んで言った。

「今年の年賀は、一月に崩御された英照皇太后の喪が明けませんから質素にするように」

三人の女は並んで頭を下げて、承知いたしました、と言った。

「旦那さま、それはお酒を出すなということでしょうか」と鏡子が訊いた。

「屠蘇(とそ)の酒を少しくらいならかまわん」

「でも山川さんは盃(さかずき)のお酒など一気に二、三杯お飲みになります」

「ひどく酔うほど、騒ぐほど飲むなということだ」

「よく承知しました」

「私は正月の間は小天へ行く」

「えっ、またですか？」

とくが言った。

師走の二十八日、金之助は山川と荒尾橋を渡り鎌研坂を登っていた。

山川が楽しそうに言った。

「今回は、例の、あれはないのですか？」

「あれとは何だね？」

「あれですよ。〝山路を登りながら、こう考えた〟ですよ、ハッハハハ」

——まったく、人が真面目に言葉を探しているというのに、あれとは何のつもりだ。その上笑い出すとは……。

「山川君、その、あれは、そんなにおかしいかね？」

「そりゃ、そうですよ。山路で突然そう言われれば誰だってびっくりしますよ。ハッハハ」

今回は往(い)きにもう少し高い所を登っておこうというので熊ノ岳の頂上まで登ってみた。

冬とは言え、やはり途中で身体は熱くなり、額にうっすらと汗を掻(か)いた。

「いや来る度に、この山系は絶景が多いですね」

山頂近くの大岩の上に立って山川が言った。

金之助も並んで立ち、有明の海景を眺めた。海風が火照(ほて)った身体に当たり、気持ちが良かった。

熊本に着任して本当に良かったと思った。

小天にツナコはいなかった。前もって来訪を告げるほどのことではないので、それはそれで受け入れるしかない。替りに、ツナコの父の前田案山子と歓談する機会を持った。

案山子は、これほど立派な髯はそうあるまいという髯をたくわえていた。

「佳いお嬢さんですね。先日はお蔭でひと心地着けました」と告げると、「ああ、あれには肝を焼いとります。男に生まれて来た方が、あれにとっては幸せだったかもしれませんな」と言って苦笑した。

話が世界情勢の話題になると、案山子は必ずやロシアとは一戦を交じえるようになると断言し、むしろ本当の敵はアメリカである、と主張した。

政治家が軟弱になったことを憂い、そのまま日本人の軟弱さを表わしていると憤っていた。山川がロシアと戦争になれば、日本はかなりの窮地に追いやられるのでは、と尋ねると、戦争の決着は、兵隊の数や国力の差ではないと案山子は言い切った。

金之助は何も発言しなかった。

明治三十一年の正月、金之助は小天温泉、前田家三号室の窓辺に座り、むかいの居間から聞こえて来る笑い声を聞いていた。

別荘の男女衆が手持ち無沙汰なのか、山川信次郎が朝から屠蘇の酒に酔ったのか、広間に衆を集めて、落語の真似事をして笑わせていた。

——あんなもんで落語のつもりなのか……。

金之助は呆きれていた。

妻の鏡子は、いたる所が汚れているだろうと来たがらなかったので、熊本の自宅でのびのびとして、下宿人の俣野義郎を訪ねてきた友人たちと歌留多をして遊んでいた。

鏡子があんまり嬉しそうに笑うので、猫と犬が縁側から部屋を覗いていた。

「それではおあとがよろしいようで」

と山川の大きい声が届いてようやく静かになるが、障子戸を開けると、もう一席やってくれんですか、と男衆の声があちこちからかかり、さいでございますか？　とまんざらでもない山川の声がして、金之助は障子を閉め直した。

やれやれ……と金之助は座り直し、部屋を見回した。

掛け軸の中の鶴が墨をたっぷり含んだ眼の玉を金之助にむけていた。

――うん、やはりいいな、この若冲は。

ひと筆描きの伊藤若冲の画には枯淡が感じられ、極彩色で知られる若冲の作品のなかから、主の前田案山子はよくこの画を選んだものだとあらためて感心した。

昨夜、案山子と歓談したときの、ロシアとの戦争に対しての、各政党の弱気な発言に憤っていた案山子の顔が浮かんだ。

何でも朝起きて、整えるのに一時間以上かかるという立派すぎる案山子の髯と、枯淡を好む趣味がどうしても一致しなかった。

いや、それだけではない。出戻りの娘のツナコの美しい眼差しと……、さらに艶美な肉体とも合致しなかった。

――本当に血がつながってるのだろうか。

障子のむこうから声がして、ツナコだとわかった。

は、はい。あわてて金之助は返答した。

ツナコは素っ気なかった。

彼女の妖艶な肢体を勝手に湯船の中から見たのはこっちだし、つれなくされて怒る筋合いもない。

ツナコは顔を出すと、座卓の奥を見て、

「山川様が、あの茶棚をあなたが気に入られているので、父に譲ってもらえるか交渉してほしいと言われたのですが」

「えっ、それは何の話ですか」

「ご存じではない？」

「ご存じも何も、初めて聞く話です。たしかにあの帆をかたどった茶棚を誉めて、羨ましいようなことを山川君には話しましたが、だからと言ってあれを頂きたいと口にするほど私は無神経な男ではありません。第一、あなたの父上にも失礼だし、五高の教師が身体を休めに来て、部屋にあった家具を貰って帰ったとあっては、これほど無礼な行為はありません。私からも山川君に注意しておきましょう。どうぞ今の話はお忘れ下さい。そんなことより、今朝つくづく眺めると、床の間のあの若冲の軸はまことに風情があります」

「では、あの画をお持ち帰りになります？」

「そういう話ではありません」

「そうなんですか、父に言えば何も問題はないと思います」

「あなたは何か考え違いをしています」

「私は間違いをしたことはございません」

金之助はツナコのその言葉にも驚いた。

「それは、ご立派なことですね」

金之助は腹が立ってきた。

腹立ちついでに、この機会にしてしまおう、と懐の中から、準備をしていた別荘への礼金を差し出した。

ツナコは受け取ろうとしなかったが、金之助は少し声を荒らげて言った。

「ここが宿や旅籠ではないことは先般、あなたからお聞きしました。しかし私たちがこちらにお邪魔したのはこれで三度目です。父上にこうおっしゃい。男児が一度こうしようと決めて、やって来たことです、と」

「わかりました」

女性というものは、皆、違いこそあれ、難しいものをかかえて生きているものだと、金之助はあらためて思った。


小天から戻ってしばらくして、前田家からミカンと乾椎茸(ほししいたけ)が届いた。

二月の紀元節は熊本も珍しく雪が降った。その雪を見ながら、金之助は新聞『日本』紙上に正岡子規が発表した「歌よみに与ふる書」を読んでいた。短歌革新運動を子規は唱えていた。

「いよいよ、おっぱじめやがったな、大将」

子規の文章は、近年の和歌すなわち短歌が置かれた現状を憂い、このままでは我が国の伝統が衰退していくと鋭く論じていた。

――少し強引だな……。

と金之助はいつもの手紙に感想を書こうと思ったが、昨夏の上京の折、子規がぽつりと漏らした「これからは余命ということじゃ」という言葉を思いだし、厳しい批判は避けてしまった。

犬は雪のちらつく庭を走り回っている。猫は女中のとくが縁側に、金之助のために置いた座布団の上で身を丸くしている。

——ほう。それぞれの生きもので寒さのしのぎ方が違っているのだナ。

感心しているところに鏡子がとくとやって来た。鏡子は手に盆をたずさえている。障子から上半身を覗かせた金之助を見つけて、鏡子は嬉しそうに笑った。

——少し太ったようだが、小天の、あの強情女よりはよほどましだナ。

「旦那さま、今、お時間は大丈夫ですか」

「ああ少しくらいならね」

「小天から届いたミカンをお持ちしました」

「おう、そうかね。丁度、礼状を書こうと思っていたところだよ」

縁側に並んで三人はミカンを食べた。

「あら、小天のミカンは美味しゅうございます」

妻の言葉どおり、口に含むと甘くて美味であった。

「良い温泉らしいですね」

とくがいった。

「まあ田舎の温泉でしかないよ」

「出戻りの娘さんがいらっしゃるとか？」

「そうだったかな……」

「温泉は混浴でしょう？」

とくの言葉に金之助は思わずミカンのスジを吐きそうになった。

「山川さんが楽しそうに話してました」

——あの、おしゃべりが……。

春の学期末試験が終わって一段落したと思ったら、大江村の屋敷の持ち主の落合東郭が皇太子傅育官の職を辞し、熊本に帰郷すると報せが入った。

——また引っ越しですか。どうなっちまってるんでしょうね、この家は。まったく……。

女中のとくが呆きれ返った。

次の転居先は、井川淵町八番で、名前の通り白川の河畔であった。引っ越しの荷積みに忙しいテルや、とくのそばに犬がまとわりついて、「邪魔をしちゃダメだって言ってんでしょう。おまえ、そんなことばかりしてたら追い出すよ」と尾を振って逃げ出す犬にむかってとくが手を上げた。その向こうに直立不動の学生がいた。

「す、すみません。お忙しい所に……。寺田寅彦です。あの、先生は」

「先生は書斎にいらっしゃいます。寺田さん、あなたからも言って下さいな。先生は本をまとめようとすると、必ず、それを読み返されるんですよ。読み返すのは、引っ越しのあとにしてください、とあなたから先生に言って下さいな」

「そ、そんなこと、ボクの口からは言えません。今日は先生にお願いがあって来たんです」

寅彦の言葉を聞いて、とくは苦虫(にがむし)をかみつぶしたような顔をした。

「あなたまでが何の用事で見えたんですか。ダメ、ダメ、今日はダメですからね」

「おーい、どうした。誰か来たのか？」

金之助は手に洋書を持ち、赤い長襦袢(ながじゅばん)を肩から掛けていた。

「先生、その襦袢は廊下の柳行李の中に畳んであったでしょう。あれをお開けになったんですか？」

「いや、猫が頭を突っ込んでいたものだから」

「おまえ、本当に行李を覗いていたのかい？　本当なら承知しないからね」

とくがハタキを振り上げると猫は一目散に逃げ出した。

「おう、寺田君、何だね？」

「実は……」

寺田が、友人たちの期末試験の成績が悪く、落第しそうなのが何人かいるので何とかして欲しいと言いにくそうに話した。

「ほう、それで君が来たのか。寺田君、君、イイとこあるじゃないか」

金之助が嬉しそうに笑った。


「本当に先生のお人好しも、いい加減にしてもらわないと困ります」

台所で女中のとくが怒ったように言った。

「何がですか？」

小芋を煮ていた鏡子がとくを見た。

「ですから、試験に落第しそうな学生たちの面倒を見られることですよ。あんなふうに成績の悪かった生徒を、その度ごとに救っていたら何のための試験かわからないじゃありませんか。まったく。勉強しないで遊んでばかりいたからイケナイんですよ」

「ばってん寺田しゃんの話では、落第すっと学校ば追われて故郷さん帰らんとでけん学生さんもおるげなです。せっかく頑張っとるとに可哀想かごたるですよね」

「テル、何を一人前のことを言ってるの。いまだに朝寝坊してるおまえに同情されちゃあ学生さ

ん も終わってしまうよ」

「落第と朝寝坊は違うごたる」

「おや、いっちょ前のことを言って。いつそんな口のきき方を、どこで覚えたんだい」

とくが段々大声を上げはじめた。

「とくさん……」

鏡子がとくをなだめるように声を掛けた。

「奥さま、テルを甘やかすのはやめて下さい。この子は、こころから、寝坊を止めようって気がないんです。その学生さんと同じように故郷へ帰した方がいいんですよ」

テルが前掛けで顔を覆って泣き出している。

その様子をみてか、猫がとくにむかって、ミャーオと声を張り上げた。

台所の木戸が開き、金之助が顔を出した。

「あっ、旦那さま……」

鏡子が金之助を見て会釈した。

「おまえたち、少し静かにしてくれないか」

「す、すみません」

鏡子が頭を下げた。

「今、私は落第しそうな学生への追試験の問題を作っているんだ。やかましくて集中できんじゃないか」

ピシャリと木戸が閉まって金之助が姿を消すと、

「旦那さまは本当にこころ根のやさしい方ですね、テル」

鏡子の言葉にテルが泣きながらうなずいた。

その年の五月から六月にかけて熊本地方は例年になく雨の日が続き、そのまま梅雨入りした。市中を流れるあちこちの川の水嵩（みずかさ）が増していた。元々九州山地と阿蘇山というふところの大きな山岳地帯を背後にかかえているので昔から川の氾濫（はんらん）に見舞われる土地であった。江戸期、水害の多い土地に細川藩が灌漑普請を続けてきた。

水量のゆたかな多くの川は熊本平野に恵みをもたらしていた。川漁師も多く、河畔に茶屋も多かった。金之助が部長をつとめるボート部が九州でいち早く創立されたのも、このおかげであった。

その多くの川のひとつ、白川河畔に夏目家の屋敷があった。

六月の早朝、白川の堤の道を一人の少年が声を上げて走っていた。

「おおごつ。おおごつたい。身投げだ。身投げだぞ。五高ん先生の奥さんが、白川さん身投げせらしたばい、おおごつ、おおごつたい……」

その少年の腕を一人の男がつかまえて、大きな眼の玉を開いて見た。

「痛か、痛かたい。手ば離してくれんね。おおごつやけん」

「何のあったか？　もう一度言うてみんか」

「そこの白川で、五高ん先生の奥さんが身投げせらしたったい！」

「こらっ！　小僧（こぞう）、貴様、めったなことを言うと承知せんぞ」

腕を強く摑（つか）まれた上、大男が怒鳴り声を出したものだから、少年は怖じ気づいて、たちまち半べそをかき始めた。

「何があったか？　もういっぺん言ってみんか」

「痛か、痛か、離してくれんね」

「じゃあ何を見たんだ」

「うんにゃ、おいは何も見とらんたい」

「そぎゃんか。わかりんよか小僧たい。そんなら、見たこつば誰にでん話さんごつしとけ。最初からそぎゃんこつはなかったたい。よかね？」

「は、はい」

　すると男は懐から小銭を出して少年に渡して、耳元で何事かをささやいた。ほかの見物人はどこにいる？　と聞いてそちらにむかって歩き出した。

　その大男の名前は浅井栄凞（あさいえいき）。五高の舎監で、菅虎雄の友人だった。浅井はその出来事を見ていた一人一人の下を訪ね、この出来事がなかったことにするよう奔走した。


　金之助の下に、鏡子の災難が報されたのは五高での早朝課外授業が終わってほどなくだった。顔見知りの車夫が手紙を手に校内にやって来た。

旦那さま
鏡子奥さまが今朝散歩の途中で白川に落ちられました。命に別状はありませんで、今お休みされています。授業の後、帰宅されても構わないかと。
とくより

　金之助はぼんやりと短い手紙を読んで、車夫に言った。

「ちょっと待っていて下さい。すぐに家に帰りましょう」

　わかりました、と車夫は応えた。

金之助は校長室へ行き、持病の胃痛が悪いので、本日だけは休講にしたいと申し出た。

校長の中川は、大事にして下さいと言い、明日は出勤できるかと訊いた。金之助は明日は出勤すると告げて早退した。

人力車に揺られながら、金之助は考えた。

川に落ちるとは、どういうことだ？

金之助には想像がつかなかったが、命に別状がないのなら、河畔の道で、石にでもつまずいたのだろうか、と考えたが、何か様子が違っていた。

屋敷に着くと、蒲団(ふとん)に横になった妻の枕元に、医者と看護婦がいた。

「容体はどうですか？」

「水を少し飲まれたようですが、そちらは船に引き揚げた後、すぐに吐き出されたそうで、体調としてはお元気です」

「そうですか」

「いや、奥さまは運がよろしかった。たまたま川漁師の船が通りかかり、投網を放るとそれにつかまられたそうです」

「そうですか……」

「水の中に入られたのに、風邪もひいていらっしゃいませんから。鎮静剤の入った注射を打っておきましたから……。少しお休みいただけるように飲み薬を置いていきましょう」

医者が話している間も、鏡子はずっと目を閉じていた。

その寝顔を見ていて、金之助は、以前、妻が屋敷の裏の沼に入った夜半のことを思い出していた。

——あの時と同じなのだろうか。

金之助は妻の美しい寝顔を見て思った。

ほどなく玄関を訪ねて来る人があった。

舎監の浅井栄凞であった。

浅井は菅虎雄の友人で、五高の舎監をしている関係で、以前から顔見知りであった。

家に戻ってすぐに、金之助はとくから、浅井が鏡子の災難が妙な噂になって広がらないように、いち早く関係者に、内々でおさめるよう説得して回ってくれているのを聞いていた。

「いや、夏目先生。奥さまに大事がなくて良かったです。あとのことは、この浅井が箝口令（かんこうれい）を敷いておきましたから。そいで事情がようわからんばってん、奥さまを助けたという漁師ば呼んでおりますから、先生もお話を彼から聞かれますか」

「はい。礼を申し上げなくてはならんので、ぜひとも」

漁師は屋敷の上にあがらず、庭先で挨拶をしたいと言うので、金之助は浅井と庭へ行った。

作造という名前の、その老漁師は、すでに短髪の頂は真っ白だったが、顔は赤銅色に日焼けしていて、襟元から覗く胸板は頑丈そうだった。

「作造さん、妻を救っていただいたそうで、本当に有難うございます」

「うんにゃ、旦那さま、あらあ、おいが救うたとじゃなか。奥さんのほうから、おいが投げた網に手ば出してくれなはったけん、よかごつ引き寄せられたとです。あらあ、いっちょん身投げしたごたる人のするこつじゃなかです。奥さんはおいの投げた網が目の前に届いた時、嬉しかごつ笑いなはったけん、そん笑顔ば見ておいもグッち網ば引いたとです。はい。別嬪の網にかかったごたるです。ハッハハハ」

と漁師は笑った。

それを聞いていた浅井も、つられて笑い出した。作造が言うには、鏡子は身投げをしたように
は見えなかったということだった。

金之助は、漁師に近寄り、両手を差し出して、その骨太い指を包むように握りしめ、

「有難う。本当に有難う」

と礼を言った。

包んだ手を握っていると、金之助は自分の手の甲が何かに濡れているのに気付いた。それが自
分の泪(なみだ)だとわかり、金之助は静かに、有難うと背後の浅井を振り返った。

五高教師、夏目金之助の奥方が、雨後の白川に身を投げたという噂は、五高舎監の浅井栄凞の
口止め工作も及ばず、人々の知るところとなった。
それでも話が内輪だけで止められたのは、浅井の力に依るところが大きかった。
五高の舎監と言えば、寄宿生を統括し、学生のほとんどの名前と顔を知っており、彼らの親か
らも挨拶を受けている立場だ。血気盛んな学生たちが頻繁に起こす悪戯、それにともなう不祥事
の始末で、官憲への挨拶、交渉は日常であった。だから舎監は、五高の裏の顔でもあった。
その浅井の尽力で、官憲の取調べもなく、地元新聞がゴシップ記事を掲載することもなかった。
浅井の力もさることながら、事件が最小のひろがりで済んだのは、やはり金之助の人柄と五高
での力量にあった。
五高の学生の多くは、東京の帝大への進学を目指した。この選抜にあたり、五高の学生の英語
力が金之助が着任して以来大きく上がった。金之助は、東京の教師たちと頻繁に連絡をとり、最

新の傾向を授業で指南していた。そのため、校長をはじめ学校側から厚い信望を得ていた。

　事件の後も、金之助は普段とかわりなく授業を続けた。その日も、家路にむかう金之助を待ちうけていた数人の学生がいた。

　先頭に寺田寅彦がいた。

「先生、このたびはまことに有難うございました。おかげで追試験を受けることができました」

　先日、寺田の懇願で、追試験を受けた学生たちだった。

「やあ、皆元気かね」

「先生、本当に有難うございました」

　学生たちがまた並んで頭を下げた。

「そんなに礼を言わずともよろしい。しかし試験の成績が悪かったら、それはダメだよ」

　寺田と二人で家にむかいながら、金之助は「どうだ？　俳句の方は」と声をかけた。

「はい、頑張っています」

「思うんだが、俳句は描写に徹することだね。東京の正岡子規や『ホトトギス』の高浜虚子（たかはまきょし）も同じことを言ってるよ。今日は家のオタンコナスと二人で俳句をやるよ」

「どなたですか？　オタンコナスとは？」

「妻の鏡子だよ。他にいるかい？」

　金之助はニヤリと笑った。

「奥さまはいいですね。羨やましいです」

　寺田寅彦が言った。

「何が羨やましいんだね？」

「毎日、先生と一緒にいられて、俳句も教わることができるし……」

「寺田君、それは無理だよ。私は君と結婚したわけではないし」

「では書生として置いてもらえませんか？」

「書生か……。それなら……。いやいや、また女中のとくに叱られる」

「えっ？　女中さんが先生を叱るんですか？」

「私の家ではそうなんだ。猫なんぞ、しょっちゅうハタキで叩かれそうになっているよ」

屋敷に戻ると、鏡子は床から出て、縁側で猫と楽しそうに話していた。顔もツヤがあり元気そうだった。

「やあ、元気になったようだね」

「はい、おかげさまで。とくに蒲団を上げるように頼みました」

「そうかい。でももう少し安静にしていてもいいんじゃないか」

「はい。今夜から寝所をご一緒していいと、とくに言われました」

鏡子はそう言って少し頬を赤らめた。

「そうか。ならそうしなさい。そうだ。今日は少し俳句を教えようかと思う」

「えっ、誰にですか？」

「おまえにだよ」

「えっ、私にですか！」

「何をそんなに驚いているんだ」

「いえ、菅さんと二人で習って以来で、あの時、菅さんと、私たちの俳句は失格ですね、と話していたものですから」

「失格は菅さんだよ。君じゃない。いや、もっとも創作に、失格も何もないのだよ。寺田君が教わりたいと言っているが、一緒にどうだね？　寺田君はこの家に書生で入りたいとも言っている」

「私には決めかねます。とくに聞いてみましょう」

「とくじゃ、まず無理だろうね」

「私もそう思います。どうでしょう。書生で家に入ってもらうより、週に一度、どこの曜日と決めておいでいただくのは？」

「ほう、そりゃ名案だ」

「それがよろしゅうございます」

鏡子が笑って言った。

寝所の障子が少し開いていた。

川のせせらぎが聞こえた。

金之助は子供の頃、浅草の家に絶えず隅田川の川音が聞こえていたのを思い出した。

「川音というのは、こうして静かに聞いていると、なかなか風情があるものだね」

「私には、時々、やかましく聞こえます」

金之助が言うと、隣りで鏡子が言った。

「それは私も同じだ」

二人はしばらく川のせせらぎを聞いていた。

「旦那さま」

「何だね？」

「……あの日、私には何が起きたのでしょう？」

鏡子が何のことを言っているのか、金之助にはすぐに察しがついた。

「ああ、あの日のことか。私が思うに、キヨさんは川辺に散歩に出かけて、何かの拍子に転んで身体が水面に近づいてしまったのさ。ザブンとね。そこへ、投網をしていた川漁師の船が通りかかって、君を水から救ってくれた。私はその漁師と話をしたからよく憶えているよ。君は、その飛んで来た網を嬉しそうにつかんだと、漁師は言っていたよ。面白いこともあるもんだと感心したよ」

「本当ですね。そんなことってあるんですね」

「あるんだね。ところで君は泳げるのかね？」

「はい。夏はいつも材木座か由比ガ浜で泳いでいましたから」

「そうか。君の弟と私も泳ぎに行ったよ。泳げるんなら、あの日、たまたま船が来ずとも、君は一人で岸に上がっただろう」

「そうでしょうか？」

「そうだとも。網に笑って手をかけたのも、君が懸命に生きようとしている証しさ」

「生きようとする証しですか？」

「そうさ。人間は皆、懸命に生きるしかないのさ。君はよくやってるよ」

「……旦那さまに、そう言われると何だか元気になりました」

「うん、そりゃいい。それと……」

「それと、何ですか？」

「人間には、大人になれば忘れなくちゃならんものも、いくつかできる」

「忘れなくちゃならないものですか？」

「そうだ」

「……はい……」

夏休みの半ばを過ぎてからも、東京帝国大学入学を目指して英語力を高めたい生徒のために金之助は早朝から課外授業をしていた。

その金之助が屋敷の裏から学校へむかうというので、鏡子と女中のとくは裏木戸に移って金之助を見送った。

盛夏の朝の風に揺れる桑畑の径を、一人歩く金之助の背中は、二人にはいかにも気持ちが良さそうに映った。

なにごとにもマイペースの金之助は自分を見送って木戸前に立つ二人を振りむきもしない。

二人は金之助の姿が桑畑のむこうに消えると引き返した。

「……そうですか。旦那さまはそんなふうにおっしゃいましたか、旦那さまらしいおやさしい言葉ですね」

金之助が、今回の鏡子の災難のことを〝忘れてしまいなさい〟と言ったことに、とくは感心していた。

「旦那さまのおっしゃるとおりですよ。過ぎたことをあれこれ考えたってしかたないんですよ。綺麗さっぱりと忘れれば、胸の中からすっきりしますものね」

「私もそう思います」

鏡子はそう言って嬉しそうに笑った。

裏木戸から庭を抜けて、二人は縁側に腰を下ろした。

ミャーオといつの間にか猫がやって来て、鏡子の膝の上に乗った。

「〝人間には、大人になれば忘れなくちゃならんものも、いくつかできる〟とおっしゃったんですね。さすがは旦那さまです。とくは惚れ直しましたよ」

鏡子は猫を撫(な)でながら言った。

「またですか。旦那さまはいろいろおもてになりますね」

「お嫌ですか？」

「いいえ、人から相手にされない男の方よりはましに決まってます」

「そうでしょう。旦那さまはさしずめ〝肥後の団十郎〟ってとこです」

フッフフと鏡子が笑った。

桑畑のむこうから、誰のものか、大きなくしゃみの音が聞こえた。

「今のくしゃみは誰かしら？」

「私には聞こえませんでしたが……」

とくはそう言って、鏡子の膝の上の猫をつかまえて、庭にポーンと放った。猫は器用に着地して、とくを見て、ミャーオと鳴いた。

「おまえが何と言おうと、その図々しい態度を直さなきゃ私にゃ聞こえやしないからね。それにしばらく奥さまに近づかないようにするんだよ」

そこへ眠そうな目をした女中のテルがお茶を運んで来た。

「おや、また寝坊かい？」

「いいえ、ちゃんと起きとりました」

テルは不満そうに口を尖(とが)らせた。

「テル、しばらく猫も犬も奥さまに近づけないようにしておくれ。こらっ、聞いてるの？」

「はい。聞こえとるです」

テルが言うと、とくはテルの頬を指でつまんで、痛、痛と言うテルに言った。

「屋敷の中では、地の言葉を使わないようにと言ってるでしょう。男じゃないんだから」

は、はい、とテルが応えた。

猫が鏡子に何かを言うように鳴いた。

「おまえ、私は旦那さまと違いますから、おまえが何を言いたいかはわかりません」

「旦那さまはこの猫と話をなさってるんですか」

「ええ、時々、何かを話してます。私のように撫でたりしないのに、旦那さまのことが気になってしかたないようです」

「猫にも惚れられてお忙しいですね」

「旦那さまがどうして猫に名前を付けられないのかが不思議で訊いてみたら〝猫なんぞに名前を付けやしないよ〟と威張ってました」

「旦那さまらしいですね」

「しばらく猫、犬はさわれないのですね」

ええ、と言ってとくは鏡子に耳打ちした。

鏡子が顔を赤くして笑った。

鏡子は懐妊していた。来年の初夏には母になろうとしていた。

金之助は、女中のとくから鏡子の懐妊のことを告げられた時、すぐに問い直した。

「今、何と言いましたか？」

「ですから、奥さまがご懐妊なさいました」

とくはまるで自分が子を宿したかのように笑みを浮かべて金之助を見ていた。それでも金之助は、とくを見つめる目の力を抜かなかった。金之助の目は奇妙な力を持っていた。

「君、予習もせずに今日の授業に出席したと言うのかね？」

金之助がテキストの冒頭を読むように指名した学生が、読めずにしどろもどろしている時、金之助は学生の顔をじっと見つめて、そう言うのが癖だった。いや、癖は言葉ではなく、眼光だった。

「ばってん、先生の、あの目に睨まるると、金縛りにおうたみたいに動けんごとなるたい」

「おう、その気持ち、おいにもわかる、わかるばい」

周囲の皆もうなずいた。

妻の懐妊の報告を受けた時、金之助は、それと同じ目で、とくを睨んだのである。

とくとて、いつでも尻をまくれる江戸の女である。金之助のニラミの意味がわからぬわけはない。しばし金之助を睨み返したとくが言った。

「今回は大丈夫でございます。奥さまも二十二歳です。もう立派な大人の御内儀さんです。立派なお子さんをお産みになります」

「……そうかい。おまえさんがそう言うなら期待しておこう」

「期待では足りません。楽しみにして下さいませ。旦那さまも、人の親になるのですよ」

「まったく、おまえという奴は……」

「何でございます？」

――口が減らない女だ。

と言いたかった。

「何でもない。キヨと、その子を頼んだよ」

「はい。おまかせ下さい」

と言って、とくは帯をポーンと叩いた。

その帯にまぶしく光るものがあった。帯留の根付けにしては見かけぬ色だった。瑪瑙(めのう)だろうか、いや硝子細工だろう。孔雀(くじゃく)が施してある。明治も三十年を過ぎたこの時期、こうした装飾品に庶民の手が届くようになっていた。各地で開催されていた博覧会、物産展によって庶民の中にひろまった。明治は半ばを過ぎ、人々の中にデザインが浸透しはじめていた。

明治三十年を過ぎ、日本の教育制度がようやく確立しようとしていた。

明治三十一年には大博士という学位が廃され、のちに金之助がその授与を辞退する〝博士〟が最高位となる。〝末は博士か、大臣か〟という言葉が流行しはじめたのも、この頃であった。翌年には、中等教育制度もほぼ確立した。

富国強兵策にはさらに拍車がかかり、明治二十九年から十年かけて戦艦、巡洋艦を建造する「六六艦隊計画」が実施されていた。

不平等に悩んでいた各国との通商条約の改正については、まずイギリスとの間に日英通商航海条約を結んだ。ついでロシア、ドイツ、オランダなどと交わされていた条約の不均衡がようやくあらためられた。この頃、日本に住んでいた外国人は一万四千人余で、彼らが住む居留地には実質的に治外法権が続いていたが、これも条約改正に伴って廃止された。それでも旧居留地を中心とした貿易は続き、東京の縁日には舶来品が出回った。女中のとくの帯留の孔雀は、おそらく、上京した時に買い求めたのであろう。

江戸っ子はお洒落であった。

首元に高い襟を付けた洋装から、西洋かぶれを指して〝ハイカラ〟といいはじめたのも、この時期である。その〝ハイカラ〟の代表に、夏目金之助先生と洋行帰りの森林太郎陸軍軍医が、見なされるようになるとは、両人とも知らない。

それでも文化、文明の手本はやはり欧州、ヨーロッパに歴然としてあった。

欧州への定期航路が開かれたのも、この時期で、第一船の土佐丸が横浜港を出発したのは明治二十九年の三月だった。割りあてられた乗客の内訳は一等二十人、二等八人、三等百人であったが、土佐丸の第一回航海にはわずか五人の乗客しかなかった。

綿糸の輸出量が輸入量を上回り、大紡績時代を迎えていた。産業の発展は著しいものがあった。明治三十二年には日本で最初の製鉄会社が誕生した。日清戦争の直後から、次の対戦相手の名前が、アメリカ、ロシア、ドイツと挙がっており、鉄鋼の生産拡大は国家にとって急務であった。軍艦及び武器弾薬の生産は突貫工程で行なわれた。

海外からの情報収集も必須だった。それは同時に、海外からの文芸作品が日本人の目に止まるようになることを意味していた。

明治三十二年五月三十一日、金之助はテルに呼ばれて、鏡子の寝所へむかった。

「産まれたのか」

「まだでございます。なかなか赤ちゃんが顔をお出しにならないので、とくさんが旦那さまを呼んでくるように言われたんです」

障子戸を開けると、背後から朝の陽差しが差し込んだ。部屋の中があわただしかった。蒲団の下方に、大きな盥（たらい）が置かれ、そばに産婆（さんば）が座っている。その手に赤黒い何やら得体（えたい）の知れないものが抱かれていた。

——こりゃ何だ？

「先生、ご立派なお嬢さまですよ」

産婆は大事そうに手に抱いた赤児を金之助の方に差し出したが、まだ妻の胎内から出たばかりで、顔も、唇も、瞼（まぶた）も、血で濡れていた。

オギャーオギャーと嬰児（えいじ）が元気な産声を上げた。周囲にいた皆が笑い出した。金之助は笑い声につられるように抱いた。

「奥さま、ようございました。ご苦労さまです。ほれ、旦那さま」

とくに言われて、金之助は夢から覚めたような目をして、妻の方へ首を伸ばして言った。

「よくやってくれました。立派な娘で、私も嬉しいよ」

「あ、ありがとうございます」

妻の声は出産をしたばかりだとは思えぬほど大きく張りがあった。

「さあさ、旦那さま、しばらくは支度がありますんで」とくが言った。

金之助が障子戸を開けると猫が金之助をじっと見上げた。

「女だよ」

金之助が言うと、猫はそのまま足元に身を寄せながら書斎の方へ歩き出した。

「驚いたな。出産とはあのようなものなのだな」

誰に話すでもなく、金之助は書斎に戻り、大きくタメ息をついた。

金之助が二度目に我が子を見たのは、その日の夕刻だった。

とくの手の中で大きな瞳を開いている赤児は、朝の印象とはまるで違っていた。

「お抱きなさいませ」

とくが白布に包んだ赤児を差し出すと、金之助は受け取り、その軽さにまた少し驚いた。

娘の名前は、筆子とした。

妻の鏡子がひどい悪筆だったので、それが心配で、筆を好きになって欲しいという思いで命名した。大泥棒にならぬようにつけられた自分の金之助よりはよほどましな名前だと思った。

屋敷の中は赤児中心になった。よく泣く子で、その声を耳にする度、とくもテルも顔をほころばせた。金之助も、時折、筆子を抱くことはあったが、何しろ赤児のちいささが心配で、すぐに女中の手に戻した。

それでも縁側に座って、筆子を抱いていると、妙な気分になった。手の中で動いている存在が、たしかに生きている人であることはわかるが、自分の血を分けた女性であると考えると、なぜか実感をともなわなかった。

「筆子……」

金之助は名前を呼んでみた。

聞こえぬようにしている時もあれば、反応する時もある。勿論、まだ言葉などわかるはずはない。それでも筆子が反応すると、嬉しいような、そうか聞こえたか、と思う、妙な自分がいた。

「親子水いらずですね、よくお似合いですよ」

とくに言われると、

――フン、何を言いやがる。

と抗いたくなってしまう。

「これが明日の昼お呼びする方々です」

差し出した半紙に知った者の名前がある。筆子の祝いらしい。

「宮参りは筆子さんの首が据わってからです」

金之助は筆子をとくにあずけて書斎へ行き、子規に手紙を書いた。筆子のことを少し書くが、自分だけが吉報を書くつもりはない。

――俳句のひとつでもひねり出すか……。

翌夕、客が帰った後、とくに呼ばれた。

とくの目が少しキツい。怒っている目だ。

「これはいったい何ですか？」

とくは手にした半紙のシワをもう一度のばして金之助に差し出した。自分の字があった。

「読んで下さいますか」

「いいよ。安々と海鼠（なまこ）の如き子を生めり。これがどうかしたかね？」

「どうかとは何ですか？　自分の子を海鼠とはどういうことですか？」

とくの目尻が釣り上がっていた。


筆子の首がようやく据わった。乳もよく飲み、何か要求があると、大声で泣いた。

妻と女中たちが忙しい時、金之助は筆子を抱いて縁側へ出て、腕の中の我が子を見つめた。外光や通り抜ける風や、けたたましく鳴いた鳥の声に反応して、筆子はさまざまな表情をした。

元々、観察癖のある金之助は、筆子のゆたかな表情に感心した。愛くるしかった。

たまに女性たちが筆子の表情や仕草に喜んで笑っていたりすると、それを見たくなり、自分の手で抱きたい気がして、「こっちによこせ」と言いたいのだが、生来の意地っ張りが、それを口にさせない。

　筆子はたいがい若いテルの腕の中にいた。

　テルが羨ましく思えた。しかし一家の長である自分が、まだ若い田舎娘に、赤児を抱かせてくれと頼むことなどできぬ。

　或る日、金之助が台所を覗くと、筆子の姿がなかった。

「筆子、いやテルはどこだ?」

　と思わず訊くと、鏡子もとくもやりかけの仕事に忙しく、振りむきもせずに言った。

「筆子がまた泣き出したので、テルが抱いて庭の方へ行ったのだと思います」

「筆子お嬢さんは何だかテルが抱くと泣き止まれるんですよ」

　とくの言葉に、妻も同意するようにうなずいていた。

——そうか……。

　金之助はしかたなく縁側へ出た。裏木戸のそばに筆子を抱いたテルが立ち、何やら遠方を見ていた。テルは自分が見たいものを勝手に見て、筆子のことはどうでもいいというふうだった。

　筆子がむずかる声がした。

——オイオイ泣いてるじゃないか。

　するとテルが南瓜（かぼちゃ）か、西瓜（すいか）を持ちかえるかのように筆子を動かした。

　見事に泣き止んだ。

——物騒なことをするもんだ……。

「またテルはあんなとこでなまけてる」

とくが言って、金之助と女二人がテルと筆子を見ていた。突然、金之助が言った。

「赤児はずっと抱いている人に似ると言うが、筆子はテルのような色黒になりはしないか」

その言葉に二人が目を丸くして金之助を見た。


年の瀬が迫り、授業のない日の午後、金之助は筆子を膝の上に乗せ、半日ぼんやりと過ごす日が多くなった。

夏までは毎日のようにやって来ていた生徒の姿もなかった。この家に書生で入りたがった寺田寅彦は七月に五高を卒業し、東京帝国大学の理科大学物理学科に入学していた。

下宿していた山川信次郎の第一高等学校への転任が、金之助の尽力もあってようやく決定し、山川も上京して行った。山川と他の下宿人たちがいなくなると、屋敷は急に静かになった。甲高い寺田の声も消えた。

寂寥（せきりょう）とまでは思わぬが、すでに高等官五等であるし、五高での立場も少しずつ確立し、五高では英語科主任で教頭格であった。淋しいとは口にできぬ。

菅虎雄までが上京したいと報せて来た。

魚群のかたちの雲が流れて行く。落葉が秋風の中で音を立てる。自分一人が、この熊本の地に残されてしまっている気がした。

——何もかも放って上京するか……。

ウギャ、と筆子が腕の中で泣いた。

赤児の顔を見ると、つぶらな瞳は必死で何かを見ようとしていた。ちいさな指は懸命に何かをつかもうとしている。

――そうだ。人は生きている限り、何かを探し求めるものだ。

金之助は筆子を抱いて立ち上がり、裏木戸にむかって歩き出した。六月の、あの生まれたばかりの時と違って、筆子には筆子なりの重さがたしかにあった。

――これが、家族の〝重み〟なのかもしれん。

と金之助は思った。

阿蘇から舞い昇る煙りが、上空の魚影の群れのごとき雲にまぎれようとしていた。

――何か術があるはずだ……。

金之助は、今の生活ではない、何か別の生き方をしても、家族は養って行けるはずだ、と思った。

空に昇る煙りを眺めていて、金之助は自分の隣りに子規が並んで立って、あの煙りを眺めている気がした。ちらりと隣りを見やったが、子規は勿論いなかった。

――大将はあの寺田寅彦と会って、どう思っただろうか？

金之助は帝大入学で上京した寺田に子規への紹介状を書いて出発させていた。

夏目夫妻は熊本に来て四度目の正月を、六度目に引越しをした屋敷で迎えた。

毎年、年頭にあたって金之助は一年の計をそれとなく立てて来たが、この年は違っていた。一年の計どころか、生涯の計を立てねばならなかった。

どうして自分は教師をしているのだろうか……と考えてみると、何も決定的なものはなかった。自然と今日に至っている。

――父への借金の返済か？

いや、それは違う。教師の俸給の中から返済してきただけだった。それとて父の死で免除にな

ったし、奨学金もほぼ返済した。

――なぜ教師になった？

二人の顔が浮かんだ。

一人は実母のちゑだった。

『いいかい。我楽多とか、用無しと他人から言われないように、おまえが踏ん張らなきゃしょうがないんだよ。それが世の中だ』

もう一人が兄の大助だった。英語に親しんだのは大助のお蔭だった。

『これからの時代は学問を身に付けなくては駄目だ。おまえが進学したいなら俺が親父に話してやろう』

なんだ。自然と今に至ってやしないじゃないか。牛込の家と家族が手を引いてくれていたんじゃないか。

そんなことに今頃気付いた自分が情けなくなった。しかし今回は自分で踏み出さねばならない。

初春の午後、縁側で筆子と、物珍しそうに自分を見ている猫と、降り続ける雨垂れを見ていた。


新学期に入った午後、桜井校長から呼ばれた。用務員に用件は何だね、と訊いたが首をひねっていた。

――何か新任教師のことでやり残していることでもあったかな……。

思い出さないまま校長室へ行くと、机の上に郵便の茶封筒があり、「夏目先生、こういう伺いが届いたのだが、行ってくれますね」と校長が言った。

中身を取り出して読むと、文部省からの海外留学派遣の依頼と意向伺い書だった。

「私は留学へは行きません。誰か、私より適任者がいるはずですから、そちらへ」

金之助ははっきりと言った。

「なぜ断るんだね？」

「その推挙には、〝満二年間英国留学中英語授業法ノ取調ヲ嘱託ス〟とあります。わざわざ英国へ行くなら英文学の研究を希望します。元々、この学校へもそれを願って赴任したのですから」

「まあ君、それはむこうへ行ってから、そうすりゃいいじゃないか」

——えっ、そんな緩いことでいいのか？

東京の子規に報告すると、〝さすが予備門同級の折からの漱石先生の秀才ぶり（ちと持ち上げ過ぎじゃが）が文部省にも知れ渡っておったということで、いや目出度し〟と諸手を上げての喜びようだった。〝この際、英国へ行き、先生の道標を探されるのもよいではないか〟と、なかなかの意見だった。

金之助は文部省第一回の給費留学生となる。これまで医学や工学、法学の分野で、お雇い外国人中心だった大学教授に日本人をあてるために留学させたことはあったが、田舎の高校教師に白羽の矢が立ったのは異例であった。

現職の身分のまま留学費千八百円が支給され、留守宅には年額三百円が支給された。

なかなかの好条件に思えるが、日本とイギリスの物価の違いは大きかった。英文学に適任の教授を見つけるのにもひと苦労することになる。当時のイギリスは産業革命のあと、長く続いた不況からようやく脱した時期である。

明治三十三年七月、出発の間際まで降り続いた雨が熊本市中に水害を与え、鉄道も不通となり、予定より十日遅れて金之助は鏡子と筆子をともなって東京へむかった。

到着後、三人は牛込矢来町の中根家へ行った。重一、カツの義父母に金之助は挨拶し、ロンドン留学費用の百円を借りた。文部省の手当てだけでは、どうも生計に苦労しそうだとわかり、菅虎雄からも貸していた百円を返済してもらった。

中根重一夫妻は、金之助と鏡子に気遣ってか、大磯へ避暑に出かけた。

金之助は義父母を駅に見送り、その足で根岸の子規庵にむかった。日本橋で肉を買い求め、入荷したばかりの夏橙を籠ごとと、水蜜桃まで籠に入れた。

「ようよう、大先生のようやくの御到来じゃ。律、律」

と子規が妹の律を呼んだ。

「ノボさん、夏目先生から、夏橙と水蜜桃を頂きましたぞな」

「そいか、橙は腐っちょらんな」

子規が大声で言うと、金之助は笑い出した。一ヵ月前、熊本から送った橙の大半が腐っていた。

「ところで関東ではペストが流行しそうだというじゃないか。注意してくれたまえ」

関西で感染者の見つかったペストが東に広がっており、この年の初めから東京市は菌を媒介する鼠を買い上げる策をとっていた。

「な〜に、閻魔大王さんでも遠慮して追い払う。このあしがペストなんぞに負けるものか。そいで、夏目君は今日は何時頃、帰るつもりかの？」

子規は珍しく金之助の帰宅時間を訊いた。

「今日はゆっくり話ができるよ。何時まででもここにいるさ」

「そうか。何時まででもおられるのか。それはええ」

金之助の返答に子規は嬉しそうにうなずいた。

子規は短歌革新の話から切り出した。新聞『日本』に連載した「歌よみに与ふる書」は歌壇、俳壇でも話題になっていた。

「どうじゃ、あの、あしの意見は？」

「うん、いいと思うよ。伝統と、ぬるま湯に浸かっていることとは端（はな）っから違うからね」

「端っからか、ええ言い回しじゃ。東京の言葉は真っ直（す）ぐでええの。ひさしぶりじゃ」

金之助は、その日、夜の九時まで子規の枕元で話を聞いた。

感心するほど次から次に話はひろがり、話題に事欠くことがない。

台所で妹の律が嬉しそうに母の八重に言った。

「ノボさんのあんなに張りのある声を聞くのはひさしぶりじゃ。よほど嬉しいんです」

「夏目先生じゃからでしょう。私らもお逢いしたかったんじゃけん。ノボルにすればなおさらですわ。肉はすき焼きにしましょうか」

二人はすき焼き鍋をつっついて食べた。子規はことのほか喜んで、卵を三つも溶いた。大食漢の面目躍如（めんもくやくじょ）である。

「そういえば紹介状を渡しておいた五高の卒業生の寺田寅彦君はどうだったね？」

東京帝国大学物理学科に入学し、上京した寺田寅彦が金之助が書いた紹介状を手に訪ねていた。

「おう、あの青年はええのう。俳句もなかなかじゃ。まあ月並も多いが、あの向学心がええぞな。何やら話をしちょると、初めて逢うたように思えんでな。あしは寺田君に、君とあしは、生まれる前から、どこぞで縁があったかもしれんと言うたら、えらい喜んじょったぞ」

「ハッハハ、そりゃ愉快だ」

金之助は笑いながら、照れたように坊主頭を恥ずかしそうに撫でる子規の姿が、どこか寺田寅彦に似ていることに気付いた。

予備門生の時もことあるごとに金之助を探して逢いに来た子規の姿が、気が付くと屋敷の庭で立っていた寅彦の姿に重なった。

——そうか、どちらも無垢(むく)な少年のごとく真っ直ぐだものナ……。

金之助は二人が似ているのなら、それで嬉しい事のように思えた。

金之助は帰る前に厠(かわや)に寄った。廊下を歩いていると正面に、人の頭の高さまできちんと積み上げられた帳面の山が見えた。

——何だろう？

と用を足した後に見てみると、二列に積み上げられた低い方に〝発句類題全集　春、時令〟とあった。それが子規が何年もかけて日本の俳句の大系分類をしているものだとわかった。

——その身体で、これをやり遂げられるのか。

金之助は子規の俳句への凄まじい気迫を感じた。


翌々朝、金之助は早くに起き、本郷まで出かけて、一高で教鞭をとっている山川や、帝国大学大学院に進学する寺田や他の学生を訪ねた。

寺田は金之助が子規に逢いに行くと言うと、ぜひ同行させて欲しいと言ったが断わった。子規とは二人で逢いたかった。

本郷から日本橋にむかった。

子規に鰻を持って行ってやりたかった。訪ねたのは十数年前、子規と二人で入った鰻屋だった。子規はいきなり上の鰻丼を二人前注文して、金之助の目の前でぺろりと平らげ、金も払わず嬉しそうな顔をして店を出て行った。金之助は驚いた。こんな男は初めてだった。普通なら礼儀知らずの田舎者の書生め、と腹を立てるところだが、子規はそんなことには無頓着で、古本屋で見つけた与謝蕪村（よさぶそん）の句がいかにいいかを大声で話していた。

子規は金之助がそれまで逢った同じ年頃の学生では見かけたことのないタイプだった。何より明るくて元気なところが良かった。それでいて、俳句にしても、短歌にしても、戯作までよく読んでいた。

友人の米山保三郎が言った。

「正岡君はこの国の西方の陽差しの明るさ、熱さをまとめて身体の中に入れて、いつも、それを発散させているような男だ。君がどうして、正岡君と性が合うのか、ボクにはわからない。謎だね」

「謎か？　ハッハハ、それは保三郎らしい。私と大将の仲は謎かね？　そう言えば互いが好いた女性を知ってもいるよ」

「えっ、子規の恋しい人を。それは本当かい？　夏目君にしても、ボクには秘めていたのに、正岡君には打ち明けたのかね」

「いや、いつものとおり一方的に正岡君の方から追及して来たのさ」

鰻の包みを手に歩き出すと、寄席小屋が見え太鼓と三味線の音色が聞こえた。

「おい、静かに聴けんかね。芸は静かに聴くもんぞなもし」

満員の寄席小屋で仁王立ちして騒ぐ客を窘める子規の姿が浮かんだ。

——正義漢、そのものだったナ……。

保三郎の言葉どおり、よみがえって来た子規の姿は、隅田川沿いの茶屋といい、本郷のベースボール場といい、いつもまぶしい光の中にいた。

子規はひさしぶりに蒲団から出て、庭の見える縁側に腰を下ろし、金之助の持参した日本橋の鰻を美味そうに食べた。

「やはり美味いのう。河岸の町の魚は新鮮じゃ」

——あいかわらず味覚にはうるさい奴だ。

そこへ子規の母の八重があらわれ、小机に封筒を置いて、子規に耳打ちした。

「そうじゃった。夏目君、これはあしが上京する時、大阪、奈良、大和路を見物した時、君から借りた金じゃ。むこうでは何かと入り用じゃろう」

もうずいぶんと前の借金を子規は返済しようとした。金之助は封筒の中からいくらかの金を取って懐に入れ、金の残った封筒を置いた。

「筆子の初節句に君からいただいた、雛人形の御礼だ。妻はえらく喜んでいたよ。ありがとう」

「なんの、なんの、あれしき」

金之助が縁側の東端の壁を見ると、そこに短冊が掛けられていた。句があった。

　鶏頭の十四五本もありぬべし
「ほう、こうなったかね。数の善し悪しは、私にはわからぬが、私はこの句は好きだね」

「今度、ここでやる句会に出すよ。以前からひとつ決まらなんだが、これでよかろう」

「そう言えば向島の、あの桜餅屋だが、次はぜひ二人で行こう」

「おう、そうじゃのう。あの餅屋、皆元気にしちょるかのう。君が帰ったら二人で行こう」

秋の陽が少し傾いて、風が庭の草たちにざわめきを与えた。

少し冷えて来ましたから、閉めましょう、と妹の律が来てガラス戸を閉めた。

「むこうで面白い句ができたら送ってくれ」

辞去しようとした金之助に子規が声をかけると、「ああ、そうだ」と思い出したように、金之助は短冊を手渡した。

秋風の一人を吹くや海の上

旅立つ心境を詠んだ句だった。

「おう、そいか。秋風を連れて、金之助君は海を渡って行くか」

「そうだ。君の身体をあたためる陽差しはここに置いて私は行くよ」

「そいか、いよいよ、君は行くか……」

その声に金之助は立ち上がった。

二人の最後の別離であった。


根岸の子規の家から金之助が戻ると、夜の十時を回っていた。金之助はこころなしか元気がなかった。

鏡子は、去年、子規を根岸の家に見舞った。蒲団に入っている子規の顔から手の先まで、精気が少しもなく、枕にもたれて天井の一点をじっと見つめる顔にはおそろしささえ感じた。

熊本に帰った日、鏡子は夫に子規の様子を伝えた。金之助は鏡子が子規の見舞いに行ってくれたことを大変に喜んだ。

「ありがとう。大将はキヨが見舞ってくれたことを喜んでいたよ」

「そうでしたか？　それは嬉しゅうございます」

「君のことを見たくてしかたなかったらしい」

「そ、そんな……」

鏡子は顔を赤らめて言った。

「子規の見初めた人はおとなしい女性でね。向島の桜餅屋の娘さんだ……」

「旦那さまは、その人にお逢いになったのですか？」

「いや、あれで大将は純情でね。なかなか胸の内は明かさないものだよ。短冊をひとつ持って来てくれるかね？」

鏡子が用意すると、金之助はそこに筆で句をしたためた。

秋風の一人を吹くや海の上
「同じものを子規君にも渡した。これは君のための短冊だ」

「ありがとうございます。子規さんは何とよまれたのですか？」

金之助が別の短冊に子規の句を書いた。

秋の雨荷物ぬらすな風引くな
その短冊を夫から見せられて、鏡子はクスッと笑った。

「まるで旦那さまの世話焼きの女性みたいですね」

「ハッハハ、たしかにそうだね。いつだって子規君は、私のことを考えていてくれるからね」

そう言って金之助は口をつぐんだ。

もう二度と生きて逢うことはないかもしれない。それは二人とも十分に理解していた。

鏡子は夫のくれたふたつの短冊を自分の大切な場所にずっと掛けていた。

いよいよ明日は出発であった。


明治三十三年九月八日、横浜の桟橋にドイツ船籍のプロイセン号が停泊していた。

この船に乗っている日本人は芳賀矢一（国文専攻）、藤代禎輔（独文）、稲垣乙丙（農学）、戸塚機知（軍隊医学）らである。

桟橋では多くの見送りの人がプロイセン号を見上げて手を振り、声をかけていた。金之助の目には鏡子と連れだって見送りに来てくれた岳父の中根重一と、隣りにいる妻の姿が見えていた。

昨夜、金之助は妻の下腹をやさしく撫でて言った。

「無理をしてはいけないよ。おおらかに過ごしていれば何のことはない。君が丈夫なら、お腹の子も丈夫に生まれるだろう」

妻のお腹にはすでに第二子が宿っていた。

「はい。良い子を、丈夫な子を産みとうございます。どうぞお気を付けてお帰り下さい」

鏡子がことさら丈夫という言葉を使ったのは、金之助が上京した際、中根家の人々が気遣って大磯へ行き、そこで妹の梅子が流行していた赤痢に感染して急死したことがあった。母のカツも患い、ようやく床を出たばかりだった。

金之助は梅子を、面白い女性で愛嬌があると思っていたので残念でしかたなかった。

音楽隊の演奏がはじまった。〝ラ・マルセイエーズ（フランス国歌）〟であった。

かたわらで同じ留学生の芳賀と藤代が彼らを見送りに来た家族にむかって大声を上げ、帽子を振っている。

金之助はデッキの隅で舷側に頰杖をついてじっと見送る人たちを眺めていた。

「鏡子、金之助君はいつもあんなふうなのか？」

父の重一がポツンと片隅にいる娘婿を見て言った。

「何がですか？　旦那さまらしくて、私はあのような旦那さまが好きです」

「……そうか」

金之助は妻と岳父を見た。すると二人の隣りに見慣れた若者の姿があった。

「やはり来ていたのか」

寺田寅彦であった。

寺田青年の姿を見ると、金之助は手を振りたくなったが、やめておいた。

船がゆっくりと岸壁を離れた。

鏡子がハンカチを顔に当てて拭うのが見えた。

船が遠州灘に出ると、いきなり大きく揺れはじめた。

おっ、ととと、これが外海の波の揺れか？　と、金之助は思わず声を上げ、身体をあらぬ方向へもって行かれぬように、両足を踏ん張った。

船に慣れているといっても、徳山港から門司港までの内海であったし、ボート部の顧問をしているといっても、東京なら江戸川、隅田川。熊本なら江津湖の鏡のような水面にいただけである。

何しろ初めての経験である。水を飲んで胃を落ちつかせるのがよかろうと思ったが、その水さえが喉の出口まで吐き上がって来た。

——これはイカン。

とベッドに横たわった。

ドアを叩く者があり、昼食をどうするかと訊く。いらぬと応えて、またベッドに横たわると、またドアがノックされ、午後のティータイムと言う。そんなものはいらぬと追い払ったが、揺れはいっこうにおさまらず、こちらの身体も、これはなかなか慣れない。

晩餐（ばんさん）をどうするか訊きに来た者があるが、これもいらぬと部屋に居た。何しろ一日に午後の茶を入れると、六度も、食事とお茶を訊きに来る。

しかし初日からそれでは、この先が思いやられる。いっそデッキに出て、吐けるものなら吐けばいいと思うが、この船に乗る日本人はわずかしかいない。その日本人が船酔いで前後不覚では、イギリス人、フランス人、ドイツ人たちに笑われてしまうのではないか。

翌日、船がようやく神戸に着いた。

金之助は下船し、大阪に住む知人に逢い、諏訪山温泉で日本料理の昼食を摂り、温泉に入ってようやくひと心地ついた。夕食は摂らずに休んだ。翌朝起きると、身体はひどく弱っていて、食事を口に入れるどころではなかった。

金之助は身体が弱って行くのを日に日に感じた。長崎に停泊した折も、長崎一と評判の料亭、迎陽亭に行くが、いっこうに体調は戻らなかった。

――このままではイカン。

金之助は体調が良い時は、日誌と手紙を書くことにした。まずは妻の父、岳父の中根重一へ手紙をしたためた。

渡航前に、金銭を用立てして貰ったこと。上京した自分達に家を提供して貰ったこと。まずは御礼の手紙だった。

船酔いのため、金之助はよく夢を見た。

夢の途中で目覚めた。こういう経験はこれまでなかった。今しがたまで見ていた夢をたどりつつ、金之助は考えた。

――なぜ、あんな夢を見たのだろうか？

この年、オーストリアではフロイトが『夢判断』を出版するが、日本で紹介されるのはまだ先のことである。

九月十二日の朝、夢の中で金之助は山河を見ている時に目覚めた。日本の山河ではなかった。目覚めてすぐに枕元の日誌に、すでに故郷の山は見えない、と記した。故郷が恋しいのではない。

ただ蒼海（そうかい）の上に自分一人がいるのだ、と思った。やがて上海へ近づくのだが、目に映る空も、山も、稜線も、日本の山河とは違う。

九月十三日、上海に上陸。税関で帝国大学英文科卒業生の立花政樹（たちばなまさき）に逢い、彼の家で夕食を摂った。上海では日本旅館に泊った。まだ西洋式では居心地が良くなかった。

上海を出航すると天候が悪くなった。暴風雨である。金之助はカレンダーを見ながら、

――これは日本で言うところの台風だろう。

と推測した。

ともかくよく揺れ、船も福州の岸に近い所に停泊していた。ようやく船での生活に身体が慣れたと思っていたのだが、元に戻った気がした。

十九日の午後、九龍（クーロン）に停泊。黄昏の時刻に、対岸のヴィクトリア山頂にぽつぽつと灯りが点（とも）っているのを金之助は見て、それが次第に大きく揺れるのを、美しいものだと思った。

「上陸なさいますか?」と執事の若者が訊きに来た。「勿論だ」と返答した。「夕食はどうなさいますか?」「香港島の日本旅館で食べるよ」と返答した。

「君たちは、食事のことと、茶のことしか聞かないが、もう少し違ったことは言えないのかね。ほら、上海なら演奏会がありますよとかだ」

この言葉を金之助は英語で話すのだが、執事の若者たちは金之助の英語が聞き取りづらいのか、ただ笑って首をかしげるだけだった。

小蒸気船に乗り換えて上陸した。夕食の後、Queen's Roadを見物し、夜九時に帰船した。金之助はデッキに立ち香港島を振りむいて、思わず声を上げた。東洋一の夜景と呼ばれた宝石のようなかがやきがそこにあった。

金之助はこの夜景がよほど気に入ったらしく、翌日も香港島へ上陸し、きらめく記憶の中にあったQueen's Roadを横断し、ケーブルカーに乗って山頂まで登った。

「いや、やはり山の上は気分がいいな」

金之助は一人、上機嫌であった。

ひとしきり景色を味わうと、つづら折りの道を人力車に乗って揺られながら下った。

そうして午後四時に帰船した。船はシンガポールにむかって、南シナ海を南下して行った。

香港からシンガポールへの航行は洋上をひたすら進み、四日の予定が五日かかった。

ようやく船旅にも慣れて来て、金之助はゆっくり読書もするようになった。

妻の鏡子へも、子規に宛てても手紙が書けるようになれた。

金之助の綴った日誌はまことに丁寧であった。今も、東北大学附属図書館に「渡航日記」として収蔵されている。日本語と英語が混ざった文章は、内容もさることながら、一文一句をこれほど丁寧に記した日誌を初めて見た人は、一様に声を上げてつぶやく。

「まあ、なんと綺麗な日誌でしょう」

たとえば、香港の記述ではｄｉａｍｏｎｄとｒｕｂｙの綴りがとても綺麗である。

神奈川近代文学館や新宿の漱石山房記念館でも、自筆を見ることができるが、『断腸亭日乗』の永井荷風と並んで、きわだった美しさである。


シンガポールへむかう船中で、宣教師によるミサが行なわれ、金之助もこれに出席した。

ミサは初めてではない。一高時代も、帝大の折も、英語教師に誘われて何度か出席していた。

海上を吹く風に乗って賛美歌の声が流れてきた。

九月二十五日、シンガポールに到着した。

地元の人たちが丸木舟で近づき、船の周りにたむろしていた。

五日もかかって南下したわりには、シンガポールは意外と涼しかった。

上陸し、植物園を見学。さすがに熱帯雨林の木々は見事で、ここが南国だと金之助は実感した。

動物園で、虎を見る。鰐（わに）も蛇（へび）も見た。

――夢に出なければよいが……。

金之助が見学したシンガポールは、一八一九年にイギリス東インド会社のラッフルズが地理的重要性に着目し、開発を始めた土地だ。一八二四年にはジョホール王国から植民地として割譲（かつじょう）を受け、マレー半島を勢力圏としていたオランダもイギリスによる支配を認めた。

金之助は現地に立ち並ぶ日本人経営の呉服店や雑貨屋を見かけた。日本人街であった。

――ほう、こんな土地にまで日本人が進出してるのか……。

金之助はこの頃五百人ほどいたと言われる「からゆきさん」と呼ばれる女性たちの姿も見た。

九月二十七日、早朝、ペナンに到着した。上陸はせず、デッキから蒼いマラッカ海峡を眺めた。インド洋を西に進む。

インド洋は南シナ海より海色が深く、藍に似た色彩が濃かった。陽差しは日本より強く思えるが、蒸し暑さはなかった。むしろ涼しかった。

奇妙なものだと思った。海流が運んで来る熱の方が寒暖に影響すると聞いてはいたが、本当だと知った。「印度洋ト雖(いえども)、甲板上ハ風烈(はげ)シク寒キ位ナリ」と日記にしたためた。

九月二十九日、ベンガル湾の南を西に向って横断。

十月一日、コロンボに寄港。英領インド・ホテルに宿泊。バナナやカカオの実が木に熟しているのを見て面白いものだと思う。

気候はことのほか涼しく、デッキや船室で読書をする。船室には丸い小窓があった。乗船してすぐは船酔いが激しく、ベッドで横臥しながら、小窓の中で星が右へ左へ動くのをじっと見ていた。それが懐かしく思えるのだから、船旅に慣れたということだと思った。

十月八日、アデン（アラビア半島の南端）に到着。出発して一ヵ月目である。かねて手を付けては止まっていた鏡子への手紙を書く。

十月九日、バブ・エル・マンデブ海峡を過ぎて紅海に入る。インド洋の涼しさは失せ、気温が一気に高くなる。

これまで日誌に俳句もどきをしたためておいたが、大半は気候、天候のメモ替わりだった。

雲の峰風なき海を渡りけり（インド洋上で）

赤き日の海に落込む暑かな（紅海上にて）

十月十二日、シナイ半島の山を見ながらデッキで読書する。

この数日の読書は、一等船室に乗船していた、かねての知人ノット夫人から貰い受けた英訳版の『聖書』であった。

聖書といえば、船中でちいさな出来事があった。聖書の内容に関わることではなく、神の存在に関してであった。

金之助はこれまで一度も、プロテスタントであったことも、クリスチャンであったこともないが、〝神の存在〟については、ひとつの考えがあった。乗船していたキリスト教宣教師と議論になり、やり込めてしまうのである。その様子を目にしていた留学生仲間の芳賀矢一は「夏目氏、耶蘇教宣教師と語り、大に出鼻を挫く。愉快なり」と日誌に残している。

十月十三日、スエズに船は停泊して、そのままスエズ運河に入った。

そこへ新聞、雑誌を販売する者が乗船して来た。『The Times』（タイムズ紙）の他二、三種の雑誌を買い求め、百六十キロあるスエズ運河を船が航行中に読んだ。

その記事の中に日本の世情に触れたものがあり、伊藤博文と山縣有朋の写真があった。山縣が辞職し、伊藤が四度目の総理大臣に就任するという内容だった。

その記事を読んで、金之助は妻の父である中根重一の顔が浮かんだ。貴族院書記官長だった重一は、二年前、大隈重信総理大臣の辞職に伴って自ら職を退いていたからだ。その後岳父は行政裁判所評定官という地位にあったが、不遇をかこつ日々を過ごしていた。

他にはこの年の六月に清国で起きた義和団事件をめぐる記事もあった。排外主義を唱える団体が宣教師などを攻撃し、それに同調した清国政府が欧米列国に宣戦布告した。列国は二ヵ月で制圧したが、戦後処理をめぐってロシアと日本、イギリスが対立しているというものだった。

十月十四日、午後八時、スエズ運河を抜けたプロイセン号は地中海に入った。

金之助は珍しくデッキに立って、荒れ気味の地中海を眺めた。

——いよいよ欧州に入ったか……。

金之助は荒れる海を見てつぶやいた。

十月十七日、船はメッシーナ海峡を抜けて、ナポリに停泊した。

その夜、船中で留学生が集まり、ちょっとした話し合いがあった。話の内容は、停泊するナポリから北西にあるローマの街を見学するかいなかについてであった。ローマは欧州の文明の源泉であり、多くの遺跡がある。

「ローマを見ずしてヨーロッパを訪ねたとは言えないのではないか」

何人かがうなずいた。金之助は黙っていた。当初、一週間の予定でローマ滞在の予定を立てていたが、パリで万国博覧会が開催されていた。

——ともかく見物するものが多過ぎる。物見遊山の旅へ来たわけではないのだから……。

これが金之助の考えだった。

パリの万国博へ行けば、今の世界の産業技術の最先端を学ぶことができる。パビリオンを見ただけで欧州各国の、それぞれの国の勢いがわかるし、世界が今、どこにむかおうとしているかも知ることができる。日本のパビリオンまである。

皆が腕組みしていた時、芳賀矢一がのんびりした口調で言った。

「万国博は機を逸すると二度と見ることはできないぞ。今見ずともローマはどこかへ逃げたりはしないよ」

――ホーッ、なるほど、こいつなかなか頭が回る男だったのか……。

皆が船酔いしている時も、一人大声で笑ったり、寄港するたびに船に近寄る現地の人たちに手を振る、どこか落着きのない芳賀がなるほどという主張をしたのに金之助は感心した。

「たしかにローマがどこかへ逃げたというのは吾輩も聞いたことはないな」

金之助が言うと、皆が大きくうなずいた。

自室へ引き揚げようとする金之助の前に芳賀矢一が通りかかった。

「芳賀君、君の今夜の〝ローマは逃げない〟はなかなかの意見だったよ」

「いな、お恥ずかしい。夏目君にそう言われると照れてしまうよ。実は、パリには美しい女性たちが陽気な踊りを見せてくれる劇場や酒場があると聞いていたので、そっちに長く居る方が、遺跡なんかを見学するより、よほど面白いと思ってね」

「………」

金之助は口をあんぐりとさせて芳賀を見た。

金之助は停泊している間に子規と鏡子への手紙を書くことにした。

キヨさん、お変りありませんか。

今、ナポリの港の岸に船は停泊しています。船室で、この手紙を書いています。この一ヵ月、何度か君への手紙を書こうとしたのだけど船が揺れて、とても字を書くどころじゃなかったよ。

今、船室の机で頬杖ついていると、目の前の丸窓に十月の星がきらめいています。時折、船が揺れると、星も揺れて、なかなか風情があるよ。

筆子は元気にしているかね？　筆子と同様、君のお腹の子供も元気だろうか。心配しています。私の方は、長旅の疲れもなく元気だ。案外とこういう旅の暮らしがむいているのかもしれないね。外国への旅は、一人になれる時間が多く、私には好都合だ。その一人の時に考えたんだが、帰国したら、五高を辞めようと思っている。教師が嫌いなのではないが、このまま熊本に居ても、自分がやりたいことをしているとは思えないんだよ。

では何がやりたいか？　と問われれば、これがやりたい、というものがはっきりと見えないのが、本当のところだ。

帝大にいる時、建築の勉強をしてみようかと思ったことがあるが、亡くなった米山君に文学を志す方が、私には合っていると忠告されて、自分でもそうではないかと思ったので、それが今の英語教師になったというわけなのだ。しかし、その時のことを今回の旅で思い出してみたんだが、別に教師の仕事をしたかったという気持ちは、実は一度も抱いたことがない。では帰国したら何をするか？　実はロンドンで学ぶのは文部省が留学の目的に命じた英語教育の研究なんかじゃないんだ。今さら英語をいちからやるつもりなんぞはない。やりたいのは英文学だ。英文学なら、シェークスピアをはじめいろんな作家の作品を読み、人間を知ることができる。では人間を知るというのはどういうことなのだ？　と問うてみても、これが、こうだと明快に説くことはできない。でも、そんな難しいことではなくて、ほら、いつか君が、葉山の森戸海岸で、夕陽に染まった美しい富士山と江ノ島を見た時に言った言葉を覚えているかい？　「この美しい夕景を私がどう書くか読んでみたい」とね。それだよ……。

金之助は妻、鏡子への手紙を書いて、自分の今までの行動を冷静に見ることができたと思った。

大泥棒になってしまう日に誕生し、厄除けに金之助と命名されたことや、すぐに里子に出され、露店の古道具屋の籠に入れられていたという長姉から聞かされた自分の生い立ち。その後、生家と養家を往来し、学校を何度もあちこちに移り、ミチクサをして来た幼少時から、一高、帝大でエリートと呼ばれた時期。四国や熊本の田舎で教師面はしているが、三十歳を過ぎて、人の親となっているのに未だ生きる道も定まっていない。

——いささかミチクサをし過ぎたかな……。

金之助は船を降りてベスビオ火山を眺めながら、雲仙や阿蘇の山景に似ているな、と感心していた。

「旦那さまが、おやりになりたいことをなされば、それでいいのだと思います」

耳の奥で鏡子の声がした。

——本当に、あれは佳い嫁だ……。

この頃、身体がふくよかになり、少し艶気が増した妻の横顔を思い浮かべた。

古代ローマの都市ポンペイを一瞬で消滅させた火山を見ていると、同じようなカタチをした雲仙がよみがえり、そのむこうに小天温泉で逢った前田卓子の美しい顔と裸体があらわれた。

——イカン、イカン。嫁を誉めてすぐに裸体はあるまい。

エッヘンと金之助は咳払いをひとつして帰船した。

十月十九日、船はイタリア北部の街、ジェノバに到着。翌朝、ジェノバから汽車に乗り、パリにむかって出発する。

切符の手配がままならず、留学生仲間五人はばらばらの席に座った。船と違って、汽車はフランスに入るのに予告もないし、執事もいないので荷物ひとつひとつを自分で守らねばならない。毎度毎度部屋をノックして来て、マッタクウルサイ奴ダと思っていた船の執事も、あれはあれで役に立っていたのだとあらためて思った。

隣りにやって来た藤代禎輔が一夜漬けで覚えたフランス語で車掌と話をしている。このフランス語というのが源流はラテン語で、英単語の多くも同じ語源だというのに、まったく理解ができない。「あっ、忘れた！」と金之助が言うと、藤代はあわてて、夏目君、荷物をですか？　と訊く。いや、子規君への手紙を書くことだ、と応えた。

汽車はパリ中心部の南東にあるリヨン停車場に到着した。金之助はここから〝花の都〟に入った。

昼時でもあったがパリは寒く、外套(がいとう)に手袋をして街へ出なくてはならなかった。

それでもパリ中心部の賑わいは、船旅の途中で上陸した、どの都市より華やかであった。

金之助が歩き出した秋のパリは、二十世紀を間近に控え、産業革命が人々に実利を与え、日ごとに暮らしが豊かになることを実感できる都市だった。メトロ（地下鉄）が開通し、セーヌ川は往来する汽船で賑わっていたし、その河畔に十年ほど前に完成したヨーロッパで一番の高さの建造物、エッフェル塔の鋼鉄の輝きが夕陽にきらめいていた。金之助もさっそくエッフェル塔に登った。いや登ったと言うより、箱に乗って昇ったと書く方が正しい登頂だった。

「いや、これはまったく素晴らしい。世界の都の一大展望をこうして眺めることができることは、今回の旅の最大の驚きだ。いや絶景である。やはり高い所は気持ちがイイ」

十九世紀末のパリは、産業と芸術活動が一般大衆の中でひろがりを見せていた。その象徴が万国博覧会である。何しろ五千万人を越える見物客が訪れた大イベントであった。電気で様々な色彩に変化する照明も面白かったが、欧州の芸術運動を回覧できたことが金之助には嬉しかった。印象に残った絵画はドラクロワ作の『地獄のダンテとウェルギリウス』であった。万国博は三度も見物し、日本の陶器と西陣織が異彩を放っているのにしきりに感心していた。

夕陽がエッフェル塔を黄金色に染めると、街のあちこちからシャンソンの演奏が聞こえ、ムーランルージュの赤い風車がゆっくりと回っていた。

パリには欧州中の作家が集まり、画家、詩人に哲学者……、そしてカフェーの女給たちが不夜城のごとく街を賑わしていたが、金之助は仏文学への関心が薄く、パリを自分が身を置く場所にしたいという発想はなかった。むしろ留学に来ていた洋画家の浅井忠（あさいちゅう）から、見学すべき西洋画のギャラリーを聞いたりしていた。

浅井忠は子規の紹介で、根岸の子規庵で知り合っていた。子規の身体の様子を聞いて来る浅井に、子規が転地療養に静岡の方で静養したがっていることを教えたりした。

十月二十八日朝、パリの宿を出て、北停車場より汽車に乗りこんだ。

この日から金之助は一人旅である。他の留学生は、それぞれが学ぶ国へむかって行く。英語教育を学ぶための留学と文部省が決めたのだから、当然、金之助の留学先はイギリスになっていた。

北へむかう汽車の窓からは田園地帯がひろがるのが見渡せた。

――パリを一歩出れば日本の田舎と変わらないナ……。

そのことは下調べで知っていたが、延々と続く田園はよく肥えた土地に思えた。やがて羊、牛に変わって毛並みの美しい馬がなだらかな丘の上に立っているのが見えた。

農耕馬ではない。軍馬に見えた。

幕末の日本では海軍はオランダの指導を受けていたが、陸軍はフランス式の訓練を受けていた。そんなことを根岸の子規庵を訪ねていた子規の友人で、海軍大尉の秋山真之（あきやまさねゆき）が話していた。

「日本でも軍馬を育てていますが、すぐれた外国産の馬の導入が必要になるでしょう」

秋山の話を聞いて軍馬を船で運ぶのは大変だろうと、子規がつぶやいていたのを思い出した。

カレーの海岸から英仏海峡を渡る船に乗った。

風が強い上に、潮の流れが速いのだろう。船は何度も舵（かじ）を切りながら進んで行く。海上に立ちこめていた霧が晴れると、前方にかすかにイギリス本土が見えて来た。

――ようやくイギリスか……。

とつぶやいたが、さして感動はなかった。

ドーバーの港は兵士たちであふれていた。

金之助は近くにいた紳士に、

「戦争でもはじまるのかね？」

と訊くと、

「いや戦争が終わって、義勇兵たちが帰ってきたところだ」

と聞かされた。どこでの戦争かね？　とさらに訊くと、南アフリカで戦われたボーア戦争だと言われた。

兵士たちが降りてきた船の後方から馬の嘶（いなな）きが聞こえた。

――そうか、子規の言うことは案外と的を射ていたということか……。

と感心した。

ドーバーから汽車を乗り継いでロンドンに着いた頃には日もとっぷり暮れていた。チャリング・クロスの停車場から帰還兵たちとともに出ると、街路灯があでやかに揺れていて、

——ああ、ここはロンドンだ。

と思わず声を上げそうになった。

迎えの者を待っていたがなかなか逢えない。帰還兵たちは祖国に戻ったので興奮しているのか、たいした騒ぎの中を、荷物とともに立っていた。

やがて迎えが来て、辻馬車に乗って真っ直ぐ帝大時代の友人に紹介された下宿まで行った。すでに家族は就寝しており、挨拶もせず、部屋に入って旅の荷を解いた。

金之助は旅の疲れか、外套と上着を脱いでベッドに横たわると、すぐに寝てしまった。

翌朝、挨拶にあらわれた下宿の大家は開口一番、下宿代を告げ、一週間分を前払いするよう言った。金之助は承諾した、と返答し、支払いは明日しようと告げると肩をすくめられた。

部屋の窓を開けると、昨夜は見えなかったむかいの瀟洒（しょうしゃ）な家が見えた。ブルームスベリーと呼ばれるこの地区は富裕層が多く暮らしている。

——なかなか居心地が良さそうだ。

と思ったが、大家に告げられた下宿代を思い出した。食事付きとはいえ一日およそ六円である。一年分を計算してみると、国から支給される千八百円では到底暮らせない。早急に安い下宿を探さねばと、金之助は顔をしかめた。

それでも顔を洗い、髯を整えて、近所を散策することにした。

しずかな一帯である。近くには大英博物館がその威容を見せていた。ロンドン大学もあるから

下宿屋が多いのかもしれない。案外神田の駿河台下の下宿屋が並ぶ界隈にも似ている気がした。

十月三十一日。留学中の帝大の後輩、美濃部達吉が公使館に届いたノット夫人の手紙を持って来た。後に天皇機関説で有名になる人物である。

金之助がロンドンらしいものを見たいと告げると、美濃部は即答した。

「それなら芝居はどうです。今、ロンドンで大人気の芝居をウエストエンドでやってますよ」

「じゃ演目はシェークスピアかね？」

「いや、シェークスピアより人気のリチャード・シェリダンです。ぜひ、ご覧になるといい」

芝居見物の案内をすると言って、約束の時間に下宿に来たのは美濃部達吉の兄の俊吉だった。俊吉は明るい声で言った。

「いや、ちょうど良かったですよ、夏目さん。今ヘイマーケット座で上演しているシェリダンの〝The School for Scandal（悪口学校）〟は今年一番の当たり芝居です。切符もどうにか取れました」

と二枚の切符を見せた。二人は下宿を出て、劇場街にむかって歩き出した。

陽が落ちてほどなく、外気は急に冷たくなった。秋というより、すでにロンドンは冬になろうとしていた。

下宿を出て歩き出すと、目指す大通りの方から静かに霧が溢れ出してくるのが見えた。

金之助は外套のボタンを留め、手袋をした。

「いや、今夜はかなり寒いですね」

「東南アジア、インド、エジプトと暖かいところをまわって来ましたから、こんなふうな冷たさにはなかなか慣れません。あの霧は、こうして毎晩やって来るのですか？」

「ええ、南の方から偏西風で運ばれてきた湿った空気がここで冷やされるのです。寒暖差の激しい時期には特に多いようです」

寒くはあったが、ややもすると暗く、陰気にさえ映るロンドンの街が、こうして真っ白な霧に包まれるのは、眺めとしては風情があった。

吸う息は冷たく、吐く息は白くなった。

「シェリダンはそんなに好評なのですか？」

「ええ、そりゃあもう連日満員ですから。それに、今回の〝The School for Scandal〟はなかなか英知に富んだ作品でしてね。シェリダンが得意な風刺がたっぷりと盛り込まれて、客席は笑いの渦です」

「ほう、そんなに面白い作家なのですか」

「はい。シェークスピアより二百年ほど後の作家ですが、今では上演回数でも引けを取らないという話ですよ」

――そりゃ楽しみだ。

劇場に着くと、美濃部は身を乗り出すようにして隣りに座った。人の良さそうな男である。俊吉も金之助と同じ帝大出だが、法科だったこともあり、言葉を交わしたことはなかった。農商務省の官吏として商工業の視察に来ているという。

開幕ベルが鳴り、幕が上がって舞台に照明が点ると、そこに役者が走り込んで来た。同時に観客が拍手した。声もかかった。どうやら人気役者らしい。日本と同じである。

「私は贅沢な若者でしてね。どうしても金を借りたい。あなたは立派なご老人で、どうやらこの若者に貸す金をお持ちのようだ。利息は高くてもいいんですよ。商談に入りましょうや」

芝居は佳境に入ったようだ。役者のせりふは、はっきりした発音で、訛(なま)りもなく聞き易かった。さすがに王立劇場に登場する芝居だ。この若者は相手が高利貸しだと思っているが、正体は甥(おい)っ子の放蕩ぶりを確かめに来た叔父である。

なるほど美濃部のいったように風刺劇だ。

客席と舞台が一緒になって、三人の役者の一挙手一投足に笑ったり、驚きの声を上げている。

金之助は観客の素直な反応を見ながら、舞台のまぶしい光彩に、なつかしい思いがした。

東京の寄席小屋の風景であり、歌舞伎や浄瑠璃の舞台である。

この高揚感はひさしぶりである。熊本に赴任してから、寄席は勿論のこと芝居も観ていない。上京した折も、中根への挨拶、子規の見舞い、帝大、一高の後輩たちの就職の世話などがあり、小屋に足がむかなかった。

また観客が大笑いをし、床を靴で鳴らす人までいた。

――やはり、ここは都会なのだ……。

ロンドンに入った時、金之助は少し失望していた。パリが万国博覧会もあり、華やかであったせいもあるだろうが、下宿へ着くまでの道すがらも、街はひどく暗く、陰気にさえ感じられた。到着した時刻のせいもあったが、大英博物館や大学のある一帯が、物静かと言うより、ひっそりと沈黙しているように思えた。

今、こうして腹をかかえて笑っている人々を見て、金之助は初めて安堵した。

「ハッハハ」

金之助が声を出して笑った。

隣りに座る美濃部が驚いて自分を見ているのに気付いたが、そんなことはかまわないと思った。ひさしぶりに腹の底から笑ったと思った。

「夏目さんは、失礼ですが、今の場面はそんなに面白かったですか？」

うん？　と金之助は青年を見返し、

「あなたが言ったように、これは風刺劇です。あの主人公の青年は、叔父が高利貸しに変装していたのに気付かない。『どうやって返済するんだ?』と聞かれ、相手が叔父とも知らず、『心配はない。叔父が死んだらたっぷり遺産が入るので、それで返せばいい』と平然と返答をしたんですよ」

そう言って、また金之助は笑い、目元を指でおさえた。涙まで流してしまっている。

「夏目さんは英語が堪能なのですね」

「えっ、今のせりふが聞き取れなかったのですか。そりゃ気の毒に」

「は、はい」

芝居がはねた後、二人は元は劇場だった建物に紅茶を飲みに行った。金之助は懐中時計を見た。下宿で時計を英国時間に合わせておいた。

夜の十時を過ぎている。

むかいの劇場から客たちが大勢、通りに出て来て、そこに馬車が近づいている。

「ずいぶん遅い時間まで出かけているんですね」

「夏になれば、九時過ぎても明るいですから。もっと遅い時間まで皆が賑やかにしていますよ」

「あなたは農商務省からの派遣でしたね」

「はい。商工業の視察です。帰朝すればお国の発展に尽くすつもりです」

「それは素晴らしい」

「夏目さんは英語教育の研究とありましたね」

「ああ、あれは文部省が勝手にこしらえたことで、私は英文学を学ぶつもりです」

「そうですか。先刻も夏目さんの英語力に驚かされました。昨日お会いになった私の弟も法律の勉強にきています」

「法律ならドイツが本場では？」

「おっしゃるとおり。ロンドンにも時々遊びにきてるんですよ」

「ではまた。今夜はお蔭で楽しかったです」

金之助が手を差し出すと、美濃部は握り返した。


翌日から金之助は、下宿探しに出かけた。

今の下宿は賃料が高過ぎて、三ヵ月も過ごせば留学費の三分の一近くが失くなってしまう。帝大時代の友人に紹介された下宿はロンドンでも高級住宅地の一角にあったので、長期滞在の留学生ではとても賄いきれない。

すでに留学や仕事で滞在している人に聞けば、安くて、広さも十分なところが、探せばあると言われた。

下宿人を募っている家には、その看板が表に出ていた。〝案ずるより産むが易し〟である。金之助は思い立ったら行動は速い。

早朝、家を出て、これとおぼしき界隈（かいわい）を歩きはじめた。表札も看板も通りの名前もすべて英語である。市街の探索にもなる。

――これはいい。

歩きはじめるといろんなことがわかってきた。

家並みを見れば、その街の中での、一画の格式のようなものが見えて来る。少しお高くとまっている感じがする一画は訪ねてみると、やはり賃料が高い。

何やら人ごみも多く、通りもごちゃごちゃしている界隈に、驚くほど家賃が安い家があった。それもそのはず、部屋を見せて貰うと、雨漏りの跡が床にあった。

——そうか、よくよく注意して探さねば……。

熊本の市街で五高の偉い先生が部屋を探しているのと訳が違う。極東アジアの片隅の日本の留学生が、世界最高の都市で住む部屋である。

それでも訪ねて、身分を明かすと、皆親切であった。

三日目、見覚えのある大きな建物が前方にそびえるように建っていた。

ウェストミンスター寺院である。

親切に標識まで出ている。

——あれが本物のウェストミンスター寺院か。

建築写真で目にしたことがあった。

耳の奥から若い懐かしい声がした。

「夏目君。君が言うような美術的建築は、今の我が国の技術では不可能だよ。百年経ってもできやしないよ。まったくもって無駄だ」

同級生の米山保三郎の声だった。建築を専攻しようとした時、保三郎が忠告してくれた。それで英文学に進んだ。ゴシック様式の建物を見上げながら、あらためて米山の言葉に得心した。

英国を代表するウェストミンスター寺院は、やはり本物を目の前にすると、写真とはまるで違った印象を受けた。

このような寺院や大聖堂の建設に関しては欧州は国を挙げて、人力と費用を出す。場合によっては百年もの歳月をかけて建設し、何世紀にもわたって増改築を繰り返す。

米山保三郎の声と人なつっこい顔が浮かぶと、贅沢な下宿にいる自分が情けなくなった。

――どんな部屋だってかまわないじゃないか。大切なのは志だ。

そう思うと、元気が出た。ヨオーシ、と声を出すと、急にお腹が鳴った。そう言えば朝から何も食べていなかった。

寺院を後にして、食料品店を探すと、数軒の店が並んでいた。気取った店ではなく、店前に子供が屯ろしている店に入った。

棚を探すと、案の定、それがあった。

金之助は棚に並んだ缶のひとつを取り出し、そのレッテルを見た。ビスケットである。勘定場に行き支払いをした。日本円に換算すると八十銭くらいである。

ビスケットと言うと菓子のようで、アフタヌーンティーのお茶うけでもあったが、食事のテーブルに、皿の上に載せたビスケットが、ちゃんとした一品として出される家もあった。

公園のベンチに座り、金之助は膝を揃(そろ)えた上に箱を置き、缶のフタを開けた。中が湿けないように一つ一つ包まれていた。

金之助は中からビスケットを一枚出し、口の中にゆっくりと放りこんだ。噛むと、これが塩が少し効いていてなかなかの味である。

「美味い。いや実に美味い。空腹こそが美食の最大の味方であるな」

そう言って金之助は満足げにうなずいた。

もう一枚食するとするか……、と思った時、足元で、ミャーゴという声がした。

見ると、一匹の猫が金之助を見上げていた。

「おう、どうした？　腹が空いてるのか？」

金之助が言うと、プイと知らんぷりでよそ見するように尾をゆっくり振って見せた。

「ほう、貴婦人のようだな。吾輩のところのドラとはいささか違うな」

それでもビスケットを半分に割ると、ちゃっかり頬張った。


新しい下宿が決まった。市内の中心部からは外れたが、賃料は安いし、部屋もまずまずである。窓を開けると、並木道が目に入る。ゆったりした郊外の住宅地である。

──深川あたりのたたずまいに似ているな。

あと一週間もすれば、今年が終わり、新しい年になる。新しい下宿の玄関に赤いリボンで柊を美しく飾ったクリスマスの飾りがかかっていた。

何やら人々の顔も、どことなく華やいでいる。歩く姿もいそいそとしている。

キリストの降誕を祝うクリスマスは、もちろん、キリスト教を国教としている英国では大切な行事だ。部屋を飾り付け、皆していつもとメニューが違う食事をして祝う。

〝日本で言うところの正月のようなものです〟

と鏡子への手紙には書いた。子規には、

〝小生、今、深川のような辺鄙（へんぴ）な場所で勉学しております〟

と手紙に書いた。

ロンドンに着いて二ヵ月が経ち、金之助は少し落ち着き、自分がここで何をすべきかが見えかけて来た。その原因は一人の個人教授と出逢ったことにあった。

ウィリアム・ジェームズ・クレイグ教授である。

「ケンノスケ君、クレイグと呼んでくれたまえ」

「教授、ケンノスケではなく、キンノスケです」

「おう、それは失礼した。では教授をいちいち付けるのはよしてくれ。クレイグでいいよ、ケ、キンノスケ君」

金之助は笑ってうなずいた。クレイグはロンドン大学で講義を聴いたケア教授に紹介してもらった。ケア教授はその際、五十代半ばを過ぎた変わり者だと言ったが、金之助はアイルランド出身の、シェークスピアに関しての知識はピカ一と噂の、このクレイグ教授と個人授業の契約をした。

「シェークスピアは、ここで理解するのです」

とクレイグは胸を指でおさえた。

「ハートで学んで下さい」

金之助は、その言葉を大いに気に入った。


明治三十三年十二月、金之助はロンドンの自室で一人、静かな大晦日(おおみそか)を過ごした。

初めて経験する静寂のおおつごもりだった。

日本にいる時は、生家でも養家でも、家族、親戚、近所の人々が集まり、年越しそばを食べ、除夜の鐘を聞きながら近所の寺社へ初詣に出かけていた。皆で賑やかに新しい年を迎えた。

しかしロンドンは数日前から降り積もった雪のせいもあってか、いたって静かな新年だった。

金之助は早めに目覚めて散策に出た。

雪を踏みながら金之助はつぶやいた。

「三十五歳になったのだ」

そう声に出してみると、金之助はロンドンでの日々が自分の次の出発の指針を与えてくれるはずだと思った。

金之助は真っ白な雪の上に何かが付いているのに気付き、立ち止まって、それを凝視した。

煤煙(ばいえん)のススであった。見るとあちこちに黒いシミのようになって無数のススが雪の上にあった。

――昨日だけで、こんなにススが舞い降りて来たのか……。

見ているだけで咳込みそうになった。

実際、大勢の人が、この煤煙の被害に遭って胸や肺に異常をきたし、病院に通っていた。

学生時代に肺を病んだこともあったから、金之助の身体はロンドンに入って、真っ先に煤煙の酷さに反応した。

咳込みながら、つぶやいた。

「こんなものを毎日、肺の中に吸い込んでいたら、この街の人は皆病いになってしまう。よくこんなものを放っておくものだ。これで文明国と自らを呼んでいるのなら、英国人はとんだ笑い物だ」

産業革命の先駆者であり、欧州の産業の中心地であったロンドンと、その近郊の都市はすでに近代社会が生んだ公害問題と直面していた。

人の身体をむしばむ煤煙を、文明の証しとして好んで吸い込む者もいたと言う。

金之助は大学の授業がはじまると、すぐに聴講へ行き、そこで教授と生徒たちが交わす授業の内容を聴いて失望した。

ロンドンに入って三ヵ月が過ぎたので、金之助は文部省に報告書を提出した。

「大学の英語の授業は聴くにあたわず。その上物価が高く、今の留学費では困窮している」

という内容だった。

ケンブリッジ大学での授業は期待外れだったが、周辺に立ち並ぶ書店や、大学の購買部にある書棚には、思わず手に取ってしまうほど魅力的な書物が多かった。数ページを読んで、

——こんな本が欲しかった……。

と思って値段を見ると、驚くほど高かった。

そうでなくとも、ロンドンに着いたばかりの頃、懐具合も考えずに買いあさってしまい、たちまち金欠になってしまった。

鏡子への手紙にも、〝この街は金がなかったらたちまち暮らすことに窮する。よほど金銭感覚をしっかりしておかねば、留学を続けることもできなくなってしまう。ともかく留学費の安さには憤怒(ふんぬ)してしまう〟と事あるごとに、金の乏しさを訴えていた。

——大学の授業の程度があれで、本も買えないとなると勉学のしようがない。

と嘆いている金之助にとって、唯一の救いはクレイグ教授との個人授業であった。

金之助はさほど多くの欧州人を知っているわけではなかったが、数少ない知り合いの欧州人の中でも、クレイグ教授は、少し、いやかなり変わったタイプの人であった。

年齢は金之助より二十歳余り年上で、アイルランド出身。名門トリニティカレッジで文学を専攻し、ロンドンに渡ってきた。今は詳細な注釈付きのシェークスピア全集の編纂(へんさん)をし、何人かの個人教授をしながら生計を立てていた。

ことシェークスピアに関してはロンドンでも抜きんでていると評判だった。ケア教授に紹介され、金之助は、それを運が良かったと喜んでいた。だが、教わる価値のある授業であることは理解していたが、一回の個人授業で七シリングはいかにも高過ぎた。

そこで金之助はクレイグ教授に授業料を安くしてもらえないか交渉しようとした。

ところが、その話を打ち明けようとする日に限って「キンノスケ、実は本を買い過ぎてね。少し前借り出来ないだろうか」と申し合わせたように言って来る。それで仕方なしに少しだけ工面すると、教授は釣り銭をくれない。

「あっ、お釣り……」

と言おうとすると、教授は金をポケットに仕舞って、すぐに帰って来るからと部屋を出てしまうのだった。

目覚めると、今日も雪である。窓から眺める下宿のある一角は、あの陰気な暗さがすっかりと消え、一月の朝日に白銀がまぶしくかがやいて、美しいことこの上ない。

雪景色を見る度に金之助は子供の頃から、こんなふうに汚れた路地やドブを見事に覆い隠す力に感嘆していた。

大人になってからは、こんなふうに、人間の業欲や、嫉妬、諍いごとも年に一度か二度すっかり覆って、どこかへ追いやってくれないものか……と思ったことがある。

熊本でも数年前、どか雪に見舞われ、街一面が銀世界になった。筆子が生まれる前で、金之助は珍しく猫を抱いて庭先に立ち、桑畑もすっかり白くなった銀世界を眺めていた。

そこへ下宿人の山川がやって来て、

「おはようございます。湯タンポ替りですね」

と猫を見て、やはり一面の銀世界を眺めた。

金之助は、雪が人間の欲などすべてを覆い隠してくれぬものかとの思いを語った。

すると山川はひどくその話に感心して、

「いや、面白い話です。先生もそんなことをお考えになるんですか。いっそのこと借金なんかも〝ナシ〟にしてもらえないですかね」

と、どこか願い事をするように言った。

その山川の雪を見つめる横顔を見て、

――気楽な下宿人と思っていたが、だれもが大変なのだ……。

と思ったことを、ロンドンの朝、なぜか思い出した。金はたしかに、山川にとってだけではなく、切実な問題である。

そう言えば鏡子からの手紙に、〝貴方(あなた)はそんなふうにお金の心配を手紙にお書きになる必要はありません。私が中根の家から借りて、そちらにすぐに送りますから。お金の心配は貴方に似合いません。心配御無用　鏡子〟とあった。

――そうか、鏡子への手紙にはついつい本音が出てしまっているのか……。

鏡子の手紙には、健康に過ごしており、年明け早々にも子供が生まれるだろうということと、その子に名前を付けて欲しい、とも書いてあった。

鏡子の手紙が届いたのは一月二十四日である。もう生まれただろう。どんな赤児か見てみたいが、それは帰国しての愉(たの)しみである。

――次の子の名前か……。

金之助は週に一度通うクレイグ教授の授業以外の日にどこで何を学ぶかを決めようと思った。

ケンブリッジの次は、オックスフォードを見学に出かけた。五日間ばかりキャンパスの中を見て回り、教授とも面談したが、ケンブリッジと同じ理由で手続きをしなかった。理由は高額な授業料にあった。半年間の授業料を前払いしなければならなかった。内容も知らずして前払いをしてしまうと、とんでもない目に遭う。

いやはや金がなくては動きが取れない。留学費が少な過ぎるのである。なにせこの分野では最初の留学生であったから、文部省も基準を持っていなかった。

金之助は文部省への二度目の報告書にも、公費ハナハダ少ナイ、困窮ス、と報告した。

金之助はオックスフォードから帰る列車に揺られながら、イングランドである必要があるのかと考えた。エジンバラの大学の水準がかなり高いと聞いていた。エジンバラのあるスコットランドにも一度行ってみるべきだと思った。

その日、クレイグ教授の家に行く前に時間があったので、金之助は地下鉄に乗ってみた。

車両が妙な揺れ方をしている。それもそのはず、この列車はテムズ川の地下を走っているのである。よくそんな所を列車が走るものだと思うが、顔を出して川水がかかっては大変である。

教授の家に来る度に、狭い部屋に一緒に住んでいる女中の無愛想振りに呆きれてしまう。

講義の最中でも、教授がその女性を大声で呼ぶのは、たいがいが辞書が本棚のどこにあるのかということだったり、書き留めていたメモの束の行方だったりする。ともかく教授の部屋は本の山で、その山も今にも崩れ落ちそうな有り様なのだ。

「○○はどこだ？　××はどこへ行ってしまったのだ？」と叫び声を上げる。

しかし女性は叫び声が続いている間も、あちこちの本をひっくり返し、見事にメモの束を教授の目の前に差し出すのだ。

――たいした才能だ！

その日、金之助は教授に質問した。

「先生、雪はお好きですか？」

すると素っ気なく言われた。

「大嫌いです」

それだけ答えて、理由も言わない。金之助は、それっきり口をきかなかった。


その日は朝から、鏡子に手紙で頼まれた第二子の名前を考えることにした。

岳父の中根重一に命名してもらってもいいと思うのだが、鏡子の手紙では自分に命名して欲しいという妻の思いが察せられた。

まだ生まれた報せはないし、男児か女児かもわからない。

――ともかく鏡子へ返事を書かねばならない。

そう思ったのは、妻の手紙を読み終えて、ほどなくしてからだった。

金之助は鏡子からの手紙を公使館から受け取り、一人、下宿で読んだ。字は相変らずの、見ちゃいられないものではあったが、東京での暮らしぶり、筆子の様子、それに、時折、挨拶に来る熊本の家に半分居候していた下宿人たちのこと、そして、とくが上京してから妙に活き活きしていることなどが丁寧に書いてあった。

一読、他愛もないことを書いている文章に思えるが、金之助には読んでいて、そこに筆子の表情が見えてくるし、挨拶に来た元下宿人の山川や長谷川、俣野の顔までが浮かんでくる。

そうして最後に、これをランプの下で懸命に書いている鏡子の瞳や、白い指先、ほつれ毛を指で掻き上げる艶っぽい仕草までがあらわれた。

その時、金之助は鏡子がいとおしいと思った。

それは今までの鏡子に対する感情とは違っていた。

もしできれば、今すぐにでも逢いたいと思った。筆子を抱いている鏡子を金之助は両手をひろげて抱きしめてやりたい、と思った。

それは旅に出て初めて起こった感情だった。

金之助は机の上に置いた便箋の上にあらわれた妻と子の面影を見つめているうちに鼻の奥が熱くなった。

――イカン、イカン……。

こういう感傷的な心情が、幼い頃から金之助は苦手であった。

金之助は己が一人っきりで抱く感情の厄介さを承知していた。

――あの時は、帰る場所がなかった。依るべき人もいなかった。

一人、蔵の中で南画を見たりして気をまぎらしたのをよく覚えていた。

金之助はペンを持ち直し、手紙を書きはじめた。

金之助は、便箋を前にして、先刻、鏡子と筆子を両手をひろげて抱きしめてやりたいという衝動が起こったことを、よほど手紙に書いてしまおうかと思ったが、筆を止めた。

女中のとくの声が耳の奥で聞こえた。

「旦那さま。夫婦というものは、最初が肝心です。つい甘やかしたつもりでも相手はちゃんと覚えていて、おまえを生涯大切にすると、あの時おっしゃいました、と平然と言って来るものです。あとでいろいろ大変な目に遭うのは男の方ですから」

――ほう、そういうものか。

と金之助は驚いたことがあった。

――口約束でさえそうなら、手紙で甘いことを書くのはやはり命取りになるかもしれん……。

金之助はいつもの不機嫌半分、からかい半分の気分で手紙を書き出した。

鏡子へ、手紙は受け取ったよ。皆元気そうで何よりだ。子供の名前の件は承知した。名前なんてのはいい加減な記号のようなところがあるしな。それでも考え出すとなかなか難しいものだね。もし男児だったら、〝直〟の字を入れてもいい。これは牛込の兄たちの名前に皆この字が付いていたからだ。代輔でもいい。これも死んだ兄の幼名だ。あるいは親が留守がちだから、門を衛(まも)るってので、衛門なんてのは洒落てるだろう。犬のようかな。私と君の児は口数が少ないだろうから〝夏目黙〟はどうだ。乙(おつ)だろう? それとも子供の名前だけでも金持ち然としたければ、〝夏目富〟。これはトムと読むんだ。しかし親が金之助でも貧乏だからあたらない名前だね。

ここまで書いて、金之助はタメ息をついた。そうして座り直して書き継いだ。

女児なら春に生まれたから〝御春〟さんはどうだ。それとも姉が筆だから、妹は〝墨〟? いや理屈っぽいか。二字がよければ〝雪江〟〝浪江〟〝花野〟なんてのがあるよ。〝八ツ橋〟〝夕霧〟となると女郎さんのようだからやめた方がよかろう。まあこの辺でよしておく。中根のお父さんとよく相談して決めるさ。俣野たち下宿人の面々が来たら焼芋でも食わしてやってくれ。他の人たちは皆元気かい？　よろしく言っておくれ。

鏡どの。　金之助

手紙を書くと、少しは一人きりの暮らしの淋しさもまぎれるかと思ったが、やはり同じだった。

今からの年月をどうするかと思ったが、暗い部屋で本ばかり読んでいてはかえって気が滅入る。

散歩がてら表へ出た。

——どこか名所の見物でもするか？

大英博物館には三度行ったが、最初はエジプトの棺やらに物珍しさもあったが、古代王朝の器や絵文字のレリーフを見ても、

——これは皆略奪品ではないのか？　キリンやクマの剝製というのも、どこか気味が悪い。

との思いが募った。

ロンドン塔には着いてすぐに行ったが、元々、人々が拷問、処刑された場所である。公使館員が後ろの塔を指さしながら説明してくれたが、

「しかし君、ここは血に塗れた歴史なのではないのかね？」

金之助が言うと、ええ、まあ、そうですが……としどろもどろになった。

塔のひとつに入り、階段を昇って高窓から周囲を覗いたが、秋の雨の午後であったせいか、ひどく陰気でしかなかった。

——今さらあのような所へ行ったら気分がどうなるかわかったもんじゃない……。

金之助はバッキンガム宮殿を背に国会議事堂の方にむかい、テムズ川周辺を散策した。

やがて〝ナショナルギャラリー〟と標識のある建物が見えた。どうやら美術品を置いた国立の建物らしい。

天窓から採光がしてあり、ロンドンのこれまで入った大小の美術館より内部が明るく思えた。

〝美術館が暗い〟というのが、金之助がロンドンで抱いた第一印象だった。〝教会の中にある美術品が置かれた一角はさらに暗い〟とも思った。

当時の教会の中は大半が暗かった。中には〝怖ろしく暗い場所〟もあった。その上床が石畳であったから鑑賞して回ると足腰がひどく疲れた。

そのギャラリーはこれまでの美術館と少し採光も、雰囲気も違っていた。

金之助は一枚の絵の前で立ち止まった。

それは、これまでに見たことがないような精緻で、優美な風景画だった。

ウイリアム・ターナー、英国が誇る風景画家だった。

金之助は思わずタメ息をついた。

初めて見る風景画だった。

日本の襖(ふすま)を倍くらいにしたやや縦長の大きな絵だ。そこに真半分の高さに地平線が描かれ、両サイドに松に似た樹木が見事に伸びている。中央の空いた画面に流れが淀(よど)んでいる小川があり、その水辺に人が佇んでいる。パリで見たドラクロワの絵画にあったコントラストはほとんどなく、作品全体がひとつのトーンで調和していた。

——まるで水墨画のようじゃないか……。

それが金之助の、この作品の第一印象だった。

西洋に、こんなに静かで、奥行きを感じる絵画があるのか。金之助はしばらく作品の前に立って、この画家が捉えた世界に共感した。

先刻から、この作品の前でじっと動かずにいる鑑賞者がいた。美しい銀髪の老婦人だった。彼女は時折、立ち位置を変えて鑑賞していた。そうして位置を変える度に金之助に非礼を詫びた。

金之助は、その度に会釈し、笑顔を返した。

彼女が右端に位置を変えた時、金之助は作品に近づき、作品の題名と画家の名前を見た。

——ターナーか。

画家の名前は聞いたことはあったが、その作品を見るのは初めてだった。これまで子規を通じて知った浅井忠や中村不折(なかむらふせつ)との談笑の折に聞く、西洋絵画のことは耳学問でしかなかった。しかし目の前にあるターナーという画家の作品にこうして触れると、まったく違う感慨が自分の身体の中に入り込んだ気がした。

老婦人が振り返って言った。

「この絵画はお気に召しましたか?」

「ええ、初めて観たのですが、感動しました」

「私も最初は同じでした。この画家と作品はヴィクトリア朝の証しですわ」

彼女が言う、〝証し〟の意味はわからなかったが、老婦人も画家も、イギリス、ヴィクトリア朝の只中(ただなか)にいたことは理解できた。折しもヴィクトリア女王が死去したばかりだった。産業革命と世界各地の植民地化で、繁栄を謳歌したひとつの時代が終わりを告げたのだった。

婦人が立ち去り、金之助はターナーの絵画とふたりっ切りになった。

——ヴィクトリア朝の証しか……。なかなかの見識だな……。そうか、私はせっかくロンドンへ来たのに、時代を見る目を置き忘れていた。

金之助は自嘲気味に頭をゆっくり振った。


ターナーとの出逢いは、金之助に思いがけない留学の愉しみを与えてくれた。

翌週から金之助は積極的に美術品が展示してある場所へ足をむけた。

クレイグ教授にも訊いた。

「先生は絵画はお好きですか？」

「なぜだね？　あんな古色蒼然としたアカデミーからしか生まれない作品をかね？」

イギリスでは画家、作品の価値はすべてロイヤルアカデミーが決定し、アカデミーが認めた画家と作品だけが価値のすべてだと教授は説明した。ターナーも、アカデミーの会員だった。

「ターナーはカルタゴを好んで描いたようだね」

「そうなんですか？」

「そんなことも知らんのかね。ハンニバルの吹雪のアルプス越えはターナーの真骨頂らしい」

「歴史の事実から絵画を描くのですか？」

「それが西洋画のひとつの柱だよ。あとはくだらない宗教画ばかりさ。歴史の事実だけじゃないよ。詩や文学作品を題材にしたものもあるさ」

「パリの万国博でダンテの『神曲』を題材にドラクロワという画家が描いた作品を観ました」

教授はフンという顔をした。

「創造なら我がシェークスピアだろう。そう思わんかね。ケンノスケ君」

「キンノスケです。先生」

「そんなに絵画の話をするなら、君はすでに『ハムレット』のオフィーリアを描いたミレイの作品は見たんだろう?」

「えっ、オフィーリアをですか?」

「何だ? それでもシェークスピア学徒かね」

「す、すみません。そのオフィーリアはどこにあるのですか?」

「あれはどこだったか……。オーイ、婆さん、婆さん」

教授が雇い女性を呼んだ。

しかしすぐに返事がない。金之助も早くオフィーリアを見たくて、教授と一緒に彼女の名前を呼んだ。

「どうしたんですか? 王朝がとうとう終わりを迎えましたか?」

「おう、なかなかの応対だね」

教授が満足そうに笑った。

彼女は「オフィーリア」が展示してある場所を思い出そうと眉根にシワを寄せ腕組みしていた。


それはまさにシェークスピアの代表作「ハムレット」の主人公の恋人、オフィーリアの悲劇の結末を描いた作品だった。

――絵画というものは、これほどまでに文学作品の物語の根幹、叙情を一枚の絵で表現できるものなのか……。

若く美しい娘、オフィーリアがひっそりとした水辺に浮かんでいる。両手と顔を水面から出し、ドレスを着たオフィーリアはまるで浮遊しているように描かれてある。水にわずかに浮かんだ彼女のドレスの上に、水辺に咲いた花が木から舞い落ちていて、まるで落花の、椿（つばき）の花びらのように、この過酷な悲劇の結末をよりあざやかなものにしている。額縁の下に、ジョン・エヴァレット・ミレイと刻んである。

――ミレイという画家か……。

勿論、金之助が初めて知る名前である。先日のターナーと同様、ロイヤルアカデミーの美術学校に学んだ画家である。

絵画の中の水に浮かぶオフィーリアは口をわずか開いて何かを語っているようである。

――待てよ、何かを言っているんじゃなかったぞ。

金之助は胸のポケットから、手帳を取り出した。昨日、授業の時、クレイグ教授が、この絵画の場面をシェークスピアが書いている文章を読んでくれたのを思い出した。

～衣裳（いしょう）は大きくひろがって、しばらくはまるで人魚のように川面に浮かびながら、古い祈りの歌を口ずさんでいた～

――そうだ。オフィーリアは祈りの歌を口ずさんでいたんだ。

絵画の中のオフィーリアの表情をよくよく見ると、どこか楽しげでもある。シェークスピアの文章がまたよみがえった。

～わが身に迫る死の苦痛を知らぬように。そして水の中に生まれ、そこで暮らすもののように～

シェークスピアが、そう書いているのなら、やはり彼女は楽しげでなくてはならないのだろう。

ウ～ン。金之助はもう一度身を乗り出してオフィーリアの表情を見た。

――たしかに悲嘆に暮れてはいない……。

金之助は上半身を起こして、もう一度全体を見回してつぶやいた。

「なんとも、風流な土左衛門だ」

このオフィーリアの、ミレイの絵画との出逢いは、後年、金之助の、いや漱石となってから書いた小説「草枕」の中で、大切なイメージ映像として、主人公の画工（絵描き）が何度も、思い浮かべることになるもととなった。

ともかくロンドンでの美術品（主に絵画）との出逢いは、それまで空の色に鬱々とした気分になり、深い霧に神経衰弱さえ自覚し、毎日、孤独に抱擁され、鬱陶しい日々を送っていた金之助に、ある光を差しのべてくれた。

それからの金之助は絵画を積極的に鑑賞するようになり、美術館や博物館に優先して出かけるようになった。ケンジントン博物館、ヴィクトリア&アルバート博物館、国立肖像画美術館、ダリッジ美術館を訪れたと日記に書き残した。とりわけナショナルギャラリーは何度も見学した。

ナショナルギャラリーは金之助にターナーの作品をよく学ばせてくれた。そこにはイギリスの誇る画家ターナーの作品ばかりを集めた展示室が設けられていた。

ターナーは五十年ほど前に亡くなった際、手元にあったすべての作品を国家に寄贈している。そのため、初期から晩年までの作品の多くが一堂に会していた。

——見れば見るほど水墨画を感じさせる……。

特にターナーの水彩画に金之助はひかれた。

金之助当人は気付いていないが、子供の頃にもこんな経験をしていた。彼が子供の頃、牛込の実家や里子に出された塩原家の蔵の奥に独り入って、そこにあった水墨画や、名もない廉価な作

品をひとつひとつ眺めては、空想の世界に浸るのが何よりの楽しみであった。子供ごころに孤独を感じ、淋しい思いをしていた気持ちを、その絵たちが慰めてくれていたのと同様の役割を、ロンドンの美術館の絵画たちは果していた。

絵画を鑑賞した経験が、のちの漱石の小説に色濃く影響していたのは事実で、前述した「草枕」だけではなく、「坊っちゃん」「三四郎」「それから」「虞美人草」「行人」に少なからず絵画のイメージがあらわれる。

幼少の蔵での経験と同様、ロンドンの美術館の絵画は間違いなく漱石という作家の力となっていったのである。

美術館巡りという、金之助にとってこの上ない愉しみの発見は、ややもすると孤独に押しつぶされそうになる、少し偏屈な日本の留学生に、二十世紀に入ったばかりのロンドンの価値を十分に理解させるものであった。

だから、ロンドンに知人が訪ねて来ると、金之助は必ずと言っていいほど、彼らを美術館に案内した。彼らものちに、金之助の案内が当時のヨーロッパの美術史の流れの説明を含めて大変解(わか)り易かったと振り返ることになる。

金之助の好みはもっぱら、ラファエル前派に属するロセッティらによる美女を描いた作品と、ターナーの見事な風景画であった。

しかし案内をされた全員が、金之助が一枚の絵画の前で、まるでヴィクトリア朝の至宝であるかのように解説をしたと口をそろえる作品があった。それがミレイの「オフィーリア」である。「パリの万国博で鑑賞したドラクロワによるダンテの『神曲』の一場面を描いた作品も見事でしたが、このシェークスピアの『ハムレット』の一場面を描いたミレイの『オフィーリア』は、その作品を遥かにしのぐものです」

案内を受けた人々は、金之助のその意外な興奮振りがひどく印象に残ったと言う。

ターナーの風景画の素晴らしさを紹介しながら、画家が晩年に、手元にある彼のすべての作品を国に寄贈すると決めたことに触れ、

「芸術作品の価値を、金銭に替えて計るのは卑しいことです。大切なのはその芸術家が、ひとつの主題に対して、いかに挑み、創作をどのように続けたかを認識することです。それができれば、私たちはその芸術家の創作の本質に触れることができるはずです」

と熱弁もした。

ターナーが自作品の大半を国家へ寄贈した話は金之助のこころに響いたらしく、彼はそれからのち、蔵書を金銭に替えることを極力しなくなった。月々の家賃に窮していた鏡子も、蔵書の処分を口にして、ひどく叱責されることになる。


下宿には日本人も何人かいた。現地の商社に勤めている田中孝太郎（たなかこうたろう）や、留学先のドイツからの帰途、ロンドンに滞在した化学者の池田菊苗（いけだきくなえ）とは芝居見物や、市内の散策によく連れ立って出かけた。池田は後に日本の十大発明に挙げられるうま味調味料を発見することになる人物だ。

同じ下宿の田中と池田はちょくちょく金之助と顔を合わせるので、霧が濃いだけで、空が一日どんよりとしていただけで、鬱陶しい気分になる金之助の状態によく気が付いていた。

「おや、夏目君、今日は少し気持ちが塞ぎ込んでいるようだね？」

「いや、実はそうなんだ……」

元々、神経質なところがある金之助は、神経衰弱を自覚していたが、それでも大声を上げた

り、急に笑い出したり泣き出したりするようなことは一度もなく、金之助自身がこの厄介な病いを十分コントロールできていると感じていた。

それでも気が付くと、一人で誰に言うのでもなくブツクサ言っている自分に気付いて、コレハ、イカン、イカンと背筋を伸ばして大きく咳をひとつした。

金之助は、ひとつのことを突き詰めて、袋小路に入り込むような思考回路を持ち合わせていないと自分で思っていた。

そうした精神状態に陥らなかったのは、彼には、クレイグ教授との対面授業があり、美術館、博物館への見学や、下宿の家族との午後のお茶のつき合いやらがあったからかもしれない。

同じ下宿人の田中と池田が驚いたことのひとつに、金之助の部屋に所狭しと置かれ、壁際に山と積まれた蔵書の多さがあった。

何しろ、つい先日も、大英博物館のそばにあるトッテナム・コート街の書店で、雑誌を含めた百冊の本をいっぺんに購入して、三度にわたって下宿まで往復してしまっていた。

さすがにこの時は、ベルリンにいる藤代禎輔（同期留学生）に手紙で〝僕は見境なしに書物を買ってしまうし辺鄙なところにいるから金欠と不便がハチ合わせだ〟と自嘲気味に書き送っている。

この書物の山の中で金之助が一日読書をしていると考えた誰かが、暗い下宿の部屋で目は一点を見つめて動かない金之助の姿を想像したのだろう。〝夏目狂セリ〟と日本の文部省に打電してしまった。誰が打ったかは判然としないが、文部省にいっこうに近況報告をしない金之助の怠慢とも重なってこの電報が、後年、小説家、夏目漱石の性格付けに大きな誤解を生じさせることになる。

七月下旬、ロンドンで四回目の引っ越しをした。部屋は三階で蔵書を運ぶのに汗だくになった。留学もほどなく一年になろうとしているのに、本ばかりが溜（たま）って困ったものだと思ってしまう。屋根裏のような部屋だが、大きな公園が近くにあり、静かで過ごし易かった。

家主はリール姉妹。未婚の老姉妹だった。

すぐに池田菊苗が遊びに来て、二人して〝カーライル博物館〟へ出かけた。〝博物館〟と言っても、カーライルが晩年まで住んだ家が、書物や家具と一緒に残っているだけだった。

カーライルは「フランス革命史」などの著作がある。金之助はかねて敬愛するこの歴史家の旧宅に何度も通うことになる。

目的はカーライルの書棚だった。金之助はイギリスの知識人が、どんな本を読んで、蔵書にしているかを確認したかった。

金之助は英文学の研究でイギリスにやって来たが、英文学ばかりをやっていてはダメだと早々に感じた。シェークスピアだけではなく、ミルトン、スコット、バイロンは勿論、ホイットマン、デフォー、スウィフトと言った作家の作品にも接した。これらの作家は帝大の在学中にも触れたことがあったが、ロンドンで手にした解説書ははるかに正確で中身が濃かった。

金之助は蔵書を時折、整理した。整理をすれば、手にした本のページをめくる。金之助の読書法のひとつだった。蔵書は大半がこちらで購入したものだ。この蔵書がすなわち、金之助の留学の日々の証しでもある。

蔵書の山の中に、二冊ほど日本から持って来たものがあった。どちらも与謝蕪村の俳句と画が入ったものだ。この二冊の存在を教えてくれたのは子規であった。

出逢ったばかりの頃、二人して蕎麦屋へ行き、子規は懐から蕪村の古本を取り出した。

「芭蕉、芭蕉と言う人が多いが、蕪村を学ばねば、本物の俳句には近づけんぞなもし」

「ほう、そんなものかね」

時折、金之助はこの二冊に目を通す。

気持ちが落着く。

考えてみれば、俳句も文学も、子規が教えてくれたところがある。

——子規はどうしているだろうか。まだ生きてくれているだろうか？


カーライル博物館へは三度通い、蔵書の大半のタイトルを書き写した。池田菊苗と歩きながら、金之助は言った。

「私は〝文学論〟を書いてみようと思います。どうなるかはわかりませんが、将来、それを講義したいと思っています」

「東京に戻るなら、帝大か、一高だろうな」

「うん、そうなればいいですね」

「なるさ。夏目君は第一回の英文学の留学生だもの」

——だというが、そう簡単でもあるまい。

中根重一から、第二子はすくすく育っていると手紙で報せてきた。数ヵ月前、生まれた子は女児で、恒子と名づけたとの手紙も届いていた。金之助の名付けの手紙は間に合わなかったらしい。

——どんな赤児か逢ってみたいものだ……。

しかし今は自分のことで精一杯である。

新しい下宿には日本人もいた。その日本人を訪ねて、何人かの日本人の友人がやって来て、皆して一緒に晩飯に出かけたこともあった。半分以上が同じ商業学校出身で、同窓会だと言っていた。

彼らは今で言う商社マンだ。イギリスとロシアが戦えばどちらが優位かと論じ合っていた。ロシアはあきらかに南下政策を実行しようとしていた。それが北氷洋の氷が解けて春になってからか、大回りして地中海からインド洋へむかうのかが議論されていた。

この頃、日本からイギリスのヴィッカース社に注文された一隻の戦艦が進水式を終え、引き渡しを待っていた。船名を「三笠」と言った。総排水量、一万五千百四十トン、三十センチ砲四門、十五センチ砲十四門、八センチ砲二十門。速力十八ノットの軍艦は、世界の海軍戦力の水準から見ても、第一級であった。

金之助や、菅虎雄も、山川もすべての教員、つまり国家公務員が給与の十パーセントを無条件で国に納めていた。その製艦費の結晶だった。

これまでの日本海軍の戦艦の多くがイギリスで建造されていた。だから日本の海軍力は、イギリスにとって、対極東政策で、唯一信頼できるものであった。

ロシアの南下政策に神経をとがらせていたイギリスが、日本と同盟（日英同盟）を締結するのは当然の流れであった。

下宿を引っ越してみると、やけに日本からの郵便物が多くなった。公使館を経由して届くものもあれば、これまで下宿していたみっつの住所から回って来るものもあった。

ヨーロッパの郵便事情は思ったより良好で、珍しい時は半年遅れでも届くことがあった。その中に懐しい文字があった。

墨文字である。正岡子規とある。金之助は嬉しくなって、早速封を切った。

「元気にしておるのかな、大将は……」

胸を躍らせて読みはじめると、それは金之助の期待とは正反対の内容だった。

僕ハモーダメニナッテシマッタ、毎日訳モナク号泣シテ居ルヨウナ次第ダ、ソレダカラ新聞雑誌ヘモ少シモ書カヌ。手紙ハ一切廃止。ソレダカラ御無沙汰シテスマヌ。今夜ハフト思イツイテ特別ニ手紙ヲカク。

この冒頭から感情がほとばしる手紙は、美濃紙に勢いのある行書で綴られていた。

金之助が留学出発のぎりぎりまで、根岸の子規庵で過ごした後、子規は、その年の寒さとともにカリエスの病状が急変し、すこぶる辛い状態の日々を送らねばならなかった。高熱が続いた。熱が引くと、一気に激しい痛みが全身を貫いた。

痛みに耐えられず大声を発する子規の叫びは近所でも知れ渡っていた。隣りに住む子規の勤める新聞『日本』社主の陸羯南(くがかつなん)の耳にも届いて、社主は胸を痛めた。

子規の痛みは、彼に筆を持つことさえ拒絶させようとしたが、それでも彼は気力で俳句大系をまとめ、句作を続けた。そんな暮らしの中で、子規にとって金之助からの手紙は唯一の愉しみであった。

声を上げながら、うなずきながら子規は金之助の手紙を読んだ。

「……そうか、芝居と美術館か、金之助君は楽しそうにやっとるぞな。ええのう、よかったのう。金之助君」

書キタイコトハ多イガ苦シイカラ許シテクレ玉エ。
明治三十四年十一月六日　燈下ニ書ス。
東京　子規拝
倫敦ニテ　漱石兄

金之助は子規の殴り付けるような行書の文字で綴られた手紙を読み終え、鼻の奥が熱くなった。

ほとんど泣くことのない金之助は己の反応に戸惑い、目をしばたたかせた。

と同時に、文面の中で金之助の書いた近況に丁寧に応えてくれていることが切なかった。

——君は私の手紙をそんなに楽しみにしてくれているのか。

子規の手紙を読んだのは、ロンドンに来て五軒目になる下宿である。留学も一年が過ぎ、金之助は子規の期待に応えるべく、英文学と、欧州の近況をもっと知るべきだろうと思った。

当時、欧州で一番の産業と教養を誇る英国と英国人を知ることは、実は新世紀を迎えた時代の趨勢を知ることになるのを、金之助自身もまだ気付いていなかった。

クレイグ教授とともにシェークスピアの作品を紐解(ひもと)き、書店で次から次に買い込んだ書物から〝文体論〟〝表現論〟を学ぶことは、金之助が日本人で初めて近代文学とは何かを探ることになるというのも、勿論、当人は知らない。

神経衰弱は、この下宿に移ってから少し小康状態になっていた。家主のリール姉妹には、午後のティータイムの折、自分の神経衰弱のことを少し打ち明けていたし、姉妹は金之助のことを紳士的だと気に入ってくれていた。

「神経衰弱には、転地療養や、適度な運動が良いと、この国では言うのよ」

「……そうですか」

「旅に出かけられるとどうかしら。運動なら、テニスか、いや自転車に乗るのはどうかしら」

「自転車ですか?」

金之助は、時折、紳士が猛スピードで自転車を走らせる姿を目にしていた。

――しかしあれは危なそうだ……。

数日後、近くの知人の家を訪ね、談笑していると自転車の話になった。細君が言った。

「自転車は面白いですね。うちでは皆乗りますのよ。遠乗りなさったらよろしいわ」

「私もいつか夏目さんとウィンブルドンまでサイクリングしたいわ」

甘い声は、以前から金之助が気に入っていた令嬢だった。

――そうか、令嬢と一緒にいられるのか。

また金之助の美人好きが頭をもたげてきた。

金之助より先に欧州に留学した森鷗外(もりおうがい)は当地で美しい令嬢と出逢い、「舞姫」という作品を書き上げた。

森先生に比べて、夏目先生が容姿に劣るとは思えない。要は出逢いがあったかどうかである。しかも夏目先生は妻も子もある身であるから、品行「不」方正なことに陥るはずはないが、小天温泉の出戻りの美女の裸体を偶然見てしまう運の良さというか、駿河台の眼科の待合室で令嬢を見初める強運というか、性懲りもない面があるから、

「私、夏目さんとウィンブルドンあたりまでサイクリングに出かけたいわ」

などと美しい令嬢が言えば、それを聞き逃がすはずもなく、早速、まだ乗ったこともない自転車を乗りこなそうとする。ともかくその令嬢とも顔見知りの同じ下宿の犬塚武夫（いぬづかたけお）なる男が、「さあ自転車に乗りましょう」と金之助を誘ったのはたしかで、彼が自転車を教えようと言い出した。

金之助も乗り気で、犬塚と二人して表へ出た。

「さあ、自転車乗りに挑むか」

おそらく、そんな具合いであったろうが、後年、金之助は、いや漱石先生は、自転車にいかに挑んだかを書き残している。

犬塚が自転車屋の奥から、自転車を引っ張り出して来て、「これなんかはどうだ?」と言って来た。

それは婦人用の自転車じゃないか。私は鼻の下に髯を生やした一人前の大人の、それも日本人の男性だよ。その私にむかって、婦人用の自転車を出して来て、これなんかとはどういうつもりだ。

「君、失敬じゃないか」

「いや初学入門の早道だ。初めは簡単な方がいいと思って言っただけだよ」

「冗談じゃない。丈夫玉砕瓦全を恥ず（中国の故事成語で、一人前の男は、玉となって美しく砕けるべきで、ムダに生きながらえることを恥とする）と言うではないか」

犬塚は金之助の剣幕（けんまく）に、自転車屋のさらに奥から古い自転車を引っ張り出して来た。

「君、いくら何でも、これはもう使いものにならない老人の身体のような自転車じゃないか」

「けど、どうせ転ぶんだろう」

「何！」

どうせ転ぶ、とは失礼ではないか。

仕方がないので、この老骨のような自転車に跨(また)がった。そうしてハンドルを握ってみると、これが神経過敏な奴で、こちらに引けば、大事な股にぶつかり、向こうへ押しやると、往来の真ん中に駆け出そうとする。乗らぬうちから、これほど心配するのだから、先が思いやられる。

「どこへ行って乗ろう？」

犬塚は悠長に言う。

「今日初めて乗るんだからなるたけ人が通らず、転んで落ちても人が笑わないところで願いたい」

犬塚に人の少ない乗馬場に連れて行かれた。

「さあここで乗って見給え」

見給えとはなんだ。年下のくせに。

ハンドルを握り、あっぱれ武者ぶりは頼もしかったが、自転車は通りまでも出ず、乗っていた自分だけが放り出されて落ちて転んでしまった。

それを見て犬塚が言った。

「初めっから腰を据えようというのが間違っている。ペダルに足を掛けようとしても駄目だよ。ただしがみついて、車が一回転でもすれば上出来なんだ」心細いことこの上ない。

ああ万事休す。いくらしがみ付いても車は半回転もしない。それを見て犬塚が、「僕がしっかり自転車をおさえているから乗り給え」と言う。「おっとそうまともに乗ってはひっくり返るぞ、そら見給え。膝を打ったじゃないか。痛いか？」膝を地面に打ちつけて痛くない者がどこにいる。「今度はそっと尻をかけて、両手でハンドルを握って、僕が前へ押し出すから、その調子に乗って駆け出してみるんだ」怖がっている大人を面白がっているかのように勢い良く押し出しやがった。

行けっと思ったが、行ったのは自分の顔だけで地面に横面を打ちつけてしまった。こんな結果になるとは神も知らなかったろう。

「夏目君。痛むかね？」

その言葉に周りを見ると、ちらほら人が立ち止まってこちらを見ていた。令嬢がいるか、いないか？　そんなことは今となってはどうでもいい。見物客がニヤニヤ笑っていやがる。

「もう一遍頼むよ。もっと強く押してくれ給え。何、また落ちる？　落ちたって僕の身体だよ」

半分、金之助はむきになっていた。

金之助が自転車に悪戦苦闘し、転んだ地面から起き上がった時、「Ｓｉｒ」と呼ぶ声がした。

こんな時、誰が呼ぶのかと振りむけば、そこに巡査が立っていた。彼はきわめて紳士的に言った。

「いろいろ大変でしょうが、そこは馬の通る道でして、自転車の稽古なら、その先の大通りでしていただきたい」

なんだ一部始終を見てやがったのか。イエスと応じて、この日は退散した。

犬塚が、こちらの身体を心配してか、見舞いだか、冷やかし半分なのか、部屋に来た。

「どうだね。気分は。夏目君が自転車の稽古をしてるのは、この辺りじゃ有名だ」

――何が有名なのだ？　転落がか？

「あの令嬢も、ぜひ拝見したいと言ってた」

「そうかね。じゃ、次はいつにするかね？」

「えっ、まだやるのか」

かくして数日後、金之助は坂の上に立った。一人で少し稽古をしたせいもあって様になったように思えた。坂の下で犬塚が手を上げた。

金之助と自転車は勢い良く坂を下りはじめた。一見、余裕があるがごとく見えるが、跨がっている当人が初日と何も変わらぬことを知っていた。

坂の中腹に来た。誰かいる。先日の巡査だ。このまま真っ直ぐ行けば馬の道に入る。あれほど注意を受けたと言うのに……。

どうすればいい、と思ったら自転車が勝手に左へ進んだ。巡査が、オーライと笑って言った。金之助もオーライと応えて、いよいよ坂の中ほどを過ぎると、前方にまた何か、誰かがいる。

――何だ？　誰だ？

女学生が二列になって坂を登っていた。百人はいるのでは……。

――あそこに突っ込んだら、巡査の注意では済まないぞ。日英の国際問題になるぞ。それでなくとも、この微妙な関係の時に……。

先頭の女学生が金之助を見つけて、両手を上げ、笑って拍手をはじめた。隣りの女の子も。

――笑う暇があるなら避けろ。散るんだ。

みるみる行列と女学生の顔に近づいた。金之助は思わず目を閉じた。もうダメだ。と観念した。

ところが奇妙なことに、この長い行列の真ん中を金之助と自転車は拍手で送られながら通り抜け、その先にある板塀に見事に激突した。

――いったいどうなったんだ？

金之助は青空を仰ぎ見て倒れていた。


家主に茶に招かれ、金之助は階下へ降りた。

「あなたの自転車はたいそう評判ですね」

「そうですか……」

「ええ、勇気がおありになる。なんでも女学生の隊列の中を突進なさったとか」

「ああ、あれですか、あれはジョークですよ。女性には若い時からユーモアのセンスを教えておかねばなりません」

「あらっ、それはシェークスピアのお言葉ですか？」

「いや、違います。彼のユーモアはもっと辛辣ですから」

「そうですか？」

「ええ、ところで神経衰弱の回復のために運動をいたしましたので、そろそろどこか旅行へ出かけようと思っています」

「それはおよろしいですね。どちらへお出かけになりますの？」

「そうですね。同じ留学生が滞在しているドイツもいいかと……」

「ドイツはおよしなさい。あそこへ行くと誰もが真剣にやり過ぎて堅苦しくなってしまいますよ」

「ただ旅行へ出かけるだけですから。私の留学も、あと半年も残っていませんので。イタリアもいいかなと思います。こちらで絵画のことを少々学んだのですが、十五世紀以降の欧州の画家は皆イタリアで学んでいます。ターナーもイタリア、スイスへ旅行へ出かけていますし、こちらのアカデミーも優秀な学生を行かせたと聞きました」

「たしかにそうですが、イタリアへ行くとなると時間がなさ過ぎませんか。少なくとも半年以上をかけませんと」

「そうですか。じゃ、近い所でスコットランドでも行きましょうか」

「それは素晴らしいお考えですね。エジンバラ公は亡くなってしまわれましたけど……。ただあそこの言葉は少し聞きづらいかもしれませんよ」

「たしかにそうですね。私も、二人のスコットランド人と親しくなりましたが、あの訛りは私の国の仙台という街の人たちが話す、ズーズー弁に似ています」

「何ですの？　それ？」

「やさしい響きがある言い回しなのですが、少し……」

十月に入って、金之助はスコットランドにむかった。

「スコットランドへ行くなら、エジンバラからハイランドにむかう丘陵地帯を馬車か徒歩で散策するといい。良い眺望をのぞむことができますよ」というクレイグ教授の忠告に従うことにした。

忠告は真実であった。

ここがロンドンのあるイギリスと同じ国土かと思えるほど美しい丘々が連なる土地だった。

――これはたいしたものだ。

金之助は生まれて初めて見るゆたかな濃淡の緑あふれる稜線と、連なる草原を眺めて嘆息した。それは金之助が好む、南宗画に描かれた山河とは全く異なる風景だった。

同じ寒村でもこんなに印象が違うのかと、自分が訪ねている土地は、同じ地球でもまったく異なる所へ来ているのだと、あらためて思った。

そこはピトロクリという名のちいさな街だった。羊や山羊が宿の前をゆっくりと羊飼いに連れられて歩いていた。

金之助は、そこで以前から書こうと思っていた鏡子への思いを書くことにした。


ロンドンでも書こうと思っていたのだが、孤独なロンドンより、さらに淋しいスコットランドの田舎町で、君への手紙を書いています。

やはり一人は淋しいものです。

留学も二年が過ぎて、何かわかったことがあるとすれば、それは君への思いだ。僕は君に対して、いとおしいと思う気持ちが、ここでさらに増したことがわかりました。

このように自分の気持ちを素直に書けるのも、ロンドンの重苦しい空の色や、鬱々とした霧から逃がれたせいだろう。

かねて僕は孤独とはいかなるものかをわかっていたつもりだった。だが、いまようやく本当の孤独を知ったように思う。いかなる人間も、孤独の前には沈黙し、そしてひれ伏すしかないのだろう。

帰国をしたら、僕は少し正直になるつもりだ。あの〝筆の日記〟の筆子のようにね。

　ピトロクリにて　金之助
矢来町　鏡子さま

金之助が鏡子に宛てた手紙に書いた〝筆の日記〟とは、娘の筆子が毎日、朝起きて、何をして、どんな様子だったかを一日も欠かさず鏡子が書きとめていたもので、金之助は次女の〝恒の日記〟とともに、おおいに喜んだ。

二人の娘の表情が見えるようだった。

その日記の中には鏡子が叔母と、二人の娘を連れて神楽坂や牛込のあたりを散策に出かけた様子が綴ってあった。

金之助は手紙を読み返しながらニヤニヤしていた。そして田舎町の宿の庭先にやって来る栗鼠(りす)の愛くるしい表情を見て、二人の娘を思った。

明治三十五年八月。

パリから帰国した浅井忠が、根岸の子規庵に子規を訪ねていた。

浅井がロンドンに金之助を訪ねたことと、金之助が元気にしていたことを伝えると、子規はことのほか喜んだ。

「そいか。そいか。夏目君は元気やったか。そいは何より嬉しい報せじゃ」

子規は金之助と同様、留学した浅井とこうして再び逢えるとは思っていなかった。

――この分なら夏目君とも再会できるかもしれんぞ。

「来年になれば夏目君も帰国すると言っていたよ。そうしたら三人で逢えますね」

浅井と金之助は子規庵では挨拶した程度だが、子規は浅井に金之助の人となりを教えていたし、また金之助には浅井の才能をことこまかに伝えていた。だからパリで二人が逢った時、すぐにうちとけることができた。子規には、人と人を結びつける稀(まれ)な才能が備わっていた。

「そいか。来年まで頑張れば金之助君に逢えるかもしれんのう」

「そうだとも。夏目君もしきりに正岡君の身体を心配していましたよ」

子規はこの日、痛みを忘れたように上機嫌だった。その子規を見て、庵を訪ねて来ていた数名の弟子たちは、この分なら夏を越せるかもしれない、とおおいに期待した。

子規の足が倍近くに膨れ上がっていた。皆はそれを見て、死の予兆を感じ取っていた。

「律、律、おらんのか」

子規の声が家中に響く。妹の律はすぐに大声を返し、台所から子規の横臥する居間へ走る。痛い、痛いと、突然、泣き叫ぶ時もある。たいがいは母の八重が我が子の手を、背中をさする。子規の声はちいさくなる。このところ二日に一度、激しい痛みに襲われる。凄じい声である。

どれほどの痛みか周囲の者や見舞客にはわからない。時折、隣りに住む、子規の勤める新聞『日本』の社主、陸羯南が痛がる子規の手を握り、ヨシ、ヨシとなでてやると、子規の叫び声はピタリと止む。甘えなのである。

母、八重の手でも声のトーンは落着く。一から十まで甘えなのである。しかし身内なのに、妹の律にはそうならない。

「律、三日前のあちこちからの手紙にはロンドンの夏目君のはなかったか。見忘れとりはせんか」

「いいえ、ちゃんと見ました。すぐに、もう一度見てみます」

子規は納得して黙るが、また声を上げる。急いで枕元に行くと、子規は天井を見ながら額に手を当て、口元をゆるめて言う。楽しいことを思っている時の顔だ。

「律、今日は、鰻(うなぎ)が食べたいのう」

台所へ走ると母が風呂敷包みを渡した。

兄の声が聞こえていたのだ。包みの中身は母の着物だ。今月はもう金がない。寝たきりの子規のために、陸羯南は黙って四十円の給与をくれている。その金をすでに使い果したのだ。律は質屋へ走る。走りながら、夏目さんの手紙はあったかもしれないと考える。兄の気持ちが安らぐのは何より金之助からの報せである。

家に戻ると玄関の履物が多い。台所を見ると医師の宮本先生と母が神妙な顔で立ち話をしている。何か様子がおかしい。律、皆さんにお茶を、との母の声にうなずき、居間に入ると、蒲団を取り囲むように、高浜虚子、河東碧梧桐、伊藤左千夫、長塚節のほか俳句の弟子数名がいた。どうやら兄の具合いの報が入ったようだ。

鰻の丼が届いた。枕元に届けると子規は子供のように笑い、皆のも取りや、と平然と言う。台所へ行くと、包みを手にした母がうなずいた。

金がないのは子規が一番承知している。それを母は知っているから、息子に悲しい思いをさせたくないのだ。

律は下唇を噛んで、質屋と鰻屋へ走る。

子規の母、八重は子規が六歳の時、夫の正岡常尚を亡くす。八重は実家に戻らず息子を一人前に育てる決心をし、息子の教育を実父の大原観山に委ねる。伊予の漢学者であった観山は、孫であっても手を緩めることなく厳しく教育し、子規は若くして驚くほどの漢籍の素養を身に付ける。その力量は若い金之助が感心するほどで、文章、俳句、短歌から浄瑠璃の戯作にまで挑んでみせる。

子規は己を信じ、友（漱石）を信じる真っ直ぐな若者だった。その友を得た漱石は幸運であった。何より子規はセンスがあった。

「芭蕉もええが、与謝蕪村を知っとるかね」

「森鷗外には、紅葉にも逍遥にもない、文章の香りがあるぞ」

「あしらは保三郎という友を得てしあわせだ。あれは天才じゃ」

「僕も同感だよ」

子規が落第しそうな時は、金之助は担当教授に頭を下げて回った。二人で暮らした松山の、〝愚陀仏庵〟での日々もあった。

正義感にあふれ、寄席に騒がしい客がいると毅然と立ち上がって満座を窘めた。持って生まれた正義感と品性があったのである。それは江戸っ子気質と似ていた。母をして、この子に生涯を懸けようと思わせた愛らしさと、無邪気さと頑固さがあった。だからあれほどの叫び声に顔色ひとつ変えずに接したのである。律はその母を見て、あらゆることに耐え抜いた。

九月十八日、朝から子規は痰が切れなかった。

ゼイゼイと子規の喉が鳴った。そんな音を聞くのは初めてだった。筆を執ると、
　痰一斗糸瓜の水も間に合はず
と書き、その手から筆が零れ落ち転がった。その直後から子規は昏睡し、再び目覚めなかった。

皆が立ち上がり、子規の死を告げに行った。

居間には子規と八重と律が残され、二人で死装束に着替えさせた。

子規を蒲団に座らせ、その手を正面から律が取り、袖を通してやった。ポンポンと経帷子のシワを伸ばす。八重が子規の背中を叩く音がした。その時、母が子規の名を呼んだ。それは生きている我が子に話しかけるような普通の声だった。

「ノボル、もういっぺん、痛いと言うてみとおせ」

さらに甲高い声で、母は、もういっぺん痛いと言うてみとおせと、息子に痛いと言ってくれとせがんだ。律と八重の嗚咽（おえつ）が響いた。

高浜虚子は子規の最期を看取ると、すぐに電報を打ちに行った。根岸のせまい路地を急ぎ足で行くと、秋の夜空が少しずつ白くなろうとしていた。

虚子は子規との日々を思った。決して二人の仲は順調に来たわけではなかった。『ホトトギス』を何とか運営するために、子規から叱責される行動もあえてした。批判も受けた。しかし虚子には弟子としての信念があった。

すぐにロンドンの漱石に報せるべきかとも考えたが、告知のようで冷た過ぎると思った。二人の仲を虚子はよく知っていた。

仰ぎ見ると月がほの白く光っていた。

　子規逝くや十七日の月明に

虚子は葬儀をふくめた子規の死の様子を手紙に書いてロンドンに送った。

十月末、スコットランド旅行から帰った金之助は、虚子の手紙を開封し、子規の死を知った。

「そうか、午前一時に亡くなったか……」

死の事実だけが金之助の胸の底に届いた。

それからしばらく金之助は子規との日々を思い出しながら、なるたけ悲しまずにいようとこころがけた。

下宿の窓から沈む秋の夕陽を見ていると、それがいつしか本郷の原っぱでベースボールに興じる子規の、あの笑顔と重なった。

米山と二度応援のベンチに腰を下ろし、「正岡君、頑張りたまえ」と金之助が声を張り上げると、オウッ、と子規は少年が飛び上がるがごとく青い草むらの中で躍動していた。

そうか、子規君は、あの草むらに帰るのか。

きりぎりすの昔を忍び帰るべし
手向くべき線香もなくて暮の秋
筒袖や秋の柩（ひつぎ）にしたがはず
霧黄なる市に動くや影法師
招かざる薄に帰り来る人ぞ

これほどの数の悼句を漱石が発句したのはあとにも先にも、その秋しかなかった。

子規は、一高でめぐり逢い、帝国大学に進んでからも、夏目金之助を敬愛してやまなかった。そのあらわれとして、子規は元気な一高時代、多くの友人の格付けを遊び半分でやり、筆頭に金之助を挙げ、〝畏友〟とした。

友の死を知った金之助は、留学前の見舞いや鏡子からの手紙で、覚悟をしていたとは言え、やはり惜別の思いがあふれた。

そんな中、金之助の二年の留学生活が終わろうとしていた。帰りの船の日程も決めなくてはならなかった。一緒に日本へ帰ろうと誘ったのはドイツに留学していた藤代禎輔であった。

さてここで、読者の方へは前もってお話をした、一通の電報事件がある。

事件と書くと少しオーバーだが、日本の文部省の留学生を監督する部署が何度、公使館を通じて報告書を催促しても、いっこうに提出しない夏目金之助をいささか問題視していたのは事実だった。留学生は半年に一度、自分たちが今、何の勉学をどんなふうにしているかを、留学費を出している文部省に報告しなくてはならなかった。

金之助も当初は提出したが、大学の英語研究の授業へ出たものの授業の内容が悪くて、出席しても無駄であること。それに加え、この留学費では下宿代を払うのが精一杯で、まったく留学にならない、と訴えたのである。そんなことを訴えられても文部省はすぐに対応できない。他の留学生は文句を言わずにやっている。波風を立たせたくないのが役人のやり方なのは、昔も今も同じだ。放っておけば報告書は届かないし、催促しても出さない。それどころかようやく届いたかと思えば、白紙に署名だけだった。

監督官にとって夏目金之助なる留学生の心証は良くはない。おそらくそこで彼らは金之助のロンドンでの暮らしぶりと評判を調べたのだろう。その結果、以前も書いたが、他の留学生と比べると驚くほど多くの本を買い込み、本の山の中の暗い部屋で一日じっと机につき、一点を見つめている一人の留学生の姿ができ上った。

そのイメージの中で、文部省に一通の電報が届く。

〝夏目狂セリ〟

誰が打ったのか、誰が受け取ったのかも定かではなかった。ただ噂だけがロンドンの日本人社会と日本の文部省にひろがった。

その電報の存在は未だに確認できないし、原本も写しもない。あまりに刺激の大きい一文である。

日本の文部省はドイツに滞在する同期留学生の藤代禎輔に、すぐに夏目を保護し、日本へ連れ帰るよう指示する電報を打つ。

藤代はロンドンへむかう。ところがそこで見たのは、これまでと何ひとつ変わらない江戸っ子の金之助だった。彼は金之助にナショナルギャラリーまで案内してもらっている。藤代はてっきり二人で帰朝すると思っていたのに、金之助は荷物（主に本の山だが）が整理できていないことを理由に船の予約を取り消していた。藤代は金之助の様子を見て、どこにも発狂の兆候はないので、誰があんな大袈裟な電報を打ったんだと首をかしげながら、早く出発するように告げて帰国の途についた。

これが事件の顚末（てんまつ）である。

ところが、〝狂セリ〟と呼ばれた金之助当人はいっこうに、これを災難とも、悪い噂話とも感じていなかった。

一笑に付していたところもある。金之助自身は、ロンドンの陰鬱な天気と深い霧、それに本も買えぬひもじい暮しに、本来のユーモアを失っていたこともたしかで、神経衰弱の自覚は間違いなくあったのである。

だから療養のため、運動と称して転落をくり返した自転車に乗り、スコットランド旅行へも出かけ、唯一気晴らしになった美しい田園風景にも触れて、快復しつつあったのである。

さあ帰国するか、と金之助は周囲の心配をよそに荷造りをはじめるのであった。やはり半端な量の本ではなかった。トランクにも、荷袋に詰め込んでも始末に負えない。文部省はかなりの数の留学生を公費で各国に送り出したが、金之助ほどの量の書物を買い込んだ留学生はいなかった。

荷積みを手伝いに来た、近所の荷役人夫と馬車の曳き手と助手が、「この街の本を皆持って行くのか？　いっそ大英博物館も一緒に船に積んだらどうだ」と呆きれるほどであった。

金之助は書物を人一倍大切にした。本の扱い方なども、まるで生きものを抱くように本を抱くと言われるほどだった。

その大量の書物と金之助を乗せた船が出発したのは、明治三十五年の師走のことだった。日本へむかう船の中で金之助は書物のリストを見返しては、時折船底へ行き、自分の本がきちんと積んであるかを確認した。

金之助が何度もあらわれるので、船員は「まさか無断でイギリスの美女を積んでいるのではなかろうな」と疑ったほどだ。それが本だとわかると奇妙に思い、それほど本を大切にし、本に逢いに来る者はやはり怪しいと思ったらしい。

船が香港に入った頃、ようやく金之助は帰国への興奮もおさまり、船のデッキでゆっくりと、自分のことを考えられるようになった。

「これからどうなさるのですか？」鏡子の声が耳の奥で響いた。金之助は思わずつぶやいた。

「そうさな、もう熊本はいいだろう。しばらく東京で講師でもして暮らすさ」

熊本に帰るつもりはなかった。それは五高を退職することを意味した。退職の理由が、自分の意志ではいささか都合が悪い。留学は五高の発令になっている。自分がいない間の英語教師の件も何かと整えて出発していたから、やはりきちんと退職する必要がある。

ふと菅虎雄の顔が浮かんだ。松山中学、五高への赴任もすべて菅の世話になっていた。

菅に手紙を書こう。その内容はきわめて都合のイイものだった。何と、自分の神経衰弱がイギリスでさらにひどくなった。とても熊本で教鞭など今はとれないので、神経衰弱の診断書を用意してくれないか、という内容だった。

菅虎雄もお人好しというか、金之助のことが好きで好きでたまらなかったので、友人の医師に頭を下げて神経衰弱の診断書を書いてもらった。

金之助は、もともと〝狂セリ〟のことなどまったく気にもかけていなかったのである。

自分が何日に帰国するかを、金之助は鏡子と彼女が居候している中根家にまったく連絡していなかった。鏡子は日本郵船の知人に連絡して、夫の帰国の日を知り、父の重一と迎えに行く準備をする。

夫の着物がどれも破れていたので、鏡子は父に金を工面して貰い、着物を縫って用意する。

夫に逢えることはやはり嬉しかった。

イギリスから最後に届いた夫の手紙には、自分に惚れていることと、逢いたくてたまらないと珍しく心情が打ち明けてあった。鏡子とて女盛りである。夫に逢いたくないはずがなかった。

明治三十六年一月二十三日、夏目金之助は検疫を終え、神戸港に停泊していた博多丸から二年ぶりに日本の土を踏んだ。

金之助は神戸の旅館に入ると、東京へむかう汽車の出発時刻を鏡子と寺田寅彦に電報で告げた。

ようやく電報を読んだ鏡子は、これを父、重一に報せた。重一は、これから神戸まででは間に合わないから国府津辺りまで迎えに行こうと言った。それを聞いて鏡子は嬉しくて思わず声を上げた。「ありがとうございます」

重一にしてみれば、娘婿が洋行し、無事帰朝できたことは誇るべきことであった。欧州の風に当たった娘婿の姿も見てみたかった。鏡子は妹を呼び、新橋ステーションの到着時刻を告げて、皆で金之助を迎えに出る準備をするように言った。

重一と鏡子は急いで国府津にむかった。もう少し早く帰国の時間を報せてくれてもよさそうなものだが、夫の性格を知っている鏡子は連絡が来ただけでも嬉しかった。

鏡子と重一が国府津の駅で汽車に乗り込み、悠然とシートに座っている金之助に挨拶すると、金之助は顔をほころばせた。鏡子も思わず頬を赤らめ、駆け寄るようにして鏡子は夫の隣りに座った。二人の正面に重一が腰を下ろした。

あらためて重一は婿の顔を見た。少し痩せているように見えた。鏡子は婿の左手を強く握りしめたまま、人前でも平然としていた。第二子を産んだあたりから娘は何をするにも大胆になった。元々少女の時から大胆な性格であった。

——何を考えちょるのか、さっぱりわからん。

しかし重一は、この娘が好きだった。赤児の頃からのあいくるしさは今も面影がある。重一と金之助は何かを言いかけたが、いつの間にか金之助の肩に身をあずけて寝息を立てている鏡子の息の大きさに、二人とも驚いて、そちらを見た。

「急いで来たので疲れたのでしょう。早寝で、遅起きですから。でもよくやってくれてます」

「この娘は金之助君じゃないとつまらん」

重一の言葉に、金之助が笑い出し、重一も高笑いした。失敬と言って重一がトイレに立った。笑い声で起きた鏡子が、金之助の耳元で言った。

「ロンドンはどうでした」

「実に不愉快な二年間だったよ」

「そうですか。でもお帰りが嬉しゅうございます」と鏡子は鼻先にシワを寄せて笑った。

重一が席に戻ると、鏡子は金之助の組んだ腕を枕にして寝ていた。それを見て重一は目を丸くした。

「君からの手紙に〝文学論〟をやりたいと書いてあったね。まとまったかね？」

「いや、まだまだですが、少しは進みました」

「そりゃ良かったね。金之助君、少し質問をしていいかね」

「どうぞ」

「文学というもんは、特に英文学は何の役に立つんかね？」

――えっ、今、何と言ったんだ？　英文学が何の役に立つのかって？

それは英語という言語も、文学というものも否定するような言い方では決してなく、岳父は素直に彼の持つ疑問を金之助に投げかけていた。

金之助は鏡子を起こさぬように少し姿勢をただして言った。

「岳父（おとう）さん、文学を学び、この文学を論じようとする時に、今、岳父さんのおっしゃった疑問がまずあるのです。私もそうでしたし、異国で学んだ最初がそれでした」

「ほう、そうかね」

「はい。書物を読みますと、あらゆる学問には必ず、その問いに似たものがあります。何の役に立つのかというのは、何のためにか、という問いと共通しています。しかしそれは言い方の違いであって、大切なのは答えです」

「ほう、その問いに答えはあるのかね？」

「今の私にはこう答えるしかありません」

そこまで言って金之助は岳父の目を見た。岳父も金之助の目を見つめたまま視線を逸（そ）らさなかった。しばし沈黙があったが、金之助は言った。

「それは、自分の発見です。発見と言うとわかりにくいところがあるかもしれませんが、シェークスピアという芝居の戯作者がいまして、このシェークスピアを二年間学びました。そうして、そこに登場する人たちの、悲しみ、喜びを自分のことに置きかえるようになりました。そこに、自分の悲しみ、喜びを感じることがありました。それが自分の発見のはじめでしょう」

「ほう、面白い話だね」

「ええ、たしかに面白く、興味のあることです」

二人はうなずき合った。

目の前に座る中根重一は、金之助の話したことを頭の中で反芻するかのように車窓に映る風景を見ている。入ってきた車掌がほどなく横浜だと告げた。

「英文学で学んだのは、それだけかね？」

岳父が唐突に訊いた。

「いいえ、自分の発見と申しましたが、イギリス人などは、〝自我の確立〟などといささか哲学的な表現をしています。その自我の確立と同時にあらわれるものがあります」

「う〜ん、わしには少し難しいが、何だね？」

「私たち、いや、人が、人間はいかに生きるか？　ということです」

「ほう、それはよくわかる。孔子の論語と同じじゃ。近頃、学生や、まだ青二才の役人たちの間で流行しとる〝文学〟とは、そんなものかね？」

「はい。そんなものに過ぎません。人間が考えるものに、さほど違いはありません」

「うん、そりゃ、そうだ。ところで金之助君、君、これからどうするつもりだね？　鏡子には熊本へはもう帰らないと伝えたそうだが」

「はい。あそこへはもう帰りません」

「じゃ東京へ居るのかね？」

「居てはいけませんか」

「いや、家族も増えたし、わしも、時々、孫娘の顔を見るのは楽しみじゃからの。東京で何をするつもりかね」

「しばらくは講師でもやろうと思います。第一高等学校の校長の狩野亨吉（かのうこうきち）という人が、私の帝大時代からの知り合いです。彼に頼んでみようかと」

「しかし高校の教師では俸給も知れとるだろう。君は家族も増えたし、第一、熊本に比べたら東京は倍も金がかかるぞ」

「そうらしいですね。英文学に限らず、帰国した留学生は、そこで学んだ工学、建築学などの講義を大学などでやっています」

「それなら金之助君、君は帝国大学で教えればいいじゃないか。一高と言っても所詮は高校だ。帝大が君にはふさわしいと、わしは思うちょる」

——岳父は、よく現状がわかっているのだ。

「海外留学から帰国した者は、前任の外国人教師に代わって、その椅子に座ることがあります」

「小泉八雲（こいずみやくも）という外国人の教師のことかね？　小説を書きながら、英文学を教えていると聞いたが。その後任なら金之助君、君にふさわしいよ」

金之助は岳父が大学の事情にまで詳しいのに驚いた。

「小泉八雲氏は、本名がラフカディオ・ハーンと言います。彼とは妙な因縁がありまして……。実は五高に私が就任する前の教師が彼なんですよ」

「そうかね。因縁というものは続くものだ。この世の中は因縁と、その人の持つ運の定めを外しては考えられないものだよ」

――因縁と運命か……。さすがに貴族院の書記長をやっていただけのことはあるな。

「ともかく君は、日本国政府の推奨で洋行し、無事勉学を終了して帰朝したんだ。君には君にふさわしい席があるはずだよ。そういうことに関しては、主張をせねばいかんのだよ。私もかつての力はないが、できるだけのことはさせてもらうよ。文部省もいつまでも外国人を重用していてはダメだ。今や英国ではなく、ロシアだよ。ロシアとどう戦うかが、この国の最大の問題なのだよ。どうだったね、むこうでのロシアの評判は？」

「はい、やはりイギリス、フランス、ドイツなどはロシアの南下政策を心配しています」

「心配などと言っている時ではないよ。どう戦うか、で政府内は対立しておるのだから」

やがてベルが鳴り、車窓に映る風景に賑やかな家並みがあらわれ、汽車が新橋ステーションに到着しようとしていた。

車内のざわめきに金之助の二の腕で寝息を立てていた鏡子が目覚め、寝込んでいた自分に気付き、ちいさく会釈して姿勢をただし、襟元を直した。

「家はどうするかね？　わしは一緒に居てくれてかまわんが」

「新しい借家を探そうと思います」

急に鏡子が言った。

「大丈夫か、いろいろ決まってからでいいだろう」

「いいえ、旦那さまはロンドンでも四回も引越しをなさっています。旦那さまにとって引越しは日常のことですから」

ハッハハ、岳父が笑い出した。

新橋ステーションに着くと、筆子も恒子も女中に抱かれていた。家族と親戚が総出である。懐かしい顔があった。寺田寅彦である。

矢来町にある中根家の離れに落着いた金之助を、早速訪ねて来る人があった。菅虎雄である。

二人はすぐに、借家を探しに出かけた。

道すがら、金之助は診断書の件で念を押した。五高の退職理由は神経衰弱が一番良かろうと、菅に診断書を貰って欲しいと手紙で頼んでいた。

二年前留学に出た際は五高から金之助に発令されている。新しい仕事に就くには五高を辞職していなければならない。退職金が出れば留学前の借金の返済の足しになる。菅からも借りていた。

菅虎雄はこのようなことで金之助を助けることに、なぜか積極的である。疎まない。むしろ喜んでいる。

診断書だけではない。金之助の一高への就職を決めるために、知人で今は一高校長職にある狩野亨吉にすでに依頼の手紙まで出していた。

上野の山が見えはじめると、金之助が言った。

「菅さん、鰻でも食いませんか?」

「いいね、二年間、美味いものなど食べられなかったでしょう。鰻は名案だ」

「そうですか。名案ですか」

この対応など、亡くなった子規と瓜ふたつである。

話が帝国大学文科大学のことに及んだ。

「そうですか、ハーン氏(小泉八雲)はそこまで迫られているのですか」

文科大学学長の井上哲次郎は英文科の学生たちから絶大な人気があるラフカディオ・ハーンを好ましく思っていなかった。小説の創作が忙しくなると勝手に休講するし、海外から招かれた講義に出かけようとするハーンの大学への態度が気に入らなかった。彼は外国人教師をいつまでも重用する考えを廃したかった。その後任の候補がいないわけではなかった。上田敏、そして誰より帝大英文科の初期卒業生の夏目金之助がいた。持病に神経衰弱がある点は気になったが、さして問題のある病状でないことは調査済みだった。

ハーンの後任候補の本命は金之助であった。金之助も帝大の態勢にまんざらでもなかったが、彼の性格からして、頭を下げることができない。江戸っ子のつまらぬ気質がまだ消えないのである。

後任で入ることに問題がなかったわけでもない。それはハーンを支持していた学生たちだった。

鰻を食べ終えると、子規のことがよみがえって来た。

「菅さん、正岡子規君の霊前に手を合わせに行きたいのだが」

「おう、それはいい。そうしよう」

二人は根岸の子規庵にむかった。

玄関先で金之助が声を上げると戸が開いて、妹の律があらわれた。律は金之助の顔を見ると、大粒の涙を流しながら、「夏目先生」と消え入りそうな声を上げた。

「昨日、帰りましてね」

母の八重が奥から出て来て同じように涙を拭おうともせず金之助を見ていた。

——息子があんなに逢いたかった夏目さんが目の前にいる……。

そんな表情だった。

二人は霊前に手を合わせた。金之助は庭先に出ると、冬枯れの庭の草木を眺めた。菅も並んで座った。八重が茶を運んで来て差し出し、短冊を一枚置いた。

「ノボル（子規）は好きなように生きとったように見えますが、自分の葬儀について書き残しておりました。〝空涙は嫌なので、皆で笑うて見送って欲しい〟と書いとりました」

そうして短冊を裏返して金之助に出した。

見つつ行け旅に病むとも秋の不二　漱石
それは子規が最後に松山から上京する折、金之助が創作した送別の俳句だった。文字は子規のものである。よほど子規は、この句を気に入っていたのであろう。自らしたため残していたのを、金之助も目にしたことがあった。

「マルと言うことですね、お母さん」

「何のことでしょうか？」

「いや子規君に俳句を見てもらうと、私のはたいがい〝月並みじゃ〟と貶されますが、この句はマルと言うことです。嬉しいことです」

金之助が言うと、八重がかすかに口元をゆるめた。金之助は短冊を懐に入れ、庭先を見て言った。

「お母さん、昨年の夏には葉鶏頭は色づきましたか？」

「ああ、森先生が分けて下さった鶏頭ですね」

「ほう、あれは森鷗外さんのものですか」

「はい、綺麗に色づいたのをノボルはずっと見ておりました」

八重の言葉に金之助はうなずいた。

不忍池から上野界隈、千駄木を回って、その日は帰宅した。

家はほどなく、洋行して空き家になっている教師の住まいが見つかり、早速引っ越した。

庭の裏手から猫が一匹入って来たのを筆子が見つけて声を上げた。若い女中が追っ払おうとするのを見て、金之助は「放っておきなさい。熊本から来たのかもしれん」と言った。

猫はすぐに筆子と恒子になついた。

女中がオイとか、コラとは呼びにくいから名前を付けて欲しいと言った。「猫なんぞに名前は付けない」と金之助は平然と言った。

では犬なら付けるのか。後に子犬をもらい受けると、金之助はちゃんと名前を付けた。何が基準かはわからないが、そういうものらしい。

帝国大学英文科の学生たちの反対運動はあったものの、小泉八雲は英文科講師を退職した。日本人の妻を娶(めと)り、日本国へ帰化までした外国人教師は追われるように帝国大学を辞した。

彼の後に、アーサー・ロイドなる外国人教師と上田敏と夏目金之助が就任した。ロイドはいつもニコニコして愛想が良かった。上田も性格が温和でひと目で人柄の良さが学生たちにも伝わった。

学生たちにとって誇りであった小泉八雲を追いやった大学側への不満が、東京生まれで洋行帰りらしく高い襟をつけて、少し気障(きざ)に見える地方の高校教師上がりの金之助にむけられた。

金之助はまず簡単なテキストを用意し、学生たちに配り、読ませ、訳させてみた。高校生でも読んで、その意味を理解できる簡単な内容だが、ほとんどの学生が読み方さえ怪しかった。

——何だ。学生たちのこのレベルは。その上まったく予習していないじゃないか。

金之助は彼らの英語力のなさに呆きれ果てた。

「君たち、このテキストの予習もして来ていないのか。何たる姿勢だ」

憤慨した金之助が、次の授業に出した正式な教科書がジョージ・エリオットの『サイラス・マーナー』であった。

友の裏切りで婚約者を奪われ、世捨て人のように暮らしていたサイラス・マーナーが少女と出会うことで人生を取り戻すという小説である。だが、金之助の講義はこの小説の面白みを解説するものとはほど遠かった。ひたすら学生の発音を正し、慣用句への知識不足を絞り上げていった。

金之助は頑固に、この『サイラス・マーナー』の講読を続け、学生の発音を厳しく指導した。

「俺たちは帝大に英語の勉強をしに来たんじゃない。英語教師にでもさせるつもりか」

授業態度もきわめて悪く、欠伸する者、居眠りしている者……など金之助が見ていて怒り出しそうになるものばかりだった。

やがて授業の途中で平然と席を立つ学生もあらわれた。その中に、のちに演劇革新運動を起こした一年生の小山内薫（おさないかおる）もいた。

金之助は彼らの態度にうんざりして、菅虎雄に〝こんな授業を続けたくもないし、もう教師なんぞ辞めてしまいたい〟と訴えるほどだった。

そんな日々が続く中、『ホトトギス』主宰の高浜虚子が授業の聴講にやって来た。

虚子は金之助の授業を見て呆きれ、放課後訪ねて来て言った。

「あんなふうにしてるとお疲れになるでしょう」

「おっしゃるとおりだ。まったくあの学生たちの態度を変えさせなくては……」

「いや学生もそうですが、夏目さん、あなたも変わらなくちゃいけません」

「えっ、私がですか」

「そうです。授業料を払ってまで聴くようなものではありません。寄席小屋ならとうに閑古鳥が鳴いてますよ」

——閑古鳥？

その日、家に帰って金之助は虚子から言われたことを話した。ホッホホホと鏡子は笑った。

「何が可笑しいのかね？」

金之助は怒りをおさえて妻に言った。

「だってそうじゃありませんか。〝閑古鳥が鳴いている〟なんて面白い言い方じゃありませんか。旦那さまの大切なお仕事のことをですよ」

「笑い出すことも失礼だが、私の、帝国大学英文科の授業を、寄席話だと抜かしやがった」

金之助が顔を真っ赤にして言うと、

「そこですよ。そこが高浜さんの話が面白いところなんですよ。だって旦那さまの仕事は日本で最高のお話でしょう。少し寄席にでも行かれて勉強なさってはどうです？」

「何の勉強だ？」

「聞いている人たちの気持ちを鷲づかみにする勉強です」

それを聞いて金之助が真顔になった。

「おい、聴いたか？　あの講義を」

「あん講義って。ばってんどん講義や」

「だから九州の者はわからず屋だと言われるんじゃ。わしも岡山で、そう言われるんじゃからおえりゃせんのう。いいかよう聞けよ。今、評判の講義と言やあ、夏目金之助先生のシェークスピアの『マクベス』の講義に決まっちょろうが」

「そのシェーだか、マクだかは何のことや？」

　本郷の坂の途中にある屋台の蕎麦屋で二人の帝大生の話を聞いていたもう一人の学生が言った。

「オイオイ、田舎訛りで話すのをイイ加減やめてもらえないかね。夏目先生の講義はたしかに面白れえや。あれじゃ毎日、満員札止めになるよ」

「札止めとは何のことと？」

「へぇ～、札止めも知らねぇのか。まったく東京へ出て来て何の勉強をして来たのかね？」

「お客さん、次の人がお待ちだ。ここは蕎麦屋だ。蕎麦がのびないうちに早く平らげて引き揚げてくれませんか」

「おう、そうだな。早くしなきゃ、午後の夏目先生の講義がはじまるぞ」

　学生たちが立ち去ると、待っていた客が走り出した帝大生のうしろ姿を興味深げに見ていた。

「えらい評判だね。夏目さんの講義は、私も見物してみたいから、オヤジ、すぐに一枚おくれ」

　アイヨと応えて蕎麦屋が笑った。

　帝国大学英文科の二十番教室は廊下まで人があふれて、えらい騒ぎであった。その教室にむかって金之助が独り言をブツブツと口走りながら歩いている。

――たしか幽霊が出てくるのは、エルシノア城ではなく青山霊園になっていたナ。あの川上音二(かわかみおとじ)

郎の無手勝流はたいしたものだったな……。

金之助は、昨日の休講日に妻の鏡子に連れられて行った欧州から凱旋帰国した川上音二郎一座の公演「ハムレット」のシーンを思い出していた。

ひさしぶりに観た牛込の実家の近くの寄席、和良店亭の圓遊も良かったが、それ以上に日本橋の伊勢本の橘家圓喬の〝牡丹灯籠〟は師匠の圓朝を思わせる迫力だった。

鏡子に言われて、噺家たちの口調を思い出しながら講義を進めていると、知らぬ間に教室が一杯になり、廊下にまで人があふれていた。

そこに見慣れた顔の二人がやって来た。

シェークスピアの講義を終えて廊下に出ると、あふれ出た学生のむこうから声がした。

「夏目さん、夏目さ〜ん」

「先生、先生」

見ると高浜虚子と寺田寅彦が立っていた。

「ずいぶんと面白い講義になりましたね。大盛況で驚きました」

「いや僕も、こんなに面白い先生の授業を聴いたのは、初めてです。ロンドンはやはり先生の人柄まで変えたのでしょうか」

「そんなことはない。人格が変わるようなことは何ひとつなかったよ。寺田君、君、留学へ行くならロンドンはやめておきなさい。むしろスコットランドの方がよろしい」

「わ、わかりました。先生、このあとの予定はございますか」

「一高の授業がある」

「では千駄木の家でお待ちしていてよろしいですか?」

「かまわんが、昨日から大工が入ってあちこち普請しているから落着かないかもしれないよ」

「大丈夫です。賑やかな方が熊本を思い出して楽しいと思います」

「そうか、奥さんは残念なことをしたね」

「は、はい」

寺田寅彦は妻を病気で亡くしていた。

「千駄木の書斎はどうですか？」

「どうって、静かな角部屋を書斎にあてたから居心地はまあまあだね」

「帝国大学の講師就任祝いに文机でも贈りたいのですが……」虚子が言った。

「そりゃ、嬉しいが、君のところの原稿料も先払いをしてもらったままで、申し訳なく思っているんだ。その上、文机となると……」

「大丈夫ですよ。その分、たくさん原稿を書いて下されば。あなたの原稿はえらく評判が良くて、『ホトトギス』の看板になりつつありますから」

「だといいが、少し回りくどくはないかと心配しているんだ」

「それがあなたの文章の色合いです。読者はあなたが書いた文章を読むだけで喜んでいるのです。それが文章書きには一番大切なんです」

金之助は虚子の目をじっと見た。

「僕も先生の文章は大好きです。いつももっと読みたいと思うんです」

寅彦が明るい声で言った。

千駄木の借家は敷地が四百坪あり、高台の平らな土地に建物があった。風通しもよく、満四歳になった筆子と、よちよち歩きを始めた恒子のための部屋数も十分にあった。

家の前を通る道は、そのまま行けば一高、帝国大学へ十分もかからない格好の場所だった。

金之助の書斎に使う部屋からは、窓を開ければむかいの下宿屋が見えた。

虚子が文机を探すという提案もまんざらではなかった。家のあちこちの風通しの良い所に蔵書を仕舞っておけるのも気に入った。

家の南側には畑に使える土地があり、妻と女中たちが茄子や胡瓜を栽培しはじめた。

畑から鼬、蛇がちょこちょこと姿をあらわすこともあったが、この家の珍客は猫であった。

一匹目は面構えも不敵な成猫であったが、ある日、可愛い声で鳴く仔猫があらわれた。勿論、どこからか闖入して来た野良猫である。この仔猫が大胆であった。

鏡子は猫が幼子にはよくないと思い、早いところ外へつまみ出してしまいたかった。

ところが、その仔猫を鏡子と女中が見つけた時、仔猫は読書をしている金之助の背中に堂々と乗って、すました顔をしていた。

「旦那さま、大変です。旦那さまの背中に猫が……」

「何を騒いでおるのだ。何？　おう、猫か。こいつなかなかやりおるな。おまえたちもそんなに騒ぐんじゃない。別に読書の邪魔もしないから、置いてやればいいじゃないか」

その一言で皆口をつぐみ、仔猫だけがミャ～オと勝ち誇ったように声を上げた。

この仔猫、おひつの蓋に乗って、じっとしていたり、仏壇の前の座蒲団に座っていたりする。

いつか隙あらばつまみ出そうと女たちに狙われていたこの仔猫を助けたのは、ひさしぶりに顔を見せた元女中頭のとくであった。

「あら、まあ、ここもまた猫ですか。あらっ、大変」

「とくさん、何が大変なんですか」

「この仔猫、爪まで真っ黒じゃないですか、こういう仔猫は珍しく、〝福猫〟といって、その家に金運を呼び、金に苦労をしないそうですよ」

金之助は猫を引き寄せ、そうか、頼んだぞと頭を撫でた。

名前を付けてもらえぬ仔猫が我がもの顔であちこちの部屋を歩き回る家は、この界隈では〝帝国大学の髯の先生の家〟として有名になっていた。

近所の人からは裕福な家に見えた。ところが内情は違っていた。金之助も鏡子も、仔猫も気に入った千駄木の家の家賃は一ヵ月で二十五円。

読者は覚えておいでだろうか。結婚式を挙げた熊本の借家の家賃が十三円であった。この時、金之助は〝名月や十三円の家に住む〟と半分、自嘲気味に詠んだ句を子規に送っている。金之助の、子規の人生の中で家賃十三円の家に暮らすということは、それだけで事件と言えたのである。

それが七年後、洋行帰りの大学講師となり、二十五円の家賃の家に平然と住める収入になっていたのである。

では家計の方はどうかと言うと、帝国大学の年俸が八百円。第一高等学校が七百円、合わせて千五百円の高給取りであるが、収入と支出のバランスで見ると、まだ〝火の車〟であった。

ロンドンから戻った直後から朝日新聞社に就職するまでの四年間が、夏目家にとってもっとも困窮した生活を余儀なくされた時代だった。主な原因はロンドン留学のために、あちこちから借りていた金の返済と、東京の物価の急上昇だった。

鏡子は何度となく質屋へ通った。このありさまは、貴族院書記官長という高等役人の娘であった鏡子にとっても、困窮の時代であったはずだ。

ところが箱入り娘であった鏡子には、この苦境を、苦境と思わぬ、奇妙な明るさと、大胆な暮らしぶりを続ける性格があり、この性格が、ややもすると、少しのことで神経がまいってしまう夫の心境を救っていた。

生まれた時から〝恥かきっ子〟として里子に出され、兄からの助言で一高へ進学する折、父親から借金をして勉強に励んだ金之助は、言わば〝借金を常にかかえた半生〟でもあった。

鏡子も鏡子だが、金之助も金之助というところがあり、ともかくこの夫婦、金銭に無頓着なところがあった。

貧乏なくせに先生は本屋の前を歩けば、必ず中に入り、出て来た時は購入した本を手にしている。鏡子は鏡子で、二人の娘に似合う着物の布地を見つければすぐに家に持って帰る。

これが、貧乏を貧乏とせず、他人を羨むことを知らぬ夏目家のユーモアの源泉であった。

金之助は、二人の娘の姿をじっと見つめて、何をしようとしているのか、どんなことを話し、どんな言い方をしているのかを観察するのが好きだった。我が子とは言え、なかなかのことを言うものだと感心してしまう。

長女の筆子が、次女の恒子の失敗を見て、

「恒子ちゃん、そんなんじゃ、大人になってから苦労しますよ。お嫁のもらい手がないわ」

などと言う。それを聞いていて、金之助は思わず苦笑し、

――どこであんな口のきき方を覚えたのだ？

と驚いてしまう。

恒子は恒子で、まだ数え三歳というのに庭先を居間にしつらえたつもりか、お膳の用意をし

て、どうぞと徳利か何かから酒を酌む仕草をする。

——まさか、私が留守の時、酒を飲んでいるのではあるまいナ。

中根の家で夕餉を見ていたのだろう。人の成長には感心させられるが、娘の場合は驚くほどだ。

その日も金之助が二人の娘を縁側からじっと見ていると、隣りに座った元女中のとくが言った。

「こうしてお子さんの姿を見ているのは本当によろしゅうございますね」

とくの言葉に金之助がうなずいた。

「でもあの二人の前で旦那さまは、時々、奥さまをひどくお叱りになるそうですね。お子さまも怖くて泣き出すそうじゃありませんか」

「いや、まったく面目ない。実は鏡子が……」

言い訳をしようとした金之助にとくが言った。

「今回の奥さまの悪阻は特にひどうございます。奥さまも神経の方がひどく立って、癇癪を起こしてしまうそうです。でもそれで旦那さまの神経が参ってしまえば、家がおかしくなります。どうでしょう、次のお子さまが生まれるまで別居をなさっては?」

「えっ、別居。人聞きが悪くないかね」

「家の中で大人二人の神経が立ってぶつかってるようでは、筆子さんも恒子さんも可哀想です。二人の娘さんのことも考えて下さい。世間じゃ、奥方の妊娠中はよくあることです」

「……そうか。娘たちはどうする?」

「旦那さまがお二人のお世話を?」

金之助は口ごもった。

新学期を迎えて夏目先生のシェークスピア講義は学内でも、大学関係者にも大変な評判になっていた。それを聞いて、清国、南京の大学に招聘された菅虎雄が手紙をくれた。

〜大変な評判じゃないか。君の講義の話は私の下にも届いているよ。さすが夏目君と感心しているところだ。天下の帝国大学も君のやり方で、やり込めてしまうんだから、いやはや感心〜

その手紙を読んだ金之助はすぐ返信した。

いやご無沙汰。評判がそちらまで届いていますか。初めの頃の不評から比べれば、有難いことだが、必ずしも私の講義の内容がイイということだけで皆が集まっているんじゃない。学生はまだ若く、世の中も、英文学が何かもわかっていない。シェークスピアは、欧州から凱旋帰国した川上音二郎一座が公演して、その評判が影響しているんだ。実際、学生は私の講義を聞くために予習もしていなければ、終わってから復習もしない。

英語力の稚拙さなど、一高の現役の高校生よりひどいのが半分だ。帝国大学に入学できただけで、有頂天になり、傲慢になっているのさ。これは今にはじまった傾向じゃない。十数年前に私が帝大へ進学した時から多くの学生は勉強を放り出していた。親友の正岡子規は彼の志のために退学したが、今の学生よりは勉学していたし、米山保三郎などは堂々と教授と哲学を論じ合っていた。それが本来の学生と先生の姿だろう。ところが今の学生は、官吏になるとか、俸給の高い就職のために学生をやっている。何が天下の帝国大学だ。チャンチャラおかしいよ。そういう学生が将来、この国を傾かせるに違いない。

私の後輩だから必要以上に責めたくはないが、帝国大学を卒業しただけで〝特別な道を歩ける〟と勘違いしている学生に、人間の何たるかを教えても何も起こらないし、時間の無駄で腹が立つ。だから君にいくら評判だと言われても、私はつくづくこの仕事が嫌になっているのさ。これをすべて神経衰弱のためと考えるのはやめて欲しい。

勿論、一人の学生の投身自殺のせいでもない。金銭、精神面で、これほど世話になっている貴君に愚痴ばかりを書いて申し訳ない。

しかし私はいったい何をすればいいのかね。

南京三江師範学堂　菅虎雄様　御机下

千駄木　夏目金之助

やたらと多い帝大の記念日のため、夏目先生の講義が休講になったというので寺田寅彦は千駄木の家を訪ねた。

「すみません。すみません。夏目先生いらっしゃいますか……」と玄関先で寅彦が大声を上げていると、屋敷の隣りの車屋の車夫が出て来た。

「そこは奥方も、子供たちも留守だぜ。髯の先生は縁側で猫とじゃれあってんじゃないか」

ああ、そうですか、と勝手知ったる奥へ入って行くと、車夫の言ったとおり、縁側の中央に仔猫がちょこんと座って、その前に先生が何やら紙を敷いて、筆を数本左手に持ち、一本を紙の上で動かしていた。

寅彦は先生の作業の邪魔をせぬように、抜き足差し足でうしろから、そっと近づいた。

先生は四つん這いになって、口にも絵筆をくわえ、真剣な目で何かを描いている。

——そうか、猫の写生だナ。

するとモデルの猫が寅彦の姿に気付いて、ミャ〜オと鳴いた。寅彦はあわてて指の一文字を唇の前に立てて、

——オイ、静かにしろ。

という仕草をした。それでも猫はよほど寅彦に興味があるのか、寅彦を見て、またミャーゴと鳴いた。猫の視線に気付いて、金之助が振りむいた。そうして寅彦の姿を捉えると、一瞬怪訝(けげん)そうな顔をして、眉根を寄せ、しばらくして、

「何だ、君か……」と言った。

「お邪魔してもよろしいですか？」

「そのポジショォ〜ンで十分にお邪魔をしておるよ」

「す、すみません」

「な〜に、かまわんよ。どうせ暇つぶしだ」

「あれ？　猫の絵かと思ったら、違うんですね」

「ああ、初めは、こいつを描こうと思ったんだが、ずいぶん前に描きかけて続きを描いてない絵を思い出して、こうしてそれを描いているのさ」

「風景画ですか。俳句で言うところの写生ですね。正岡先生の持論です」

「ハッハハ、それほどの代物じゃないよ」

「ではロンドンのナショナルギャラリーの話をしていただいた、あのターナーですか？」

「君、〝大英帝国の至宝の画家〟と私ごときを比べてもらっては困るね」

「いや、なかなか興味深い水彩画だなと思いまして。海の色と山あいの木々の色の対比が実に素

晴らしい」

「そうかね。そう誉められると悪い気はしないよ。さすがに帝国大学を首席卒業した天下の秀才君にそう言われると、私も少し真剣に考えるべきやもしれんね」

「何をですか？」

「絵描きになることをだよ」

「えっ、今、何とおっしゃったのですか？」

「絵描き、正確に言えば、今は画家と呼ぶ。ロンドンで逢った岡倉天心の弟がそう言っとったよ」

「先生は画家を目指されるのですか？」

「ああ、そうだよ。何か疑問でもあるかね？　地球物理学を専攻している君には、私の絵などは宇宙の塵でしかないだろうが……」

「いや、私はそうは思いません。決してそのようなことは」

するど目の前の猫が、ミャーゴと鳴いた。

「君、この猫はね、目の前で人間が平然と嘘、偽りを口にすると、今のように鳴くのさ」

「本当ですか？」

「私も、こいつも嘘をつきはせん。そうだろう？　おまえ」

金之助が仔猫に尋ねると、さらに大きな声でミャーゴと鳴いて、脚先を舐めて、その前脚で目元を拭き、毛づくろいをし、また背筋を伸ばして座った。

「君、見てご覧。この猫という動物は、このように悠然として周囲を見つめるだろう。私ごときは眼中にないという面構えをしやがる。頭にも来るが、その人間を見下したような態度が、実に気高く思えんかね？」

「はあ、そう言われれば、そうも見えますが、この猫、鼠を捕らえたりするのですか？」

「さあ、まだ見ていないな。何しろこいつはまだ片手に乗る仔猫だ。この辺りに出没する鼠や鼬は、この猫をひとかぶりで平げるかもしれんね」

「ところで教師はおやめになるんですか？」

「どうしてかね？」

「ミチクサをなさるために？」

金之助は寅彦を見てニヤリと笑った。


金之助は、このところ水彩画ばかり描いていた。その時だけは神経衰弱を忘れることができた。

彼は実際、自分の神経衰弱に手を焼いていた。

この頃は、特に授業をしていると、癇癪を起こしそうになった。

そういう精神状態になった時、金之助は自分に言い聞かせた。

「君は帝国大学文科大学、英文科の筆頭講師であるよ。目の前の学生たちが、このように居眠りしていても、必要以上に笑い出しても平然としておいてくれねば困るよ。これを乗り切れば、筆子にも、恒子にも逢えるよ。そう、それに今日は講義はこれくらいにして、千駄木の家で、あの絵の続きを描いてはどうだ？」

「うん、それがいい」

金之助は突然声を上げた。学生たちは驚いて、先生、今何とおっしゃったのですか、と尋ねくうなずき、教壇から下りた。

「……そうかね。では、今日の授業はここまでにして、あとは休憩するがいい」

学生たちはいっせいに立ち上がって、丁寧に頭を下げた。金之助は口髭を指先で直して、大き

た。

「ええ、たしかに何かおっしゃいました。×△□がいいとか」

「私が何か言ったかね？」

家に戻ると誰もいない。

それを淋しいとは思わない。

書斎から水彩画を取り出し縁側に出た。

すると庭の真ん中に仔猫がいた。

ミャーゴと金之助にむかって鳴いた。今は家の中に自分一人が戻って来て、女中もどこかに出かけているから、今の声はあきらかに自分にむかって何かを言おうとしたことになる。

あきらかに私という存在を認識しておる。

──もしかして、私に気があるか？　え〜と、牝であったか、それとも牡であったか。

──そんなことはどうでもいい。

水彩画を仕上げることにした。

──浅井忠か中村不折に見せてみるか？

いやよそう。あれで二人とも頑固だから、何を言い出すかわからない。変に貶されでもしたら腹が立つし、妙に誉められたら、二度と見せる気もしなくなる。

金之助は猫に絵を見せた。

仔猫は、金之助が絵を見せると、小首をかしげてしばらく見つめてから、ミャーゴといつもとは少し違う声を出した。金之助は、その初めて耳にする声質に、この仔猫が自分の絵について何かを告げようとしている気がした。

「何だ？　どう思ったか言ってみろ」

仔猫は金之助の言葉に反応して、顔と絵を交互に見ていた。

――やはり、何かを感じているのに違いない。

案外と、この仔猫の方が絵画、風景画の何たるかがわかっているかもしれん。

――待てよ、そうだとしたら。仔猫の目から見た私も、鏡子も、娘たちも、いやすべての人間の行動が、ひどく滑稽に映って、こっそり笑ったり、馬鹿にしたりしているかもしれない……。

そう思った時、金之助は、最初、闇の中で消え入りそうに鳴き、抱き上げた時も震えていた仔猫が、生まれてすぐ里子に出され、闇ではないにしろ、縁日の古道具屋の隅で泣いていたであろう自分と、どこか同じ境遇の生きものに思えて来た。

――そうか、こいつが妙に気になるのは、私と同じ境遇に思えたからかもしれん……。

こいつが俺の生まれかわりだとしたら、こいつの目から見える、今の私を、鏡子や生徒を怒鳴りつけたいといつも思ってしまう自分を、正直に打ち明けられるかもしれん。

金之助はじっと自分の目を見て視線をそらさぬ仔猫の意思のようなものを感じた。

――うん、そうだ。こいつが見た、今の人間社会を正直に文章にすれば、それはそれで面白いかもしれん。

「先生、あたいから見た先生はね……」

いや、こうしてすぐに芸者や女に置きかえるのは、私の悪い癖だ。

「先生、私、先生を尊敬……」

いや、書生ごときに置き換えては駄目だ。

わたくしは……、いや、そうじゃない。

吾輩は……。オウ、これがイイ。吾輩が似合う。

それでどうした。おまえは誰だ？

吾輩でござるか？

吾輩は猫である。

オウ、それで？

吾輩は猫である。名前はまだない。

金之助は楽しくなった……。


十月末、三女の栄子（えいこ）を無事出産した鏡子は千駄木の家に戻ってきた。それを誰よりも喜んだのは妻の鏡子である。金之助が留学から帰国したときのような喜びようだった。

本人は自覚していないが、金之助には、一度彼を知り、その魅力にふれると、なぜか人々を引き寄せてしまう磁場のようなものがあった。

鏡子が庭先に洗濯物を干していると、いつも生垣のむこうで煙草（たばこ）をくゆらせている車屋の親方が言った。

「奥さん、何だかこの家を覗く野郎が多いね。泥棒に気を付けなきゃいけないよ」

「この辺りは泥棒が多いんですか」

「でも奥さんのところは屋敷だ。泥棒だって半端な覚悟じゃ、盗みにゃ入れませんよ」

「それは良かったわ。その節はよろしくお願いしますよ」

「その節とはどういうことでぇ。こっちが泥棒ってことじゃ……。いや覗いてるのは書生か学生だな。先生の顔を拝みたいんじゃありませんか」

「そうかもしれません。熊本の時もずいぶんと学生さんたちが家に見えましたもの」

「夏目先生は人気者だね。そりゃようござんした。客商売は人気がなきゃ」

親方の言葉に鏡子がクスっと笑った。

「ほら、噂をしてりゃ、その書生が。よう、あんた、よく見る顔だね」親方が言った。

「こんにちは。お元気でしたか？」寺田寅彦が丁寧に頭を下げた。

「えらく行儀のいい書生さんだね」

「親方、寺田さんは五高一番の秀才で、帝国大学も首席で卒業されたのですよ」

「ほう、そりゃたいしたもんだ」

大学院生で、ほどなく理科大学の講師になろうとしている寅彦は熊本時代と同様、〝恋人〟に逢いに来るような気持ちで、三日にあげず、千駄木の家にあらわれた。

「今日は旦那さまは早くお出かけになりましたよ。きっと講義の日じゃないですか」

「ではそっちへ行きましょう。先生、ロンドンから帰られてずいぶんと変わられましたよね、そう思いませんか」

寅彦の言葉に鏡子は大きくうなずいた。二人は金之助の内面の変化によく気付いた。

寅彦は本郷へ続く坂道を駆け出した。そのうしろ姿を見て、鏡子は微笑(ほほえ)んだ。

金之助はロンドンから帰国後、ようやく落ち着いた日々を過ごしはじめていた。

大学の講義は順調と言うか、いささか学生たちの人気が過熱し、英文科のロイド、上田敏両先生までが新学期からシェークスピアの講義をやりはじめ、帝国大学英文科ではシェークスピアが流行していた。それでも金之助の講義の人気が群を抜いていた。

その理由は「ハムレット」にしても「リア王」にしても、作品を訳し、どうして主人公が殺人にいたったかとか、人が人を平然と裏切ったりするか、ということを語る時、金之助は身近に起こったことを例え話に取り入れたからである。

「なぜ、こんなひどい裏切りが起きるのか、これはイギリスであれ、スコットランドであれ、人間が暮らしている限り、悲劇というものは予測なしに起こるのが人生だからです。それをシェークスピアは芝居のカタチで述べているのです。いうなれば、七年前に起きた三陸の大津波がそうです。この中に東北出身者はいますか？」

すると学生の一人がおずおずと立ち上がる。金之助は、その学生に大津波の経験を尋ねる。

「今、彼が話してくれたとおり、誰も予測できない時に悲劇は襲って来たのです。二万二千人の命が奪われました。その員数の中に自分たちがいても何もおかしくありません。シェー（シェークスピア）はそれを言っているのです」

生徒たちはうなずく。金之助は「ヴェニスの商人」についてはこう語った。「人は相手の真の姿を見ようとせず、金時計を見てその人のことを判断します。真実として生きるには〝金時計を見るな〟ということは正しいのです」

この講義の、本文から一見逸脱しているように見えながら、本質を正確にとらえるやり方はロンドンのクレイグ先生のやり方だった。

単にシェークスピアが面白いのではなく、金之助の人間の見方が面白かったのである。

「うん、やはり面白いね」

英文科の学舎、二十番教室の片隅で金之助の講義を聞いていた寺田寅彦の隣りで、感心したような声がした。高浜虚子である。寅彦も、同感！　と言いたげに大きくうなずいた。

「まるっきり圓遊の高座じゃないか、こりゃ」

虚子が言うと、僕も同じことを思ってました、と寅彦が言った。

金之助の講義を見学した高浜虚子と寺田寅彦は並んで千駄木の家へ続く坂道を歩いていた。

「どうですか、寺田さん、俳句の方は？」

「いやいや、私のは〝月並み〟以下です」

「ほう、獺祭亭お得意の点数の付け方ですね。なつかしいですね」

虚子は子規の俳号のひとつを口にして、なつかしそうな表情をした。

「夏目さんも、このところは句会にも出席してもらえませんし、正岡さんの一周忌もできませんでしたから、三回忌は盛大にしたいですね。〝獺祭忌〟としようと思っています」

「そりゃいい。いろんな顔をした川獺が集まって賑やかでしょうね。子規先生は賑やかなのが好きでしたから」

「暮れに子規庵で与謝蕪村の集まりをしようと思っています。夏目先生と一緒にいらしては？」

子規の生前、与謝蕪村の命日に催していた〝蕪村忌〟には百名近い参加者があった。そこに虚子は二人を誘った。

「それは先生も喜ばれるでしょう」

「あの人は人が多いのは苦手でしょうね」

虚子が言った。

「私は、夏目先生は賑やかな方がお好きなのではと思います。皆さんは先生を見て、あのように無口で難しい表情をなさってるので、人が多いのを嫌われると思われるでしょうが、私は先生は〝淋しさ〟をよくわかっていて、人一倍、孤独をご存じの方のように思います。そこが、一見好対照に見える夏目先生と正岡先生の相通じているところではないかと思えるんです」

「それは君が淋しさを知っているからでしょう」

虚子にそう言われて、寅彦は立ち止まった。

それに気付いた虚子は振りむいて言った。

「どうしました？」

「今、高浜さんがおっしゃったことと同じことを鏡子夫人から言われたのを思い出したからです」

「ほう、あの奥さまが。鋭いお方ですね」

「ええ、本当に。高浜さんは夏目先生が奥さまの着物を、何かの拍子に着ておられるのをご存じですか」

「いや、まさか夏目さんに、そんな趣味が」

「それがお似合いなんですよ」

嬉しそうに寅彦が言った。

「いや実に、摩訶(まか)不思議な方ですね」

虚子が歩きながら独り言のようにつぶやいた。

「摩訶不思議ですか……。そりゃいい。そうそう、そんな感じですね、先生は」

「その摩訶不思議さんは、この頃はどんなふうになさっているのですか？」

「画家ですね」

「ガカとは？」

「絵描きですよ」

「ほう、絵を描いていらっしゃるんですか？」

「はい。本気で画家を目指してもいいのだが。浅井忠さんや中村不折さんに呆きれかえられるかもしれないとおっしゃってました」

「ハッハハ、そりゃずいぶんとご用心ですな」

「そうなんです。先生のようにこまかい所にまで気持ちを配る方は世間にはそうそういません」

「それは私にもよくわかります。寺田さん、あなたは今日、夏目さんに何か特別なご用事がおありなんですか？」

「どうしてですか？　私はただ先生に逢いたいだけです。いつも、逢いたいだけなのです」

「それじゃ恋人同士のようじゃありませんか」

「まったくおっしゃるとおりです。高浜さんこそ、今日は何か特別なご用がおありなんですね」

「どうして、そう思われるんですか？　私の場合、恋人とは違うのですが、夏目先生がどんなふうになさるのかを見てみたいと、いつも思っています」

「絵の注文でなかったら、先生はがっかりなさるかもしれませんよ」

ハッハハ、虚子は笑って歩調をはやめた。

どこかで犬の鳴き声がして、せせらぎの水音がした。

「やあ、高浜さん、うちに来られるなら一緒に歩いてくれればよかった。ロンドンでの消息の、その次が遅れていて申し訳ありません」

「今日はその原稿の催促ではないのですよ。実は、夏目さんに小説を書いていただきたいのです」

小説という言葉の響きがさわやかであったのか、金之助も、寅彦も思わず虚子の顔を見返した。虚子は微笑をたたえて言った。

「皆が読みたい小説を書いて欲しいんです」

金之助は腕組みをして、欲張りですな、ホトトギスは、と言って笑った。

「旦那さまがそうなさると、私は本当に嬉しいのです」

虚子の言葉を聞いた鏡子は庭先に立ち、盛りを過ぎてひとつだけ残って咲く庭の萩の紫の花を見て言った。

寅彦は可憐に咲く花と、母らしい美しさに満ちた鏡子の横顔を交互に見つめていた。

「あれは六年前の逗子の森戸海岸でした。朱色の江ノ島が海に浮かんだように映えて、そのむこうに不二の山が、それは何色と呼ぶのでしょうか。私は言葉を多く知りませんから、ともかく美しい海と山でした。その時、私は旦那さまなら、この美しさをどんなふうにお書きになるのだろう。そうしてその一文を読んでみたいと思ったんです。だから今日の高浜さんのお話は、私、とても嬉しかったのです……」

寅彦は、その話を聞いて、先生はやはり小説を書かれるべく、あの場所に座って頬杖をついたままずっと物思いに耽っていらしたのだと思った。

「僕も奥さまとまったく同感です」

ミャーゴと鳴き声がした。

先生の夏の昼寝用の籐（とう）で編んだ枕の上にちょこんと仔猫は座っていた。

――あら、また、どんどん大胆になって。

鏡子は夫が濡れ縁に座って、猫だか、萩の花だか、むかいの下宿屋の前で立ち話をしている男たちだか……、何かをじっと見つめていなかったら、その猫をつまみ出してしまいたかった。

夫がゆっくり立ち上がり、伸びをして庭を眺めた。ミャーゴと猫が夫を見て鳴いた。

「わかった。今はおまえの相手はできない。どこかへ行ってろ」

仔猫は言葉がわかっているかのようにじっと夫を見ながら、縁の下にゆっくりと消えた。

――あらっ、本当にわかってるんだわ。

鏡子はそう言って台所へお茶を入れに行った。

「落日に花とは、ああいうのを言うんだろうな」

金之助が独り言をつぶやくと、寅彦が、漢詩ですか、いいですね、と笑った。

金之助はしばらく寅彦の顔を見て、「寺田君、何かあったのかね？」と訊いた。

寅彦は若くして妻を亡くしていた。彼は十九の年に十四歳の妻を土佐でもらっていた。金之助は教え子の哀切をよく見ていた。


金之助が南の庭で小椅子に腰を下ろしていると、車屋の親方があらわれて挨拶した。

「先生、紅葉でも見物にいらしてはどうでしょう」

金之助が親方をじっと見ると、「お車賃（だい）はいりません」と言うので、金之助は誘いに乗った。

戸山の箱根山から牛込界隈を見下ろしながら親方が言った。

「ロシアとの戦争は本当にあるんでしょうか」

普段、威勢の良い、江戸っ子のままでいる親方が少し憂いを顔に浮かべていた。

「おっぱじめると、はじまるだろうし、やる気がなけりゃ、はじまらないさ」

「じゃ相手次第ですか。〝戦争は国と国の喧嘩〟ですからね」

「ほう、それは君が考えたのかね」

金之助が感心すると、親方は照れたように頭を掻いた。

「いや、こんな仕事なんで軍人さんも、中には大将も乗せますから、その方がおっしゃったんです。上手いこと言うもんだなと……。あっしの考えなんかじゃありません。それでロシアと喧嘩をしたとしたら、日本は勝てるんですかね」

「私は軍人ではないから、戦さの勝ち負けはわからないよ」

「あっしはこの間、初めて世界地図を見ましたが、ロシアは日本の何倍もあるじゃありませんか。あんな大きな国に喧嘩を売って、とてもじゃないが勝てっこないんじゃないすか」

「たしかに大人と子供の争いだと言う人もあるが、戦争の歴史を見てみると、勝って当たり前という方が負けて、敗れるのは必定という方が勝つことも多い。要は兵隊にしても、武器、弾薬にしても、これを十分こしらえる国の力が必要だ」

「戦争が始まったらえらく税金も上がるって話じゃありませんか。あっしたちだって、戦争に勝つためならお上にお金をおさめますよ。先生たちもそうでしょう」

「うん、たしかに日本は島国だから、最後は海戦になると言って、戦艦建造費は、もう何年も徴収されてるね」

ロシアとの戦争を前提に日本は富国強兵策を推し進めていた。対ロ戦争に敗れれば、日本という国家が滅ぶという考えもひろがっていた。

日本が国力を懸けてロシアと戦わねばならぬ理由はいくつかあった。列強国の中で兵が直接銃口をむけることができる境界線で日本と対峙しているのがロシアであった。日本にとって世界の列強国と肩を並べるためには、朝鮮半島、大陸への進出が必要であった。不凍港を手に入れるため南下政策を進めていたロシアは義和団事件を口実に兵を送り込んだ満州に駐留を続けていた。日清戦争の勝利により、日本は下関条約で遼東半島を得たが、ロシア、フランス、ドイツが日本の大陸進出に歯止めをかけるべく放棄を迫った。三国干渉である。また小国であった日本はそれに屈し、せっかく手に入れた地域を手放した。

これ以来、日本軍は次の対戦国をロシアに絞り、もし戦争が起これぱいかに戦うか、何年も準備を続けていた。対ロシア戦に敗れれば日本国が滅ぶという覚悟での準備だった。一方、ロシアにとってアジアの小国日本の存在は無視できずにいたが、皇帝はじめ将軍たちは、それでも戦わば一撃で制圧できると高をくくっていた。国の中枢で敵の軍事力、国力への大きな誤算が生じていた。

金之助が熊本へ赴任した頃から公務員は戦艦建造費として俸給の一割を納めていた。日本では、対ロ戦争を安易に考えている者は皆無であった。国全体のこの考えの差が、近代戦争史の奇跡と呼ばれる日露戦争での日本勝利につながって行く。

車屋の親方は金之助に問いかけた。

「戦争に負けたらどうなるんですかね？　あの赤い毛むくじゃらの連中が威張って歩くんですか」

「そうはならないさ。賠償金を払うか、どこか領土を失うかだろう」

「この東京をですか？」

「いや、北海道か、千島、樺太のあたりだろう。どこかの港町も要求するかもしれんよ」

「先生はよく平気ですね」

「うん。なるようにしかならんからね。やがて日本が戦場にならんように願うだけだ」

「あっしも棍棒かなんか持って敵にむかわなきゃならないかもしれませんね」

「いや、兵隊たちで十分だろう。しかし勝って戦場から帰ってくる兵士たちに一度出くわしたが、よく見ると、松葉杖をついていたり、目を失ったり、皆どこか怪我をしていた。やはり戦争は酷いものだ」


「……見事なものだ。これは面白い」

高浜虚子は、夏目金之助から受け取った小説原稿の、巻尾の一行を読み終えて、タメ息混じりに言った。

――それにしても文章として読んでみると、これほど情景があざやかに浮かんで来るものなのか。

仔猫の表情も、主人公の苦沙弥先生なる人物のおっとりした顔も、そこにいるようにあらわれて来る。

――これは文章の力だろう。いや夏目金之助という人が生まれた時から与えられている天賦の才能なのだ。

今、こうして原稿用紙に綴られた文字を目で追うと、昨日とはあきらかに違うものが感じられる。

昨日の午後、虚子は千駄木の夏目金之助の家の書斎を訪ねると、金之助は仕上がったばかりの原稿を、自ら読んで聞かせると言い出した。

「いいや、あなたの文字はもう何度も拝見していますすし、すぐに読みますから、わざわざ読んで下さらなくて結構です」

「かまわん。読んでみせよう」

「いや、結構です」

金之助の気遣いを、ピシャリと撥ねのけるような虚子の冷たい口ぶりと表情だった。〝キヨシ（虚子のこと）ハエロウ冷タイゾナモシ〟亡くなった子規が、弟子である虚子をそう言っていた。

「これまでの短い文章とは違う。初めて私の思惑を入れたものだ。私が読む。君は聞きたまえ」

金之助にしては珍しく厳しい口調だった。

「は、はい」虚子は固唾を呑んだ。

しかしものの三分も経たないうちに、虚子は二度、大笑いをした。

「ハッハハハハ、面白い猫だ」

「ハッハハハハ、先生も、これじゃ大変だ」

あまりに可笑しくて、虚子は涙が零れそうになった。その虚子の反応を金之助はひとつひとつ見逃さぬように見ては、口元をほころばせて朗読を続けた。


虚子は原稿を読み終えると、仕事机の右隅から栞を二枚取り出し、一枚に〝第一章、了〟と書き込み、原稿の最後尾に貼った。

そうしてもう一枚に〝吾輩は猫である〟と書き込み、原稿の一行目にある冒頭の七文字を赤い鉛筆で囲んで〝題名〟と記し、大声で事務所の書生を呼んだ。

ハイと声がして下駄音が近づいた。

「君、新年号に掲載する夏目金之助先生の原稿だ。挿画は不要だ。それと浅井忠さんに依頼していた、旅順の戦地の正月風景の画はもう上がっているのかね」

「それがまだです」

「まだじゃないんだよ。絵描きなんてのは注文したきりじゃ、いつまで経っても描くものか。アトリエまで行って、昼寝をしてたら頭を叩いて、手に筆を持たせて描かさなきゃ」

「ハッ、ハイ。行って参ります」

「君、この原稿を下の階の主任に渡して、私の所へ来るように言ってくれたまえ」

のっぺりした顔の主任がやって来た。

「君、新年号の刷り部数だが」

「戦況（日露戦争）がよろしいようですから少し増やしておきますか？」

「いや、今回は倍ほど刷ってくれ」

「ハ、ハイ、エッ？　今何とおっしゃいました」

虚子は男の顔をじっと見て、

――どうして、伊予（愛媛）の者は、こうも間が抜けているのか。まったく……。

と嘆息した。

「新年号は倍刷るようにと言ったんです」

「倍って、大丈夫ですか？」

「何が大丈夫かって？」

「倍じゃ、返品やら、売れ残りを正月早々始末せにゃ、いかんぞな」

「その原稿を読んでみなさい。読んでもわからないかもしれんが、ともかく何度も読めばわかるよ。それと、金庫に金はあるのかね？」

「年越しで、在庫整理も早くにしまして、未回収の金も取り立てましたから、少しはありますが」

「それなら、君が手にしている夏目先生の原稿料も倍にして、今、ここへ持って来て下さい」

「そ、そちらも倍ですか。わ、わかりました」

虚子は原稿料を手に、神保町の『ホトトギス』の事務所から千駄木にむかった。

「あら、ずいぶんと頂くものなんですね」

虚子が金之助に礼を述べながら差し出した原稿料の入った封筒を覗いて、鏡子が言った。

「これ、こんなところで中を見るんじゃない。高浜君が目の前にいるんだよ」

「これは旦那さまが、幾晩も懸命に書かれたものの代金じゃありませんか。頂いて当然です」

「そのとおりです、奥さま」

鏡子は虚子の言葉に満面の笑みを浮かべてうなずいている。玄関の方から張りのある声がした。

金さ〜ん、金さ〜ん、声の主はすぐにあらわれた。相手を見た金之助が、おや、寅公、物理学の講義は終わったのかね？　今日あたりどうかね、ひとつバイオリンでも弾いてくれないかね？

ハイ、ご要望とあらば……。

寅彦が奥へ消えた。

「夏目さん、どうして金さんと寅公なのですか？」

「いや、この間うちから、そう呼び合おうと決めたのさ」

「何のためにですか？」

「何のため？　そりゃ、君、面白いからさ」

「ハァ……」

寅彦が戻って来ると、彼の足元に黒い仔猫がじゃれついて、やはり部屋に入って来た。

「あら、西陽が萩の花に当たって綺麗ですよ」

どれどれ、と金之助が言って縁側に出ると、そのうしろを仔猫と寅彦が付いて行った。

縁側に金之助夫婦が並んで、金之助の足元に仔猫が乗り、その隣りで寅彦がやはり夕陽を見ている。三人と一匹を冬の陽が金色のシルエットにした。虚子はその様子を見て目を見張った。

――これは小説の中の世界、そのままじゃないか……。

「吾輩は猫である」は英語教師、珍野(ちんの)苦沙弥先生の家の中で起こる日常を、猫の目を通して滑稽に描いた作品である。

猫の目を通してだが、金之助自身が自分たち夫婦、訪ねて来る書生や教え子の心情を自由自在に描いているのが、実に面白いし、なるほどと納得してしまう。

オーイ、寅公、バイオリンでも弾いておくれ。

金之助の声に、寅彦と猫が走り出した。

――これなら、もっと続きが執筆できるはずだ。

虚子が大きくうなずいた。

明治三十八年正月。

東京の街のあちこちに、新聞の号外の配布を告げる声が響いた。

号外の見出しには〝要塞陥落、旅順開城、帝国陸軍破竹の進撃〟とあった。前年二月の宣戦布告からの日露戦争は、満州南部で攻防をくりひろげ、多くの死傷者を出しながら、遼東半島を制圧し、ついに旅順の要塞を陥落させた。

この報に、大国ロシアとの戦いに不安を抱いていた日本人は一気に戦勝に向かう高揚感につつまれた。家々に日の丸の旗が掲げられ、国中が、その後の戦況を見守った。

そんな報に沸く東京で『ホトトギス』の新年号は発売された。主宰者の高浜虚子は〝戦勝号〟との触れ込みで、新年号を売りさばいた。

これが思わぬ売れ方をした。その新年号に〝漱石〟という作家の小説が掲載されていた。「吾輩は猫である」、なんとも奇妙な題名だ。作者は最初、〝猫伝〟なる題名を提案したが、虚子は一言の下に、否定した。

「夏目さん、それじゃダメだ。伝とあれば、伝聞と読者は思う。その上、何が書いてあるのかわからない。『吾輩は猫である』、こちらの方が断然良い。手にした読者は、何のことだ？　と思うだろうが、一読すれば何が、誰が主人公かがすぐにわかる。この作品はこれまで、どこにもなかったものだ。ほれ、あの〝山会〟の人たちに読ませたら、これは新しい、面白いと皆絶賛していましたよ」

虚子が口にした〝山会〟とは正岡子規が発句の会などに呼んでいた仲間との、文章についての勉強会である。〝文章には山が必要である〟という考えから、それぞれが持ち寄った文章を、その場で朗読し、批評し合っていた。子規亡き後も、虚子や伊藤左千夫、河東碧梧桐たちが集まり、続いていた。

小説家、漱石の第一作と呼んでよい「吾輩は猫である」は『ホトトギス』に掲載されると、たちどころに評判になり、この作品を読みたい読者のために、増刷に次ぐ増刷を重ねた。

主宰者、虚子（今で言う編集長である）の思惑と勘は見事に当たった。

本来雑誌の中心だった俳句のことはそっちのけで、読者は「読んだか〝猫〟を？」「何だ？それは」「読まなきゃ遅れるぞ」と語り合った。

大人気を博したのである。


「吾輩は猫である」は、小説家夏目漱石の名を世に知らしめた最初の作品であるが、正確には最初の作品群のひとつである。

日露戦争の戦勝ムードに沸く日本で、戦況を知りたいために新聞の発行部数が増え、もっと詳しく戦況を知りたいという人のための本と雑誌がちいさなブームになろうとしていた。

そんな中に、夏目漱石（金之助）という作家は、いくつもの作品を、雑誌に発表し始めていた。

『帝国文学』に「倫敦塔（ロンドン）」、『学燈』に「カーライル博物館」、そして『ホトトギス』に「幻影の盾」を相次いで発表した。これらの短編を集めて『漾虚集（ようきょ）』なる単行本がのちに大倉書店から発刊される。

それでも人々の話題の中心は「吾輩は猫である」であった。なにしろ面白さが違っていた。読んだ者が口々に作品の話をした。

「この猫は、私の家によくあらわれる猫とそっくりだよ。飯櫃（めしびつ）の上に座るってんだから大胆なところが面白いじゃないか」

「この苦沙弥先生だが、どうも、この著者そのままらしいぜ。漱石は夏目某とかいう天下の帝国大学の英語教師らしい」

「そうか。それで、どこかおっとりした先生だと思っていたよ。さては帝国大学教授サマの自伝ってとこじゃないか」

「いや自伝じゃない。なかなか生き方が面白い。女房にもいつも叱られていて、どこかの誰かさんにそっくりじゃねぇか」

「いや、こんな猫なら飼ってみたいもんだ」

話はどんどんひろがって、次回はいつ掲載されるんだと、神保町の『ホトトギス』の事務所に毎日、葉書が届くありさまである。

――いや、これほどとは思わなかった。

虚子は千駄木の家を訪ねた。

「夏目さん、もうお聞きおよびでしょうが、〝吾輩〟はたいした評判です。ぜひすぐに続きを書いて下さい」

「長くするつもりはなかったんだが、書き足すとなると、あの猫を連れて来なくてはなりません」

「いや、先生、床下で寝ていましたよ」

頭に蜘蛛の巣を付けた寅彦が、仔猫の首根っこをつかまえてあらわれた。

ニャーゴと仔猫が鳴いた。

「そのくらいのことで泣く奴があるか」金之助がニヤリと笑った。

「それにしても、動物（猫）もそうだが、つくづく夏目さんは人に好かれる人ですね」

原稿を催促に千駄木の家まで来た高浜虚子は居間の中から庭を覗き、金之助の前でじゃれ合っている仔猫と寺田寅彦を見て言った。虚子の話を聞きながら、鏡子は茶を入れてうなずいた。

「寺田さんは、あの猫に劣らず主人のことを好いていらっしゃいます。何しろ五高以来ずっと主人の下に通っていらっしゃいますから……」

「寺田さんはご家族はいらっしゃるのですか」

「……それがお可哀想に奥さまをお亡くしになって、主人も、後添えを探しております」

「そうでしたか」

「高浜さんが寺田さんと旦那さまの仲を気になさるのは当然だと思います。私も二人を見ていて、あんまり仲がいいので、時々妬くことがあります」

「そうでしょうな……」

「ところで今日は何用ですか?」

「二回載せた〝猫〟があまりにも評判が良く、また続きを書いてほしいという催促に来たんです」

「主人も〝猫〟の評判を喜んでいました。ですからご機嫌もよろしいわ。でもあんまり根を詰めると、また神経の方が……。ぜひまたお能に連れて行って下さい」

「わかりました」

虚子の生家は父親や兄たちが旧松山藩の能の保存に携わっていたので、彼も能に詳しかった。去年も金之助を能見物に連れ出していた。

寅彦が帝国大学に戻るというので、金之助が玄関先まで寅彦を見送りに出た。明日も逢えるというのに、この仲睦じさである。

虚子も玄関先へ出て寅彦を見送った。寅彦はまるで恋人が別れを惜しむように何度となく振りむいて手を振っていた。

――大袈裟な……。

虚子は半分呆きれて見ていた。

「夏目さんは〝猫〟の中での寺田君らしき寒月君の扱いもそうですが、ずいぶんと彼には特別目をかけておられますね」

「いや、そうじゃないんだ。彼の淋しさを思うとね。どうだろう。寺田君に原稿を書かせてみてはもらえないか。文章を書くことで哀しみがやわらぐと言いますから」

「ほう、ぜひ読んでみたいものです」

金之助に言われて依頼した寺田寅彦の小文を読んで、虚子は自分の至らなさを恥じた。

それは「団栗（どんぐり）」と題された短篇（たんぺん）で、若き寅彦・夏子夫妻のある年の暮れの出来事を、素直な文章で綴ったものだった。

虚子はこの一文を読んで不覚にも涙した。

――物理学の講師が、これほどの短篇を書いてしまうのか……。寺田君はこれほどの哀しみを抱いているのに、よく平然と夏目先生と笑って話し合えるものだ……。

寺田寅彦は四国、高知で育ち、熊本の五高に進んだ。そこで英語教師の金之助と出逢い、すぐに金之助の人柄に心酔し、それ以降、何を置いても金之助に学ぼうと決心した。金之助が俳句を好むとわかれば俳句の結社まで作り、皆して俳句にいそしんだ。かと言って専攻した物理学をいい加減にすることはなかった。五高の学生の間、常に成績は首席で、二位に甘んじることなく卒業まで〝五高はじまって以来の秀才〟で通した。事あるたびに金之助の下を訪ね、一緒に時間を過ごした。金之助も家族のように接した。

寅彦は五高在学中に十四歳の夏子と結婚し、高知に妻を残して勉学を続けていた。短篇「団栗」は、帝国大学へ進学した寅彦が妻を東京に呼び寄せ、貧乏ながら穏やかな暮らしをしていた折の話である。夏子が妊娠し、同時に病弱だった彼女が喀血し、看病しながらの最後の日々を綴ったものだった。透明な文章は余計に若い夫婦の哀しみを伝えていた。

――これほどの哀切の中に寺田君が身を置いていることを、夏目さんは承知していたのか。

虚子は寅彦の「団栗」と、金之助の「吾輩は猫である」の第三回を『ホトトギス』の四月号に掲載した。このふたつの作品に素晴らしい反響があった。「吾輩は猫である」の評判はすでに全国にひろがっていた。

日露戦争に軍医として出征していた森鷗外は、満州の奉天から絶賛の手紙をよこした。

珍しいところでは岡山の中学生で、のちに六高に進む内田栄造（のちの内田百閒）が中学生ながら漱石を友人と論じ合っていた。

ともかく小説家、夏目漱石が人々を魅了し、その作品の強烈な個性で大勢の読者を獲得しつつあったのは事実だった。


この年の初春から日本人の最大の関心事は中国大陸でくりひろげられているロシアとの戦況にあった。一月に旅順を開城させたものの戦況は膠着状態が続いていた。

三月に入り、ロシア軍の拠点だった奉天を占領したが、二十四万人の兵のうち七万五千人の死傷者を出し、武器弾薬の不足に陥り、戦況を決定付けることはできなかった。和平交渉は難航していた。その原因はロシアが誇るバルチック艦隊が無傷のまま日本へむかっていたからだった。

五月二十七日。七ヵ月前にバルト海を出発したバルチック艦隊の姿がようやく対馬沖で発見された。東郷平八郎率いる日本の連合艦隊は北進するバルチック艦隊にむかって南進した。東郷はZ信号旗をかかげて「皇国ノ興廃此ノ一戦ニ在リ、各員一層奮励努力セヨ」と指示する。そして連合艦隊はバルチック艦隊の前面を横切るという意表をつく作戦を展開した。海戦は午後二時から翌朝まで続き、バルチック艦隊は三十八隻中十九隻が撃沈され、ウラジオストックに逃げのびたのはわずか数隻だった。この結果、和平を拒否して来たロシア皇帝も敗戦を認め、講和のテーブルに着かざるをえなかった。

アジアの小国、日本が世界の雄と呼ばれた大国ロシアを敗戦におとしいれたのである。世界中が驚愕し、日本国内は戦勝に沸き立ち、各所で提灯行列が出て、国中が祝賀ムードに興奮状態となっていた。

金之助も戦況は常に気にかけていた。

帝国大学の卒業式などで、天皇を遠くから拝謁し、敬愛すべき人格に思え、天皇を敗戦で汚したくないと思っていた。それ故に日露戦争の勝利は金之助にとってこの上ない喜びだった。

どこもかしこも戦勝に沸く夏の盛り、大倉書店の番頭格の服部某が「吾輩は猫である」を出版したいと訪ねて来た。金之助は出版の条件のひとつに、子規に紹介されて以来のつき合いのある画家、中村不折に挿画を依頼することを挙げ、〝美術的なものを作りたい〟と申し出た。

中村不折を起用したのは、金之助の気持ちの中に、自分の最初の出版本を子規に捧げたいという思いがあったからである。金之助は五高の教え子の弟にあたる橋口五葉を呼んで、装本の打ち合わせをした。今で言う装丁デザインを若い無名の画家に委ねたのは、金之助のセンスの良さだった。

日本がロシアに勝利したことは、世界情勢に変化をもたらした。それは日本国民が持っていた自国の立場への意識を微妙に変えていった。

アメリカのルーズベルト大統領が仲介し、講和にむけた交渉がポーツマスで行なわれたが、戦勝国日本は賠償金を得ることができず、国民を満足させる結論には至らなかった。

増税に苦しんだ末にロシアに完璧に勝ったと信じ込んでいた日本人は、講和条約反対集会が開かれた日比谷公園において、焼き打ち騒動を起こし、それが日本のあちこちに飛び火した。

同様の不満は金之助が勤める帝国大学にもおよんだ。ある教授が講和条約を激しく糾弾したことから、文部省は彼を休職させた。この処置が、学問の場への出過ぎた干渉であると、帝大の教授たちから猛反発された。

金之助も一高、帝大の授業の場で学生の激しいロシア批判や、講和条約への不満を耳にすると、「保護権を得た大韓帝国もそうだが、君たちが平然と要求している清国での領土の拡大への要求もそのまま通用するのなら、ふたつの国の立場が哀れだと思わないのか」と応じた。もう少しいつくしみを持つべきではないかという意見である。

金之助は天皇への思慕は変わることはなかったが、戦勝によって台頭して来た、軍関係者の横暴とも思える意見や態度は許してはならないと思っていた。

金之助のこの考えは、弱者に対する驕慢(きょうまん)な態度を嫌う、彼の江戸っ子気質から来ていた。国家に対する考えも同じで、読者は覚えておいでだろうが、一高の学生時代に国家主義の学生結社が結成された際、〝四六時中国家、国家と言ってどうするんだ。豆腐屋が国家のために豆腐を売って歩いているものか〟と堂々と反駁する演説をしたことがあった。〝勝って驕(おご)るのは許せない〟が金之助の腹に常にあったのである。

戦後処理への国民の不満が渦巻く街中で、十月六日、金之助の初めての小説本『吾輩は猫である』（上篇）が大倉書店より発売された。

初版は一千部。新人作家の初版部数としては異例の多さだったが、発売二十日目で初版は売り切れた。書店も驚いたが、金之助も驚き、すぐに増刷することを了承した。鏡子は二刷でまた百五十円の印税が入ると聞いてさらに驚いた。

売れはじめた本の印税の支払いに千駄木の家にあらわれた書店の番頭を見ると、鏡子はいつになく上機嫌に彼を迎えた。

鏡子は増刷した本を嬉しそうに見つめ、一冊ごとに承認の押印をしながら、机の横に置いた封筒の厚さをたしかめていた。

——一千部の増刷で印税は一割五分だから、百五十円になるのね……。

「旦那さまの御本の表紙を飾っているのを見ると、猫というものは犬と違って、品があるのね。私、子供の頃から猫は可愛がっていたから、つくづく縁を思いますね」

目の前の主役の猫を捨ててくるように、何度も女中に言いつけていたことなど忘れているかのようだった。

「さあ今夜は旦那さまが戻られたら皆してご馳走を食べに行きましょう」

鏡子は少し大きくなったお腹の帯をポンポンと叩いた。四番目の子供が年の内に誕生する予定だった。

同じ時刻、本郷の学舎を出て、教授たちが行きつけにしている洋服の仕立屋で、金之助は外套を注文していた。

――少しは印税も入るし、新しい外套の一着くらいはよかろう……。

金之助は手にしたパナマ帽を回しながらつぶやいた。それを見て仕立屋が言った。

「夏目先生、外套の仕上りとご一緒に、ソフト帽をひとつこしらえてはいかがでしょう」

うん？　と金之助は仕立屋の顔を見た。

「いや帽子は次で良かろう。まだ暖かい日もあるしね……」

仕立屋の意見ももっともだが、そうできない理由が金之助にはあった。

先月、一通の手紙が届いた。差出人は養父の塩原昌之助だった。

手紙を読むと、それは借金の申し込みであったが、金之助を育て上げた費用として金をくれぬか、という申し出のようにも取れる文面だった。

それを読んで金之助は憤怒した。

「何を今さら言っているのだ。夏目家に籍を戻す折、きちんと養育代として金を払い、書面まで交わしたではないか」

印税が入っても、お産の代金や、家族が一人増えることもあり、家計は火の車であった。


その年の暮れも押し迫ったある日、金之助は上野で家族と一緒に寺田寅彦に逢った後、ひさしぶりに二人きりで〝猫〟の出版のことやら、次に書こうと思っている作品の話をした。

この五高以来の教え子を、金之助は家族の一人のように思ってつき合っている。寅彦であれば、少々口にしにくいことも、聞く人によっては自慢話に聞こえてしまいそうな話も気楽に口にできる。気兼ねをしないで済むということでは、子規、米山保三郎以外には寅彦しかいない。寅彦には妙に人を安堵させる保三郎に似た柔らかな雰囲気と、金之助が喜んだり嬉しかったりしたことを、心から喜んでくれる子規の、あの素直さがあった。

「この頃、千駄木の方にも顔を出さないね」

「あっ、はい。すみません」

「いや、気を悪くなんかしていないんだ。今はむしろ訪問客が多くなり過ぎてわずらわしくなっているんだ」

実際、今秋以降、小説〝猫〟の評判もあって訪ねてくる人が増えていた。おまけに九月の新学期から、帝大英文科に野上豊一郎、中勘助が入学し、小宮豊隆が独文科に入っていた。中川芳太郎が三高で一緒だった鈴木三重吉を連れてきて金之助に逢わせたりと、学生の方で勝手に押しかけてくるありさまだった。

鏡子は訪問客の多さに腹を立てて、出産前のいら立ちもあってか、これ以上客を増やさないで欲しいと金切り声を上げた。そうしたいのは金之助も同じだった。

「さっき顔をみせないね、と言ったのは嫌味ではなく、私の方も話したかったことがあるんです」

「何でしょうか？」

寅彦は怪訝そうな顔で金之助を見た。

「いやね、去年は君の下宿でよくご馳走になっただろう。今年は一度もお邪魔してない」

「あっ、いや、実は、今交際している者が……」

「やはりそうかね。寺田君、なるたけなら、結婚しなさい。結婚と創造は人間が成すことのできる愛の絶対の証明だからね」

「………」

寅彦は黙って金之助の話を聞いて、大きくうなずくと、わかりました、と大声で言って白い歯を見せた。

――やはり佳い人ができているんだ。

金之助は自分のことのように嬉しかった。


千駄木の家へ着くと、金之助は横っ腹に手を当てたまま、すぐに薬を持ってきてくれと、苦しそうに言った。

外套と上着を脱ぎ、シャツのボタンを外して、金之助はちいさく痙攣（けいれん）する胃の上をおさえた。

「オクスリデス」

可愛い声がして扉が開くと、盆に薬瓶と水の入ったグラスを載せた長女の筆子が入ってきた。

「おう筆さん。女中はどうしたね？」

「お母さまもお腹が痛いので、そちらの看病です。だからフデが、タカヂアスターゼを持ってきました」

「おう、それはありがとう。難しい薬の名前がよく言えるね」

金之助は盆を受け取って錠剤を出し、水と一緒に飲んだ。すぐにオクビがひとつ出た。

タカヂアスターゼは高峰譲吉（たかみねじょうきち）博士が麴菌（こうじきん）から消化酵素のジアスターゼを抽出することに成功した、胃酸がよく出るようになる薬だった。先刻までの胃痛が少しやわらいだ。

「筆、髪飾りを寺田君が綺麗だと誉めていたよ」

金之助が言うと、筆子は嬉しそうに笑って、

「お父さま、今夜、先に家へ戻りましたら、大勢の人が見えていて、お母さまが皆さんに帰るよ

うに大声で言いました」

「ハッハハ。そうか。それでいいんだ。来年からは来客お断りにするんだ」

金之助が言ったことは嘘ではなかった。帝国大学と一高の授業は相変わらず詰まっているし、〝猫〟の執筆は虚子から毎日のごとく葉書きで入稿を迫られていた。他の雑誌の短篇の締切りも数日ごとにやって来ていた。

〝猫〟の評判はいいので、筆を執っていても自然と先へ先へ進んでくれる。おまけに、〝猫〟を書いていると、他の作品の文章が浮かんでくる。それだけではない。秋口からまったく違う作品の発想を思い立って、それをどうしても仕上げようと思いはじめていた。

今夜も、寅彦にその話をした。

「新しい作品を書いてみようと思う」

「どんな作品です」

「そうだね。日本人にしかわからない、いや、江戸っ子でなきゃわからないものを書いてみようと思ってね。ほら義俠心って奴だ」

「江戸っ子の義俠心ですか。そりゃ面白い」


イギリス留学から帰国し、早々に一高、帝国大学の講師を引き受けた、めまぐるしい三年だった。新年を鏡子は暮れに生まれた愛子という女の子を抱いて迎え、子供たちと挨拶をした。

「新年明けましておめでとうございます」

妻と四人の娘、そしてすっかり大きくなった猫が一匹。賑やかそうに見える正月だが、金之助は家族に、今年から年始は挨拶だけにすることを告げ、訪問客を断った。年賀状も一切出さなかった。

鏡子はそう言われて、肩の荷が降りたように楽になった。去年の後半の訪問客のありようは尋常ではなかった。客がどこの誰なのかもわからないので、鏡子の対応も自然と礼を失するものになった。それを見て、金之助は気が付けば妻や女中に怒声を上げていた。怒鳴り散らしている自分に気付いて、また精神が不安定になる。

どこをどう変えればよいのか。

——忙しすぎるのだ。

金之助にも厄介な症状の原因はわかっていた。

——そろそろ実人生のあり方を変えねばならない。

では何をどう変えるか？

普通の人が今の自分の日々を見れば、おそらく簡単に答えを出すはずである。

昼間の正規の仕事だけをすればいいのだ。今、自分を忙しくさせているのは、ひとつは訪問客の多さにある。その原因は、『ホトトギス』に執筆中の〝猫〟の評判と、先日「上篇」として発売した単行本の売れ行きが順調で、噂が噂を呼び、また人がやって来るのである。

普通の人なら、執筆をやめてしまえば、それにとられる時間もなくなるし、訪問客も少なくなると考えるだろう。一石二鳥である。

ところが金之助は、そう考えなかった。

自分の精神がもっとも耐えられなくなるのは、教鞭を取っている時である。頰杖をつく学生がいれば、欠伸をする者もいるし、ひどいのは寝ているのもいる。卒業後は給与の高い役所か、政治家の周辺の職にありつこうとする輩が大半で、真剣に英文学を学ぼうという者はまずいない。

一高の学生に至っては、あまりの成績の悪さに、「君たちは全員落第だ」と怒鳴り付けてしまった。

――教職を辞める方が正しい。

と金之助は判断し、実行しようと思った。

金之助のまず自分の感情、生理と合わせて選ぶ道を決めるやり方は、昔と変わらなかった。

その考えを、早速、清国にいる菅虎雄と、小説の仕事に一番かかわりが深い高浜虚子にあてて、正月中、手紙にしたためた。菅への手紙には、

〜もうつくづく教師の仕事は嫌になった。イギリスから帰国して、自分がこれから何をすべきかを考えてみた。わかっていたことは、安寧(あんねい)に毎日を送ることだ。それが私の神経には一番良いらしい。ところが、千駄木の家から帝国大学にむかって道を歩くと、学舎が近づくにつれ、胸の奥からイライラとする黒いかたまりが湧いて来て、門をくぐる頃には、もう爆発しそうになってしまう。いつ爆発してしまうか、私にもわからない。

君は長い間、私という人間を見てくれているから、どうすべきかを一番理解してくれるのではないか。私という人間は、何をするためにこの世に生まれたのか。今日まで、あちこちにぶつかりながらもやってこられたのが不思議なくらいだ。

今、四番目の愛子が生まれて、その顔をつくづくと見ていると、可哀想にと思ってしまう。とてもではないが私という人間に彼女たちの父親がつとまるはずはない。赤児の可愛くて、純朴なまなざしを見ていると、一日でも早く離縁せねば、と思ってしまう……〜

と書いた。

高浜虚子に出した手紙の内容は、なんと教師を辞して、小説だけを書いて私はやっていけるだ

ろうか、という質問であった。〝猫〟が売れている理由がまったくわからないと書いたあとから、〝猫〟を高く評価している人が実に多いことを紹介したりしている。

かと思えば、子規を後援していた陸羯南の経営する新聞『日本』のように、小説を主体にした仕事をしながら、今の生活の面倒を見てくれる新聞社はないものか、と相談もしている。

菅虎雄への手紙の最後には、自分がいよいよ数えで四十歳になったこと、四十歳は昔から、〝四十にして惑わず〟というのに、どうも覚悟がきちんとできていない点を自嘲気味に書いていた。

金之助は自分の実人生が、四十歳になり、何か新しいカタチにむかわねばならないとの自覚を深めつつあった。

とは言え、朝から子供たちの声は賑やかだし、訪問客はひっきりなしであった。

千駄木の家で、金之助の〝猫〟の原稿が仕上がるのを待っていた高浜虚子の前に、帝国大学理科大学での講義を終えた寺田寅彦があらわれた。

「やあ、高浜さん」

「どうも、寺田さん。あなたの短篇『団栗』はとても佳い作品でした。読んだ皆が今でも手放しで誉めています。どうです？　少し長い作品を書く気はありませんか」

「小説は気持ちだけでは書けないでしょう。夏目先生は〝猫〟をお書きになってから神経衰弱も良い方にむかっていて、体調が良くなっていらっしゃるそうです。私も、鏡子夫人も喜んでいます」

「そうですか。そりゃあどんどん書いて貰わなくちゃいけませんね」

「はい。先日、先生はこの次に書く作品のことを私に話して下さいました」

「ほう、そうですか。それはこころ強い限りです。実は今、こうして私が伺っているのは、〝猫〟の次の作品の相談もしたかったのです。次作はどんなものとおっしゃってましたか」

「読んだ人の胸がスーッとするのが佳いとおっしゃっていました」

「ほう、胸がスーッとする？」

「はい。悪漢の頭をこうやって、この唐変木めえーと、ガツンと懲らしめてやるような作品だそうです」

「この唐変木めえー。そりゃいい」

「高浜さんもそう思いますか？　私も同感です。でも先生はますますお忙しくなりますね」

「私もそれを心配していたのですが、先日は『そんなもんは朝飯前だよ』と笑われました」

「そりゃ凄い。さすが先生だ」

「そうでしょう。あの方は特別です」

二人が意気投合して話していたのは、〝猫〟に続く作品「坊っちゃん」のことだった。

金之助は〝猫〟の連載を続けている『ホトトギス』に〝猫〟と並行して読み切り小説「坊っちゃん」を執筆することになる。

虚子は〝猫〟を掲載した『ホトトギス』の売れ行きがずっと好調なので、さらにそこに新作「坊っちゃん」をまるまる「付録」につけて売り出そうと大胆なことを企画していた。

題名、構想を金之助が口にしたのは明治三十九年三月十四日。月末にはこれを脱稿していた。信じられないスピードである。

「坊っちゃん」を一読して、一番驚いたのは注文主の高浜虚子であった。

「こりゃ愉快だ。夏目さんが寺田君に言っていたとおり、胸のつかえがスーッと消えるような愉快さだ。いったいどうなってるんだ、この人の小説家としての器量は……」

昨年の新年号以来連載が続く漱石の〝猫〟と併せて、「付録」としてまるまる同一作家の「坊っちゃん」を掲載した『ホトトギス』四月号は大変な反響を呼んだ。

四月十日発売の『ホトトギス』の刷り部数は創刊以来、最多の五千五百部であった。定価は五十二銭、これも最高値であった。

『ホトトギス』は俳句を中心に扱う雑誌である。当時、俳句は一部の好事家や、隠居した年寄りが趣味で興じる程度のものだった。

俳句が今日のように文芸の一つとして地位を確立するのはまだまだ後年のことである。子規による革新運動などをきっかけに、全国各地に俳句の結社が誕生しつつあったが、それらの結社が買い求めても千部にも届かない。勿論、俳句の同好の集まりの雑誌で千部を超えるものもなかった。

それが五千部を超え、発売早々一斉に注文が舞い込んだのだから、異様なことである。『ホトトギス』と並んで全国で名が知られていたのが、新体詩を掲載した雑誌『明星』であったが、すでに往時の勢いを失っていた。

この出来事に深く関心を抱いたのが、日露戦争で発行部数を大幅に伸ばした新聞各社であった。

当時の新聞は国政やさまざまな事件を扱うほかに、新しい読者を開拓するために文芸欄と称して俳句や短歌、新体詩を載せていた。そして何より力を注いでいたのは小説であった。人気小説

を掲載すれば、発行部数はあきらかに増えていった。

新聞社の経営者たちは『ホトトギス』の人気ぶりに着目し、その人気の理由が夏目漱石という一人の作家によるものであることに気づいていた。その作家が帝国大学の英文学の教師であることにも驚いていた。〝夏目漱石の動向を注視すべし〟。新聞社が注目すべき事件のひとつだった。

そんなこととは露知らず、金之助と寅彦、鏡子と猫は相変らず、千駄木の家で笑いがあふれる日々を送っていた。


春は教師たちにとって比較的暇とはいえ、金之助と同じく帝国大学の講師をしている寺田寅彦は、読書には打ってつけの春の夜の一晩で、『ホトトギス』四月号に〝猫〟とともに掲載された「坊っちゃん」を一気に読み上げた。

最初の一行から、目と頭の中が物語に釘付けになり、夢中で読み進めた。

寅彦は自分が四国、高知の出身だから、少し離れているとは言え、「坊っちゃん」の主人公の青年が新任教師として赴任した愛媛、松山とおぼしき中学校の、田舎の生徒たちのおっとり振りと、悪戯好きの生徒がよくやる新任教師への嫌がらせも、昨日の記憶のように鮮やかに浮かんで来る。

主人公の青年が町で天麩羅(てんぷら)蕎麦を四杯平らげているのを生徒が見ていて、翌日、出て来た教室の黒板に〝天麩羅先生〟と落書きがしてあった。主人公は腹が立ち、「天麩羅を食っちゃ可笑しいか」と聞く。すると生徒の一人が「しかし四杯は過ぎるぞな、もし」と言うくだりがあった。

寅彦は「そうだ。そうだ。伊予じゃ、大人も子供も、ぞな、もしと口走るんだ」と笑い出した。

瀬戸内海に面した町の中学校の教室の窓から差し込む春の陽差しの中で、のんびりした田舎の中学生の姿と、チャキチャキの江戸っ子の青年主人公の熱血漢振りが、実にあざやかなのである。

——さすがに実体験から来ているから描写が活き活きしている。これは先生にしか書けない。何から何まで感心してしまう上に、後半になって、主人公が山嵐とともに野だいこ、赤シャツに制裁を加えるシーンなど、そうだ、そこでやってしまえ、と声を上げ、皆を倒した時は、胸がスーッとした。

——ウ〜ン、本当に胸がスーッとするな……。

寅彦はすっかり読者の一人になり唸り声を上げげた。先生がこの作品を書いていた時も、三日にあげず千駄木の家を訪ねていた。二週間もかからず、これほどの〝読み切り小説〟を完成させ、しかも、この面白さ、痛快さである。

——やはり私には小説など書けない。

寅彦も唸ったが、「坊っちゃん」をいきなり読んだ読者の方は、

「ハッハハ、よくやった。ザマア見やがれ、赤シャツ、野だいこ」

と大声を出す始末で、〝猫〟とは違うカタチで大評判となった。

「いや、驚きました」

寅彦がタメ息混じりに言った。

「何のことだね？　寺田君？」

「今回の『坊っちゃん』です」

金之助は寅彦の言葉に満更でもない表情をして、

「……そうかね」

とさして興味がないふうに応えた。

「伊予弁も自然です。〝ぞな、もし〟なんて、東京の人は使いこなせるはずがありませんもの」

「ああ、伊予の言葉かね。あれは学生時代から正岡子規君にずっと聞かされていたからね」

――そうか。先生は正岡さんと親友だったものな。そのことにもこの作品は助けられているんだ。

「でも二週間で、あの作品を一気に書き上げられたとは信じられません」

「そんなことはないよ。昔まだ一高生だった正岡君が向島の桜餅屋の二階にひと夏逗留して『七草集』という文集を独りで仕上げたんだ。その中身が凄い。漢詩、漢文、短歌、勿論、俳句もあるし、謡曲までこしらえてある。それも写生文というものを大切にして書いていたんだ。その頃はまだ書く人があまりいなかった小説です。それでも正岡君が本当に書きたかったのは、実は、その頃はまだ若かった私は、その構想を聞いて、とても自分なんかには俳句はおろか、ましてや小説など書けるはずはないと思ったものだ」

「へぇ～、一高の学生だった時にですか」

「そうだよ。仕上がった作品は、まだ浄瑠璃本に色を付けたくらいのもので、とても小説とは呼べなかったが、それでも、その文集を独りで仕上げたのだからね。内容は別として、志が高かったんだよ、子規君は……。それに比べれば二作を掲載したくらいで威張っちゃいられないさ」

そう言って金之助は、昔を懐かしむような目で庭の方を見つめた。

――そうか、先生が小説を書きはじめられたのは、正岡子規さんへのレクイエム（供養の気持ち）でもあったのかもしれない。

愉快で痛快な「坊っちゃん」は大好きな作品であったが、寅彦は小説としては〝猫〟が好みだった。それは自分がモデルと思われる〝水島寒月〟が登場するからではなくて、主人公の苦沙弥先生の佇まいに、なぜか、読んでいて安堵をおぼえるからだった。その上、どちらへ話が進むかわからない愉しみもあったからである。


「そうかね。寺田君は〝猫〟の方が好ましいかね？　その理由は何だね」

寺田寅彦が「吾輩は猫である」と「坊っちゃん」という小説の好みを口にすると、金之助に質問をされた。

「いや、失礼なことを口にして申し訳ありませんでした。どちらも大好きですが、どちらかを選べと言われれば〝猫〟の方でしょうと、何となしに思ったのです」

「それはたぶん〝ぞな、もし〟は最初から物語の到達する山の頂が見えて、顚末を決めていたからかもしれないね」

「どういうことでしょうか？」

「顚末が決まっていると、やはり意外性や、自由が奪われてしまうだろうからね。そういうものは読み手にも見えてしまうんだろうね」

「はあ……」

寅彦は金之助の言葉がよく理解できずに頭をひねった。

「ほら、いつか熊本の家で君に話をしたことがあるでしょう。君が五高の学生だった頃、俳句に夢中だった時、教頭から俳句などにうつつを抜かさず勉強に専念しろ、と言われて相談に来たことがあったでしょう」

「はい、よく覚えています。先生は私に、庭の築山を指さして、〝あの築山のてっぺんに登るのに、真っ直ぐ頂上を目指す者もいれば、裏の方から這い上がる者もいるだろうし、まったく違った径から登る者もいる。径の間違いで滑り落ちる者もいるだろうが、落ちることはたいしたことではない〟とおっしゃいました。落ちたり、疲れて休んだり、あちこちでいろんな体験をした方が、山の違ったカタチや肌ざわりにも触れることができるから、あちこちでミチクサした方が、若い時は、いや歳を取ってからでも、その方がいろんなことが身に付くんじゃないか。人生で言えば、ゆたかな人生路を歩んでいるんじゃないか、と。私は勝手に〝ミチクサ人生路〟と呼んでいます」

「〝ミチクサ人生路〟ですか。そりゃイイ」

鏡子が書斎に入って来て、鈴木三重吉という人から手紙が来ていると分厚い封書を届けた。

「今日も何人かの人が訪ねて来ましたが、お断りしました。自称、門下生とおっしゃる方にも困ったもんです」

鏡子の言葉に寅彦は顔が赤くなった。

金之助は鈴木三重吉の手紙を読んだ。

「自称、門下生か……。困ったもんだ」

と言って手紙を机の上に置き、「この鈴木君だが、なかなか佳い文章を書く人です」と言った。

鈴木三重吉は広島で生まれ、帝国大学英文科で金之助の講義を聞き、私淑するようになった。

先月、小説「千鳥」を金之助に送ってきていた。

金之助はこの作品を激賞する手紙を三重吉に送った。事情があって広島にいた三重吉に上京するように説く温かい文面だった。三重吉は感動し、文章で身を立てることを決心した。後年、三重吉はロマン主義の旗手となって雑誌『赤い鳥』を創刊し、日本を代表する児童文学作家となる。

作品を読んだ金之助はその作品の価値を的確に捉えるから、誉められた若手作家は、その栄誉に恥ずかしくない作品を書こうとするようになる。

作家夏目漱石としての地位を確立していった金之助の下に、さまざまな若手作家が、自作を読んで欲しいと人を介して持ち込んだ。

金之助は他の作家の作品を実によく丁寧に読み、自分が感心したものは、当人に手紙をしたため、『ホトトギス』などで紹介した。

若き日の樋口一葉の作品を、当時、新聞連載で大評判だった尾崎紅葉の「金色夜叉」よりはるかに良い作品だと誉めていたし、森鷗外から自作を送られると、丁寧に作品の評価を書いて返した。

鷗外と漱石は、明治の時代のライバル作家のように言われる時があるが、互いの作品を評価していた。数年後、漱石の「三四郎」を読んで鷗外が羨ましがり、自分なりの「三四郎」を書こうと「青年」を執筆したのは有名な逸話である。

鏡子が手紙と封筒を手に書斎に入って来た。

「次は何だね？」

「島崎藤村とおっしゃる方からです」

「おう、そうかね。机に置いてくれたまえ」

金之助は島崎藤村の「破戒」を三日かけて読み、虚子や周囲の門下生にも読むようにすすめた。

門下生宛の手紙に、「明治の小説としては、後世に伝うべき名篇である。金色夜叉は二、三十年後には忘れられるだろうが、これは違う。私はそんなに小説を読む方ではないが、明治の時代に小説らしき小説が出たとすれば『破戒』であろう」と記した。まさに激賞であった。

藤村はこれを知り、大感激した。

島崎藤村の「破戒」もそうだが、樋口一葉の「にごりえ」にしても、鈴木三重吉が送ってきた「千鳥」という短篇にしても、夏目漱石という作家は、一読して、その作品の本質を見抜く〝鋭い鑑識眼〟を持っていた。

のちに新聞社に籍を置いてからは芥川龍之介、中勘助、志賀直哉といった若い作家の作品を取り上げるようになる。漱石に評価された新人作家は内田百閒や中勘助のように、ことごとく佳い作品を発表するようになっていく。漱石の中には、今で言う編集者としての才能があったのである。


或る日、どうも家に泥棒が入ったらしいと女中たちが騒ぎ出した。

ちょうど一年前にもこの家は泥棒に入られている。その時は被害の内容をきちんと説明できなかったので、やって来た警察署員に呆きれられた。

「帝国大学の先生ともなると、ご自分の家の財産や、金目の物がどれだけあるか、おわかりにならんのですかね」

そう言われると、金之助も鏡子も黙るしかなかった。

一年前は日本堤警察が泥棒を捕まえた。犯人が言う盗んだものと、夏目家が申告する被害が合わないので署に出頭せよ、と言われ、金之助は忙しい時に取調べにつき合わされ、降参してしまった。

その記憶があったので、「何が盗まれているのか、よくよく調べなさい」と鏡子と女中たちに申し付けた。

夏目の家はよく泥棒に入られる因縁のようなものがあった。

金之助が生まれる前、牛込の家に深夜盗賊が数人で侵入した。寝ていた父の小兵衛を抜身の刀で脅し、蔵を開けさせたが、生憎（あいにく）、蔵の千両箱は皆空だったので、命も、金も盗まれなかった。

父の小兵衛は、その泥棒の話が出る度、〝まったく間の抜けた野盗だったよ〟と言っていた。

泥棒に関しては、金之助が生まれたのが、庚申の申の刻だったので、この庚申に生まれた子供は、出世すれば大いに出世するが、間違うと、大泥棒になるとも言われた。そして名前に〝金〟の字か金偏の字を入れると災難から逃れられるというので、夏目金之助になった。

熊本時代も泥棒に入られた。泥棒に縁があるのは、鏡子でなく金之助だったのである。


薫風が本郷、千駄木一帯に吹く頃、京都の狩野亨吉から手紙が届いた。

狩野は第一高等学校の校長を辞任し、新設される京都帝国大学文科大学長に内定していた。京都に移り住んで新設する学科の準備をしているところだった。手紙の内容は、金之助に英文科の講座を担当してもらえないか、ということだった。

金之助は、教師を続けるのなら東京の方がよかろうと思っていたので、丁寧に断わった。

金之助の教師としての評判と、小説家としての名前も、この二年で広く知れ渡るようになっていたので、さまざまな所から、仕事の依頼が増えるようになっていた。

『読売新聞』から、文芸欄を受け持ってほしいとの申し出があった。『読売新聞』は主筆の竹越与三郎が、金之助の教え子の滝田樗陰を通じて熱心に入社を勧めてきた。これを断わると、『国民新聞』からも同様の誘いがあった。『大阪朝日新聞』からは原稿依頼があった。

金之助は新聞というものの持つ影響力の大きさを実感していたから、新聞社からの接近に慎重に対処するように、鏡子に言い付けた。

漱石の執筆が始まるという社告を出した新聞もあった。漱石は各新聞社のスカウト合戦の中心にいたのである。

気になっていた訪問客は十月から木曜日だけを面会日とし、〝木曜会〟と名付けた。門下生たちは木曜日の午後三時に千駄木へ集まった。

明治三十九年の年の瀬、夏目家は一家中が熱を出して、子供たちも、女中たちも寝込んだ。インフルエンザだった。

それ以前に子供の一人に赤痢の疑いがあったので医師を呼んで診察して貰い、保健所を呼んで家中の消毒をしてもらった。

金之助は、衛生状態を改善するため自費で家に水道を引き、家主に報告した。加えて泥棒のこともあったので、家主にはどこからでも入れるようになっている塀を直してくれと談判した。それでも、金之助は新しい借家を探しはじめ、駒込の西片町に新居を見つけていた。

新しい家で新年を迎えた。

二月、『東京朝日新聞』の主筆、池辺三山の使者である白仁三郎が西片町の家を訪ねてきた。漱石の入社に向けた予備交渉であった。

金之助は『東京朝日新聞』への入社に関しては、いつになく慎重に交渉した。

主筆、池辺三山へは三度手紙を出し、入社の条件について事こまかく要望も提出した。執筆する小説の内容や長さは自由にさせてもらうなど、九ヵ条の要件を文書として渡したが、三山は小説家、漱石の要求をすべて承諾した。

三月十五日、西片町の借家に、入社契約を結ぶために池辺三山が訪ねて来た。月給二百円。賞与は二回。賞与のうち六月には五十円の特別賞与も加える。新聞社に出社するのは、月に二回。ただし、新聞小説の連載が始まれば欠勤してよい。

金之助は朝日入社を決意し、契約書にサインした。十日後、帝国大学へ退職願を提出した。帝国大学では金之助の待遇について大変に気遣い、英文学の教授に迎えようとしていたところだった。

明治三十九年の年の瀬から四十年三月の入社契約までの、あわただしい日々の中で、金之助は秋に『新小説』に掲載した小説「草枕」、『中央公論』に掲載した「二百十日」に「坊っちゃん」を加えた中篇小説集『鶉籠(うずらかご)』をまとめていた。

実は、このうち、「草枕」を読んだ池辺三山が、ぜひとも夏目漱石なる小説家を、我が新聞社の筆頭となる小説家として入社させたいと望んだのである。

小説「草枕」は、それまで教師という仕事をしながら、かたわらで小説を書いていた金之助が、小説を書くことに専念するための準備として書いた初めての小説である。大人の男と女が、それぞれの内面にふれながら、物語が進行して行く、言わば〝河のごとき小説〟のはじまりであった。

「草枕」のはじまりは、こうである。

山路（やまみち）を登りながら、こう考えた。

智（ち）に働けば角が立つ。情に棹（さお）させば流される。意地を通せば窮屈だ。とかくに人の世は住みにくい。


覚えておいでの読者もあろうか。熊本の五高へ赴任した金之助が、当時、同僚の山川信次郎と小天温泉の宿へ行き、その帰り道に、山径を歩きながら金之助が唐突に口にした。それと同じ言葉が、この小説の冒頭を飾っていた。

実に十年近い歳月、金之助はこの小説の構想と文章を熟考していたのである。


金之助に朝日新聞社入社を請うた主筆の池辺三山が、入社に際しての金之助の要求をすべて呑んだと書いた。それでは金之助にいかにも有利な契約だったと思われようが、それは違う。

相手は新聞社である。一介の教師に振り回されるはずがない。交渉が三度に及んだのは、金之助に新聞小説をいかに書かせるかであって、連載中は欠勤しても良し、という項目など、池辺三山の掌中の話だ。契約には、年に二度、百回程度の連載小説を執筆することが盛り込まれていた。当時の新聞小説の、一作品の連載期間は約三ヵ月で、作品によっては長くなったが、面白くなかったら平然と打ち切られた。

何のことはない、金之助は一年の大半を朝日のために小説を書き続けなくてはならなかった。それに金之助が気付いたのは何年も先で、途中たしかに苦しい思いはするのだが、結果として執筆はとどこおらず、短い歳月の中で、夏目漱石という作家は、驚くほどの量の、しかも質の秀れた小説を書き上げることになるのである。

池辺三山ら海千山千の新聞社の社員が、純朴さの残る、どちらかと言えば世間知らずの類いに入る金之助を上手く操ったのである。

三山は『鶉籠』に収録された「草枕」を絶賛した。文学作品としての価値を三山が知っていたのか。知るはずはない。まだ文学とは何か、きちんと語れる者は日本にはいなかったし、書いている当人たちにもそれは同じだった。

三山が「草枕」を誉めたのは、すでに彼が読んでいた『吾輩は猫である』の上篇と、「草枕」とともに本になった「坊っちゃん」の二作に不足しているものが何かに気づいていたからである。

それは女である。恋愛である。つまり色恋沙汰が物語の中になくては、読者がつかないのを三山はわかっていた。

小説の連載で部数を伸ばして来たのは、朝日新聞のライバルであった読売新聞である。

その代表が五年以上連載された尾崎紅葉の「金色夜叉」であった。大正から昭和にかけ、何度も映画化されるほどの人気作品だった。山田美妙（やまだびみょう）の「武蔵野」、幸田露伴（こうだろはん）の「雪紛々」、泉鏡花（いずみきょうか）の「照葉狂言」などの新聞小説の歴史を踏まえ、今の読者が何を読みたいのかを三山はわかっていた。

「草枕」は主人公の画工といい、謎の女性の登場といい、まさに三山が望む人物配置だった。

明治はすでに四十年代に入っていた。

西片町の家は去年大半の荷を千駄木から運んだものの、整理がなかなか終わらなかった。

「あの本はどこへやったんだ？」

と金之助が蔵書の中の一冊を探しはじめる度に大騒ぎであった。

「こ、これでしょうか？　旦那さま」

女中の一人があわてて本を差し出して来た。

「それじゃない。青い表紙の、いや翡翠色のトンボが型押ししてある本だ」

「イ、イスイですか？」

「何だ？　そのイスイとは。訳がわからん」

「翡翠のことを言ってるんですよ。翡翠なんてものを見たこともないんですから、頭ごなしに大声を出されても、女中たちが怖がるだけです」

そこに本を数冊、大事そうにかかえた別の女中が通りかかった。気付いた金之助が呼び止めた。

「それは何の本だ？」

「奥さまに言われてお持ちした〝猫本〟です」

「おまえまでが〝猫本〟などと呼び捨てにするな。大事な本なんだぞ」

「はい。奥さまに言われて。捨てることになっていたのを、こうしてまた奥さまに」

女中が手にした数冊の本を金之助に見せた。

「これは刷り見本じゃないか。しかも製本のやり直しを頼んだものだ。どうしてこれを？」

「奥さまが、まだ十分に売れるからと……」

「バカな……」

鏡子がそれを聞いて、「あらあらもったいないこと。一冊、九十五銭もするんですよ。ひ、ふ、みいで三円近いじゃありませんか」と言った。

「そ、そうじゃないんだ。これは失敗した刷り見本で、本屋へ返却するものだ。勝手にこっちが売りに出したら大変なことになるぞ」

「あら、そうですか。初版と何も変わらないじゃありませんか。どうして捨てるように版元さんはおっしゃったんでしょうね」

「そんなことは知るか。今、探してるのは『マクベス』だ。翡翠色のトンボの型押しが……」

「ですから女中たちは翡翠なんて見たこともないと言ってるじゃありませんか。わからない人にそんなに怒鳴らないで下さい」

鏡子の言葉に金之助は口を閉じた。

「綺麗な本なのに、もったいない……」

鏡子がうらめしそうに言って、女中に包ませた〝猫〟は、初版から橋口五葉の指示で素晴らしい仕上がりだった。

一年前、金之助は一冊を森鷗外に届けるように書店に申し出た。数日後、〝猫〟を手にした鷗外は、「これは見事な装丁だ……」と感心した。

ドイツ留学の経験があり、西欧の製本、装丁の技術の高さを知っていた鷗外が羨ましそうに眺めた〝猫〟は、当時の日本では最高の製本技術とデザインでこしらえてあった。

サイズは今で言うA5判よりやや大きく、カバーには濃いセピアで大枠があしらわれている。枠内上部には右から横書きで「吾輩ハ猫デアル」と刷り、枠の下部には「夏目漱石著」の文字が並んでいた。

タイトルと一緒に描かれたのは擬人化された巨大な猫の姿である。ギリシャ彫刻のようにたくましい肉体の猫が、手のひらほどの大きさに描かれた小さな人間たちを見下ろしている。

――なるほど、この装丁からして、夏目君は、この小説の意味するところを表現しているわけだ……。

中身はアンカットという製本で、読者は各ページをペーパーナイフなどで切りながら読む凝ったつくりだ。書名は金箔で押されている。見れば見るほど、これまで日本人が知っていた製本とは違っていた。

連載中に〝猫〟を読んでいた鷗外は、これほどの製本、装丁の本を出版することができた漱石が羨ましかった。

二人はよく手紙のやり取りをしていた。

鷗外が〝猫〟を手にした明治三十九年の日本は、まだ日露戦争の勝利の余韻が続いていた。鷗外が帰還するまでの数ヵ月、帰国兵士の凱旋に日本中が沸いた。戦地から陣中詠などを雑誌に寄稿していた森鷗外はまさにスターであった。

その鷗外が凱旋した一月に、漱石は鷗外に手紙を送り、こう書いた。

～本年より、早稲田文学が出ます。上田君（上田敏）の『芸苑』という雑誌も出ます。文壇は頗る好景気です～

漱石は長い戦地暮らしで日本を離れていた鷗外に、安心するように手紙を出していたのである。

本郷の本屋の前で、金之助は講義を終える寺田寅彦を待っていた。

「夏目先生、先生が帝国大学を退職なさると淋しくなりますね」本屋の主人が嘆息混じりに言った。

「ご主人、そうでもないさ。食べられなくなれば、またどこかの学校に雇ってもらうさ。そうなれば、この棚からまた新しい授業の内容を考えなくちゃならないからね。参考書も教えておくよ」

「どうぞ、お願いいたします。私は先生には先生でいて欲しいのですが、小説の方も楽しみで仕方ないんです。今回の小説集『鶉籠』は大変な評判でございます。江戸っ子の私は『坊っちゃん』が、涙が出るほど嬉しゅうございました」

「私は『草枕』ですね」

いきなり声がして、見ると書生風の若者が一人、本を手にして金之助に会釈した。

「そうかね。それはありがとう」

「主人公が画工、絵描きってのが実に面白いですね。それにあの那美(なみ)という女性にはなぜか引かれますね」

「そうかね。せいぜい楽しんでくれたまえ」

書生は店の奥で本の代金を払って出て行った。

「今の学生は帝大かね?」

「いや、明治の方じゃないですかね」

「明治は、私も少しだが教えていました。教師なんてのは、あちこちでへぼ授業をしないと食べて行けなくなるからね」

「先生がそんなことをおっしゃっては……。本は飛ぶような売れ行きだとお聞きしましたよ」

「……世間では尾ひれがつくからね」

でも実際、金之助の本は売れていた。誰が買うのかと思われようが、この時期、新しい読者が誕生しているのも事実だった。

　明治三十年代後半から、四十年代前半にかけて、これまでにない速さで学生、書生が増えていた。すでに官立の高校は七校に増え、卒業した学生を迎える大学も東北、九州に帝大が新設される。私立では慶応義塾が以前から大学部を開いていたが、東京専門学校が早稲田大学と改称した。明治三十六年には予科を持つ専門学校が大学と名乗ることを認められ、私立の法律学校が、明治、法政、中央大学と名をあらためた。関西でも関西大学や、立命館大学の前身が創設された。

「いや先生、遅くなりました。ハァ、ハァ……」

　息を切らせて寺田寅彦が本屋に入ってきた。

　金之助と寅彦は本郷から上野に向かう坂道を談笑しながら下って行った。

「ハッハハ。学生が先生にそう言いましたか。今の学生は遠慮知らずですからね」

　寅彦が笑いながら言った。

「そうは言っても、つい少し前の自分のことですから」

「いや、若い人はそれでいいんでしょう」

　そう言って金之助はポケットからハンカチーフを差し出して、額の汗を拭うようにと言った。

　寅彦はチーフを受け取り肌を拭った。

「君を見ていると、大学に限らず、教師という仕事はつくづく大変だったのだと思います。今はもうすっかり私は肩が凝らなくなりました」

「そんなもんですか？」

「はい。ラクチン、楽珍のきわみです」

「楽珍のきわみはイイ。ハッハハ」

「奥さまを呼び寄せましたか？」

「はい。先日は結婚祝いを有難うございました」

「キヨも喜んでいたよ。早くお子さんを作った方がいいとね」

「先生の家のように賑やかなのがいいですね」

「いや、もう一人増えるらしい」

「それは素晴らしい。お嬢さんばかりだから、男児も欲しいですよね。でも驚きました。『新小説』に載った時は気づかなかったのですが、『草枕』は実に周到に準備をなさっていたのですね……」

「どこがだね？」

「主人公を画工にした理由と、那美さんのあの謎めいたものが、どこから来るのか、じっくり読んでみて、この場面をお書きになりたかったのかもしれないと……。あっ、出過ぎたことを言いました。すみません」

「謝ることはありません。小説は読んだ人がそれぞれの受け取り方ができれば、それでいいんでしょう。そう、あの画工はどんな絵を描いているか想像しましたか？」

「はい、舞台が小天温泉だったので、先生のお好きな水墨画かと思いましたが、あれはやはり泰西画ですね」

「ほう。それが君の受け取り方ですね？」

「はい」

寅彦が自信ありげにうなずいた。

「ではその泰西画を少し鑑賞してみましょう」

二人がむかったのは上野の美術館だった。

「なんだ。衣裳を着ている作品でしたか」

寅彦が少し残念そうに言った。

「裸婦像を想像していましたか？」

「は、はい。でもこの人は十分に美しい」

「裸婦画は裸婦画で解放されていて良いのでしょうが、画工たちも工夫していますよ」

「ロンドンでは多くの裸婦画をご覧に？」

「いや、そう多くはありません。大英帝国ではまだ裸婦画を不謹慎だと思う人が多いのです。欧州にも女性の美についての考え方が閉鎖的な人がかなりいます。女性の美の追究については、ルネサンスのあるイタリアとかフランスが主流です」

「どうしてでしょうね？」

「それは創造における〝完璧な自由〟について、きちんと話し合われていないからでしょう」

「先生は裸婦はお好きなんですか？」

「勿論です」

「良かった。私もです。ところで、『草枕』の冒頭に〝住みにくいと悟った時、詩が生れて、画が出来る〟とありますが、生まれるのは音楽でもいいのですか？」

「……そうか。君は詩より音楽が自然か……。そうなると、絵ではなく彫刻が生まれてもいいね。ところでなぜ泰西画と思ったのですか？」

「何となしにです」

「それは面白い……」

やがて美術館の一枚の絵の前で金之助が立ちつくした。『シャロットの女』と題された絵で、大柄な女性がドレスを着て、ものうげな表情で前かがみに立っていた。その前で金之助は独り言のように話をはじめた。

「ロンドンで一枚の絵を見ました。それはシェークスピアの作品の中の〝オフィーリア〟の最期を描いたミレイのものでした。私はしばらく絵の前から動けませんでした。水の中に浮かぶ美しい女性は、この衣裳を着ていなくてはならないと思いましたし、周囲の花々でさえ無駄が何ひとつなく見えました。奇妙な感情を覚えました。その時は〝風流な土左衛門だな〟と声に出してしまいました」

笑いだそうとした寅彦は、金之助の真剣な表情に口をつぐんだ。

――そうか。「草枕」はその一枚の絵の中に、作品の骨組みのひとつがあったのか。

寅彦はよけいに「草枕」が好きになった。

「吾輩は猫である」は作家、夏目漱石のデビュー作と言っていい。

英国留学中、高浜虚子から、「少しロンドン事情などの小文を書いて貰えると、俳句ばかりの雑誌に華やかなページができるので、是非お願いしたい」という旨の手紙が届き、近況を報せる小文を『ホトトギス』に掲載した。

そうして掲載された「倫敦消息」に、虚子はあきらかに新しい文章の世界を感じ取った。

かつて、妻の鏡子が三浦半島から眺めた美しい夕景を「旦那さまならこの美しさをどんなふうに書かれるのか、ぜひ読んでみとうございます」と言った期待と同じものを、虚子が抱いていたことは事実だろう。

虚子は日記のように日々の出来事を報告する「倫敦消息」の文章の中に、金之助しか書けない何かを感じ取ったのである。

何を感じ取ったか定かではないが、帝国大学の教室で金之助のシェークスピアの講義を聴き、周囲の学生が笑ったりうなずいたり、しまいには拍手を送るのを見て、「まるっきり圓遊の高座じゃないか」と虚子は思わず口にしたことがある。

文章を表現するのに、〝語り口〟という言い方がある。つまり、すぐ目の前で作者が自ら語ってくれるような錯覚を起こすのも文章の力量のひとつと言われる。金之助の語り口は実にわかり易く、しかも愉しいものが常にそこにあった。寄席小屋の当代一の人気落語家の語り口を思わせるものが、講義ばかりでなく、金之助の文章にもあったのである。

金之助の文章の魅力に虚子は気付いた。そしてそのことが、わざわざ家を訪ねて「小説を書いて貰いたい。皆が愉しみにするような小説を」と申し込ませることになる。

その申し出は金之助にとって思わぬことであったが、その場で断わらなかったのは、当節流行の小説でなくとも、何かを書いてみようかと思ったからだ。

そこに一匹の捨て猫が迷い込んで来た。

長い作品にするつもりはなかった。むしろいつでも終えることができるし、いつまでも続けられる、という気楽さから、苦沙弥先生の実におかしみのある人物像が生まれたと言ってもよかろう。ここに金之助の持って生まれたユーモアと運の良さがあったのである。

〝猫〟の連載は思わぬ評判になった。

自分の作品を他人が評し、誉められたことなど勿論ない。本来が俳句が評されるべき雑誌で、金之助の俳句も絶賛されたことなどない。それが思わぬことになり、それで虚子や周囲の人たちが喜んでいるのなら、それもよかろうと思った。

文章によって作品を作り上げていると、その最中に次の作品の構成、趣きがあらわれて来る。その上、よどむことなく、先へ先へと進んで行く。

作品「坊っちゃん」はまったく予期もせずに、物語の構成、流れ、人物の造形がまたたく間に出来上がった。ほぼ一晩か、二晩のことである。

金之助は〝坊っちゃん〟と呼ばれる立場には一度もいたことはない。むしろその逆で、生まれて早々、里子に出され、世の中から期待も、尊重もされない少年時代を送った。だから逆に無鉄砲な〝坊っちゃん像〟はするすると作り上げられた。

弱虫と呼ばれ、二階から飛び降りる発想は、金之助の願望であり、江戸っ子の姿でもあった。舞台の愛媛、松山は勿論、自分が教師として赴任し、あの田舎の中学生の生意気さと、デキの悪さに辟易としていた場所だ。あの頃の感情がよみがえって、さらさらと章を重ね、気付いた時には、十日も経たずに最終章にたどり着いていた。

書き上げた時、金之助自身も原稿用紙の束を見て、

――これを小説というのもいかがなものか……。

と正直思った。これまで、これが小説なのだろうと思ったものは、英国、ドイツ、ロシア、スペインなど外国の作家の作品ばかりだ。

しかしトルストイを書くつもりもなければ、マーク・トウェインを書くつもりもない。自分は自分の小説を日本語で書くべきだろう。

そうして書きはじめたのが「草枕」であった。これで良いのか、悪いのか、わからない。何し

ろ小説の見本などないのである。

　子規も同じことを言っていた。


　明治四十年三月二十八日、午前八時発の最急行列車で、夏目金之助は新橋ステーションを出発した。当時の最速の汽車である。京都七条停車場に着いたのは、日が暮れた午後八時前であった。所要時間はおよそ十二時間弱である。

「関西までの汽車旅はゆっくり行かれますか」

「いや、新しい汽車の話は聞いたよ。一番速い列車で行きたいね」

　新しい物が大好きな金之助はすぐに、その汽車に乗ることにした。七条停車場に、狩野亨吉と菅虎雄の姿があった。これまで金之助のために何度も尽力してくれた二人だ。

「長旅ご苦労さんだったね」

「半日で東京から京都へ着いてしまうなんて、文明というものもなかなかだね」

　虎雄の手を握り、白い歯を見せている後輩を二人はまぶしそうに見ていた。

　目の前の後輩、金之助には、熊本の五高時代には妻の入水事件があり、ロンドンでは半狂乱になったとの噂があったり、熊本に帰りたくないと言い出したりした。その度に二人を厄介に巻き込んだが、二人は後輩のために最善をつくしてしまう。

　なぜか理由はわからないが、金之助には先輩たちも魅了する奇妙な力のようなものがあった。

　狩野亨吉は、京都に新しくできた帝国大学文科大学の初代学長である。その新設大学の英文学教授にぜひ金之助を招致したいと何度も打診していた。菅は京都の三高の教授になっていた。

　二人がまぶしそうに金之助を見つめるのは、今や金之助が、当代一、二と呼ばれるほどの気鋭の小説家となっており、時間があれば、山登りばかりをしていた五高時代の青年教師とは身分が違っていたからだ。

「私はいつも君に逢う度に感心するんだが、君はいつも以前とはまったく違う人になって、私の前に立っているんだ」菅虎雄が嬉しそうに言った。

「何のことですか?」

金之助は虎雄の言葉を意に介さなかった。

「明日は京都帝大を見てくれるかね」

狩野が言った。

「はい。ぜひとも」

「京都がひさしぶりなら、美味しいものでも案内するよ」

「そりゃ嬉しいね」

三人は下鴨の狩野邸へ落着いた。


翌日、京都帝大を訪ねた。吉田山の麓にキャンパスがひろがり、文科大学の学舎はほぼ完成していた。「ここが日本の西の文学を培う場所になるのです」狩野亨吉の京都帝大への思いは並々ならぬものがあった。

——しかし実際に、知識、知性を培い、養うのは大変なことだ。時間と人材が必要だ。

金之助が教職に就いてからの十四年間(途中、留学の二年もあるが)でさえ、学校と学生たちの意識が様変わりして行くのを自分の目で見ていたから、学問を伝える難しさがよくわかっていた。

「西の文学の場ですか。そうなるといいですね」

金之助の言葉に狩野と菅が大きくうなずいた。

金之助は敷地に立って、遠く北山から比叡の山々が連なる古都の山並みを眺め、狩野の夢が叶うといいと思った。

古都の見学にも出かけた。祇園、知恩院、清水寺、銀閣寺、詩仙堂、真如堂を巡った。

評判の小説家が古都を歩いているのだから、新聞社も雑誌社も、何かを書いて欲しいと望むのは当たり前で、金之助は七条の駅に降りた時から「京に着ける夕」と題した小文を頭の中で書きはじめていた。新聞社と契約した瞬間より、執筆から離れることができない日々がはじまっていた。

金之助は夕刻、菅虎雄を散歩に誘った。

「せっかくだから古都の風情を味わいましょう」

「ハッハハ、そうだね。狩野さんは君に英語教師になってもらうことをなかなか諦められないようだ。いや大丈夫だ。それは私がきちんとしておくから。さてどこへ行こうか？」

金之助は八坂神社の鳥居を見つけて言った。

「この先に美味いぜんざいを食べさせる店があったんだが……」

――そうか、夏目君は下戸だったな。ハッハハ。

案内される方が先に歩き出した。春の宵の月が東山の稜線から昇っていた。

「たしか、ここだ」

天下の小説家の先生を案内するような店ではなかった。見覚えのある老婆があらわれた。

「ぜんざいを下さい。以前、ミカンもあったが」

ハイハイと言ってぜんざいの碗のそばにミカンがひとつ置かれた。金之助は相好を崩した。ミカンとぜんざいを両手で包むようにして食べていた青年の姿が浮かんだ。正岡子規である。

「これは美味いぞな。ミカン、もうひとつおくれ」

二日後の朝、鳥居素川が狩野邸にやって来た。

『大阪朝日新聞』の素川は金之助の「草枕」を一読して感心し、これを社主の村山龍平に見せ、この夏目漱石という新人作家を入社させ、小説を執筆させれば、たちどころに部数を増やせると進言した。村山は金之助を入社させるように命じ、素川は金之助を関西へ招くべく何度も働きかけたが、金之助は応じなかった。そして、彼らと同じ頃に「草枕」を読んだ東京朝日新聞社の池辺三山が素早く動き、一気に契約をした。

四月二日、池辺は新進作家、夏目漱石が自分たちの新聞社に入社し、小説の執筆をはじめることを大々的に報じた。記事は当時の新聞社らしい、大袈裟きわまりないものだった。〝我が国文学上の一明星が、本来の軌道を回転していよいよ我が社に宿った。燦然さらに燦然たることだ〟

これ以上の誉め言葉はない。これを読んだ素川は大きく嘆息し〝小生の苦心も水泡に帰し候〟と金之助に葉書を送ったほどだった。

金之助は伏見、宇治、嵐山をめぐって保津川を下り、比叡山に登った。四月十日、京都に来た高浜虚子と昼食を摂り、虚子の泊っていた万屋で入浴した。夕刻から花見小路で〝都をどり〟を観て、茶屋「一力」で芸妓見習と雑魚寝もした。

「こういうのも悪くないでしょう」

虚子が言うと、

「そうだね。保津川、比叡山に遊んだことが、次の小説に重なってしまうね」

「ほう、今度の小説は何ですか？」

「まだカタチは定まってませんが、今の世の中で女性がどう生きているのかを描こうと思います」

「女性が主人公の小説はぜひ読んでみたいですね」

「ぼんやりと〝花〟のことなどを思っています」

「それを題名にお使いになるということですか」

「そうかもしれません。ロシアにチェーホフという人がいて、その人の作品が劇になって評判だそうです。『桜の園』という題名だそうです」

「花の題名はよろしいんじゃないですか。〝猫〟にしても『坊っちゃん』『草枕』と、あなたの小説の表題は魅力的です。それでどんな花を？」

――〝虞美人草〟。

と言いたかったが、金之助は、それを口にせずに、階下から聞こえて来る三味線と鼓の音に耳を傾けていた。


東京へは夜行列車で戻った。汽車に乗る前に、金之助は寺田寅彦に電報を打って東京に着く時刻を報せておいた。寅彦に頼みたいことがあった。

夜行はひさしぶりだった。松山へむかう時も、熊本へ就任した折も、夜半に走り続ける席に座って、車窓を眺めていた。時折、汽車は汽笛を鳴らす。闇のひろがる広野に汽笛の音が鳴り響いた。

金之助は、この二週間余りの関西旅行のことを振り返っていた。見せられた新聞の大きな見出しがよみがえった。

〝我が国文学上の一明星〟

この一文が自分のことを述べているとは信じられなかった。どこか他人事のように見ていた金之助に鳥居素川が言った。

「これだ。この記事を私は書きたかったのだ」

素川は金之助の獲得を東京に出し抜かれて憤っていた。そのそばで社主の村山が笑った。

「まあ君、同じ朝日だ。いずれにしても夏目先生は来て下さるんだ。大切なのは次の小説ですよ。ねぇ、先生。もう準備はおできですか？」

金之助は力なく笑った。

嵐山の見事な桜、その間を清涼として下った保津川、祇園の茶屋の淡い灯りの中で舞う芸妓たちの表情、どれも古都ならではの情景だった。

すると、まぶしい橙色があらわれ、小振りの碗があらわれた。東山の路地で入った甘味屋のぜんざいとミカンのあざやかな色味だった。

それを大切そうに両手で包んで一人の青年が食べている。「こいは美味いぞなもし。伊予のミカンのようじゃ。おう、ぜんざいも美味いぞ。夏目君、ほれ、お食べや」子規である。まだ若く、元気だった子規と京都へ旅した夜が思い出された。

「どうじゃ、明日はひとつ銀閣寺から大原の方まで吟行（俳句を作るための散策）にでも出かけようぞ。先達はなかなかのもんをこさえとるぞ」

そう言って子規は古い俳句の名作を立て続けに口にした。子規のこういう姿を見る度に、文芸の素養の深さに感心した。

嬉しそうな子規の顔に、ロンドンから帰国してすぐに手を合わせに根岸に行った時の、子規の母と妹の顔が重なった。二人ともやつれていた。それでも仏壇は綺麗にしてあった。子規は逝き、自分は生きている。それが切なかった。

新橋駅に着くと、寅彦の姿が見えた。金之助は手提げ鞄から封筒を出し、膝の上に置いた。

「これを根岸の正岡さんの所に届けるのですね。わかりました」封筒を見た寅彦はすぐに事情を理解してくれた。中身は、大倉書店から届いた『吾輩は猫である』の増刷の印税だった。

関西に出かける前夜、鏡子から旅先で困ることがあればと、届いた封筒をそのまま渡された。

「これでそのお腹の子のために何か買って来よう。髪飾りの良いものが京都にはあるだろう」

「あら、女の子とは限りませんよ」

えっ、と金之助は目を丸くし、もう一度妻の帯の辺りを見て言った。「男児だとわかるのかね？」

鏡子はフッフフと笑ってから、そんなことわかりませんよ、と帯の上を指で撫でて笑った。

駅舎の前で寅彦と別れようとすると千駄木の車夫が来て「先生、お帰りなさい。あの方は寺田さんじゃありませんか。子供だと思ってたら、帝大の偉い先生らしいじゃありませんか」と言った。

「偉いかどうかはわからないが、良い先生です」

金之助は根岸にむかって歩き出した寅彦の背中を見送った。耳の奥から声がした。

「どうして寺田さんばかりにやさしくなさるんですか。ずいぶんとお気に入りですね」

以前、鏡子から寅彦への態度について訊かれたことがあった。

「そうじゃないんだ。寺田君は不思議な人でね。そうだな。子規の大将にどこか似てるんだよ」

「寺田さんがですか？」

「うん。そっくりじゃないか。いつか話した米山保三郎と子規の大将の二人を合わせて割ったようなところが、彼にはあるんだ」

「ずいぶんとお誉めですね」

「誉めてるんじゃなくて、気が付いたら寅彦君と歩いているというのが正直な処だ」

同じことを虚子からも尋ねられた。

親しい理由を考えても、親しいが故に答えは出ないだろうと、金之助は人力車に乗った。


寅彦が根岸の家の玄関で声を上げると、子規の妹の律があらわれ、目をしばたたかせた。寺田さん、とタメ息混じりに言い、小走りに奥へ行った。

三人が座る畳の真ん中に封筒があった。

本当に助かります、と夏目さんに、と律が言うと、律、そういう言い方をしてはいけません、と母の八重が厳しい口調で言った。

「夏目先生がくれぐれもよろしくと」寅彦が頭を下げた。

寅彦が玄関を出て歩き出すと、足音がして声をかけられた。振りむくと、律が立っていた。見ると、手に何か雑誌を握りしめていた。

「あの、これ、『団栗』読みました。母も、私も泣いてしまいました」律が手にしていたのは寅彦の小文が掲載された『ホトトギス』であった。

「いや、お恥ずかしい。実は、あれを書いたのがきっかけで、再婚できたのです」

「本当ですか？　母も、寺田先生がまだお独りなのではと心配してました」

「いや、きちんと妻を娶りました」

「それはおめでとうございます。母も喜びます」

「私のことを心配して下さって有難う。それも夏目先生と正岡先生のおかげなんです。今日、正岡先生の仏前に手を合わせることができて嬉しかったです。では、授業がありますので」

寅彦はそう言って本郷にむかって走り出した。寅彦は、先生、先生と声を上げた。その先生が、金之助なのか子規なのか、寅彦にはわからなかったが、声に出しているうちに涙があふれて来た。

「先生、先生、ありがとうございます」

二年前のある日、寅彦は金之助に呼ばれた。

「君、もし意中の人がいるのなら、再婚なさい」

「えっ、急にどうしてですか?」

「根岸の大将の話をしておきたくてね。正岡君は残念ながら亡くなりましたが、彼の亡くなったことでひとつ残念なことがあります。彼は若い頃に自分の人生の、大げさに言えば生涯で、成し遂げたいことをきちんと決めて、それを書き残していました。私はそれを読んで切なくなりました」

「どんなことが書いてあったのですか」

「一、必ず上京をする、二、日本を出て外国を見て見聞を広げる、三は、生涯の伴侶とすべき意中の人と出逢う、とありました。ひとつ目とふたつ目は叶いました。しかし三つ目は、彼が自らあきらめたのです。喀血して以来、カリエスが彼の身を冒していましたからね。子規君は人一倍、恋に恋している人でしたから、自分の身体の事情で、その望みを断念した時は、残念だったに違いありません。あなたに逢った時から、正岡君に似ている気がしました。だからあなたにはぜひ、意中の人を見つけて、再婚して欲しいのです。それが私にできる子規君への友情の証しです」

寅彦は、その日のことを感謝していた。

東京に戻った金之助に門下生の一人、鈴木三重吉が、今回の朝日入社と、教師生活にピリオドを打つことができたお祝いにと、少し遅れたが、花見気分の宴会を催したいと言って来た。

「祝いなどことさらする必要はないが、このところ私も忙しくして木曜会も休んでいたので、ひさしぶりに皆で逢いましょう」

木曜会を中心とした門下生の集まりは皆が揃うと何人になるかわからぬほど、それぞれが自由に訪ねて来た。特別な規則はなく、来る者拒まずなのは、根岸の子規庵の集まりと同じだった。

いつしか番頭役になっていた小宮豊隆、鈴木三重吉、松根東洋城（まつねとうようじょう）、寺田寅彦、高浜虚子、安倍能成（あべよししげ）、森田草平（もりたそうへい）、野上豊一郎、野間真綱（のままさつな）、中川芳太郎……数え上げれば、切りがないありさまだった。

宴会のために鈴木と小宮、中川が重詰の弁当をこしらえて来た。金之助が覗き見て、これなら少し興が乗るようにした方がよいだろうね、と一言言うと、鈴木と小宮が鉢巻、頬被り（ほおかぶ）りをして、庭先に布を敷いて重詰を並べた。皆が揃った。

「先生、朝日入社おめでとうございます。大きな記事を拝見して、大変に嬉しゅうございました。本来なら芸妓も呼んで音曲のひとつも準備したかったのですが、なにしろ皆田舎者でして」

「かまいませんよ。どんどんやりましょう」

と金之助が鉢巻をして見せたので、皆喜んだ。

「先生、次の小説の構想はもうお決まりになっていらっしゃるのですか?」

小宮の言葉に皆が金之助の顔を見た。虚子も興味ありげに金之助を見た。

――すでに何かあるに違いない。先日、京都で逢った時、珍しく京都のことをよく質問されたし、物思いに耽ける姿が多かった。

木曜会では、金之助の作品を講評することが多かったし、参加者が読者からの投書の内容に意見を述べたりした。金之助には、それが役立った。

十日後、小宮と上野から浅草を散策し、引手茶屋で芸者の手古舞を見物した。渡し船で隅田川を渡って向島へ行き、上野で買った鯛飯(たいめし)を藤棚の下で食べた。昼寝の後、森川町を歩くと、市が開いていた。一輪の可憐な花に目が止まった。花の名前を問うと、主人が「雛罌粟(ひなげし)ですよ。旦那、雛罌粟の花。虞美人草とも言いますがね」と答えた。

金之助は花をじっと見て、それをふた鉢買って家に持ち帰った。


「あら珍しい。鉢植えの花なんて……。何の花ですか? 綺麗な赤だこと」

鏡子が言うと、娘たちが金之助の手から鉢植えを取り、廊下を小走りに奥へ行った。

「走ってはいけません。落とさないように」

金之助はたしなめる妻の帯の辺りを見た。

「赤児とはいつ頃、挨拶できそうかね」

「来月早々じゃありませんかね」

「そうか、せいぜい大事にしなさい」

ミャーゴ、その時、廊下の奥から声がした。

見ると猫が一匹、じっとこちらを見ていた。

「おう、ひさしぶりだな、少し痩せたか？」

「大人になったんですよ。それに人気の本になって少し戸惑っているのかも。旦那さまが留守の間、何度も書斎に入ったり、籐の椅子に座ったりしていました。この子も淋しかったんでしょう」

「そうかね、書斎にね……」

金之助は満更でもない顔をして女中を呼び、「何かこいつが喜ぶものを持って来てやってくれ」と言った。目刺しの半切れを猫に差し出すと、急いで足元に来たが、匂いを嗅いだだけだった。

「オイオイ、この家は少し贅沢をしてるんじゃないだろうな」

「贅沢なんかできませんよ。家はいつも火の車なんですから、どんどん書いて頂かないと」

書斎に入ると、手紙や送られて来た雑誌、新聞が積んであった。金之助は仕分けして、縁側に出た。庭を見ると、いきなり犬が吠えた。

「いつからこの犬はいるんだ？」

「旦那さまが関西旅行の間に、筆と恒が犬を飼いたいと言うものですから。すみませんが犬くらいは名前を付けてもらえませんか。筆と恒が、オイ犬とか呼んでいて、少し困っています」

「そうか、あいつらの犬なら名前を付けるか」

女中が持って来た鉢植えを金之助はじっと見ていた。

「どうして鉢植えを？」

「次の朝日の小説に使おうと思ってね」

金之助が言うと、鏡子は明るい声を出した。

「もうはじまるんですか。それは楽しみでございます。この花がどうするんですか？」

「花が主役じゃないよ。猫じゃないんだから、題名をこの花の〝虞美人草〟にしようと思ってね」

「まあ綺麗なお題……」

女性が主人公の小説を書こうと、金之助はぼんやりと考えながら、鉢植えを眺めていた。

それも新しい女が面白そうだと思った。

新しい女のどこが新しいかをわかってもらうためには古い女が登場しなくてはならない……。

金之助は初めて、今までと違って、物語の構想、登場人物の性格、名前、容姿……と言った造形を大雑把(おおざっぱ)に決めて行った。「吾輩は猫である」にしても「坊っちゃん」にしても、教師という仕事をしながらの執筆であったから、小説のカタチ、風情のようなものをあらかじめ決めてしまうことをしなかった。筆の進みたい方向へ、金之助は書き進めて行ったと言える。

しかし今回は職業作家としての初めての創作である。執筆をはじめると、客をすべて断るように家の者に言った。

――華やかな主人公か……。

そう思うと、女の着ている着物の柄までが気になりはじめた。元来、金之助は自分のものもそうだが、妻の鏡子の着物でさえ、なぜ、こんな色味を着ているのだ？　と一緒に外出している間中気になって仕方がないところがある。

職業作家としての仕事はじめはいささか着想が多岐になり、容易に進まなかった。

朝日新聞は、題名を渡しただけなのに新聞紙上に大きく宣伝し、内容もたしかめぬうちから、大傑作、名作と言いたい放題である。

それどころではない。新連載「虞美人草」の題名を知り、三越呉服店が〝虞美人草浴衣地〟を販売すると、大宣伝をはじめた。

「あなた、あなた、大変ですよ。これをご覧になりましたか？　虞美人草の浴衣ですって。私は注文しますが、娘たちにも着させようと思うんです。それで、妹にも……」

「君、少し静かにしてくれんか」

そこへ女中が飛び込んで来て、奥さま、〝虞美人草指輪〟も販売するそうです、と言う。

金之助は筆を原稿の上に音がするほど強く置くと、立ち上がって言った。

「おまえたち、ここをどこだと思っているんだ。ここは、私の大切な、浴衣じゃなくて……、指輪じゃなくて、仕事場だ」

金之助の大声が周囲に響いた。

初めての新聞連載「虞美人草」の掲載がはじまった。すぐに読者からの投書が西片町の家に届いた。誉め言葉が多かったが、金之助はそれに影響されることはなかった。

先日、銀座の東京朝日新聞の本社へ招かれた折、そこで社員の二葉亭四迷（ふたばていしめい）と初めて逢った。二葉亭は新聞小説の連載では先輩になる。また日本で初めて小説とは何かを書いた坪内逍遥の『小説神髄』のあとで『小説総論』も出版していた。

このふたつの小説論は、従来の日本の戯作文学や勧善懲悪を超える新しい小説のあり方を書いてあったが、金之助はこのふたつの著書の考えに両手を挙げて賛同することはできなかった。

日本においてはまだ小説について固定した考えを持つべきではない、というのが金之助の実作者としての考えだった。これまで英語で読んだトルストイ、チェーホフ、トウェインらの小説も、見本にはならないという思いもあった。

ともかく、我が国で初めて小説を書く人たちがあらわれ、それまでの文語体を脱して自由な文章で書く作品があらわれつつあった。

文章が自由なように、テーマもカタチも自由でいいというのが金之助の考えだった。勿論、小説は男のものでも、女性のものでもない。残念ながら早逝した樋口一葉の作品などは、詩情にあふれている。彼女でなければ見つけることができない視点が、作品のあちこちにあり、そこに一葉女史の姿が浮かんで来る。決して高尚なものは書いていなかった。むしろ市井の人々や、その人々を照らす月明りが活き活きと描いてある。

一葉女史が代表とは言わない。これからももっと読者のこころをつかむ作家と作品があらわれるはずである。そういう彼らを発見し、共に競い合って創作の峰を登ればいい。小説、文学は自由で、可能性を持っていればいい。それが新しい時代のはじまりではないか。

ぼんやりと庭先を見ていたら、声がした。

「おや、何か物思いでございますか、新進作家の明星先生」

見れば、そこに懐かしい人が笑っていた。元女中のとくであった。

「明星先生は言い過ぎだろう。何の用だね」

「今夜か、明日あたり、赤ちゃんが一人増えますよ。私の言うことを守って下さって子だくさんの家で嬉しゅうございます」

「まあ先生、見てご覧なさい。この目元と凛とした口元に見事な鼻。これは大変でございますよ」

元女中のとくが生まれたばかりの男の赤児を抱いて、金之助に見せつけるようにして言った。

「この子は立派な男の人におなりになります」

「本当かね？」

「本当ですとも。立派な眉毛と目元が旦那さまにそっくりじゃありませんか。男振りがよろしゅうございます。大きくなったら何人もの美しいお嬢さんが寄ってたかって大変なんじゃないですか」

「ほう、男振りがイイのかね？」

「そうでございます。生まれたばかりの赤児などというものは、もっと顔もしわくちゃでお猿さんのような顔をしているもんです」

「たしかにとくが言うとおりだ。この間、千駄木の車屋の主人が生まれたばかりの孫をわざわざ見せに来たが、とても人の子には見えなかったよ」

「そうでございましょう。これほど目鼻立ちがしっかりした子は、きっと将来、人の上に立つ立派なお仕事をなさいます。この子は幸せです。これだけの男振りだと、お嬢さんたちもそうですが、辰巳、新橋あたりの芸者さんも離しませんよ」

「とく、悪いが、私の息子と芸者を一緒に語るのはやめてくれないか」

「どうしてでございます？」

「いや、少し早過ぎるのではないかと思ってな」

「こういうことは早目に準備をしなくちゃイケマセン。特に女難はそうです」

「私は女難かね？」

「奥さまのことですか？」

「うん？　いや、そうは思わぬが……」

そこへ大声を上げて門下生の幹事役の鈴木三重吉と小宮豊隆がやって来た。

「どこです、夏目先生の御曹司は？」

小宮は片手に大きな鯛を持ち、それを掲げた。

「あら、見事な鯛ですね。縁起がよろしいわ。今日はお祝いの宴ですね」

金之助は鯛と赤児の顔を見比べて、うなずいた。

「先生、御曹司の名前は？」

「そうだな……」金之助は我が子と鯛を交互に見ながら言った。「〝純一（じゅんいち）〟がいいと思っていたのだが、〝鯛一〟でもいいか」

「旦那さま、魚屋に子供が生まれたんじゃないんですから」

「そうかね、悪くはないと思うが」

金之助はまた鯛と赤児を見比べた。

五人目でようやく誕生した男児は、純一と名付けられた。金之助はかた時も純一のそばから離れようとしなかった。長女の筆子をはじめ、妹たちが並んで純一を見つめていると、こう諭した。

「おまえたち、玩具ではないのだから、指でさわったり、突いたりしてはいけないよ。もう一度言うが、おまえたちの玩具ではないんだから」

筆子たちは純一を満足に見ることもできない。

「お父さま、そんなに純さんにおおい被さっていると、純さんの顔が見えません」

「おまえたちは見なくてよろしい。純一は昼寝の時間だから、おまえたちもむこうで寝なさい」

娘たちは頬をふくらませて、鏡子と女中のところに訴えに行くのだが、こう言われるばかりだった。

「お父さまが純さんのそばにいる時はそっとしてあげなさい」

「旦那さまが純一さまを見ている時、そばに近づいたら払いのけられて怪我をしますからお気を付け下さい。危ない、危ない、旦那さまと純一さまです。いいですか。危ない、危ない、お父さまと純一さまです」

ただ一人、いや一匹だけ許されているものがいた。猫である。

とはいえ、さすがの金之助も、猫を勝手には赤児に近づけようとしなかった。

金之助は大きな眸をさらにまんまるにして純一のそばに立つ猫を睨みつけた。

猫も初めて目にした主人の形相に驚いて、じっと金之助の目を見つめたまま動かない。

金之助が初めて、シィー、シィー、むこうへ行きなさいと手で払う仕草をしたものだから、さすがの猫も、初めて経験する主人のつれない態度に、

「ミャーゴ」と声を上げた。

「何が、ミャーゴだ。たとえおまえであっても純一の手や顔を引っ掻いたら承知せんぞ」

さすがに猫は部屋を出て行った。

それから数日、猫は金之助に近づかなかった。

金之助は鏡子が純一を抱いて他の部屋にいる時、書斎に入って来た猫に言った。

「この間は悪かったな。私の気持ちだ」

金之助は机の上に置いてあった干しカツオの千切ったものが入っている皿を、猫のそばにそっと置き直した。

皿の中身と金之助を交互に見ていた猫は、素知らぬ顔をして書斎を出て行った。

「強情(ごうじょう)な奴だ。誰に似たんだ?」


純一への溺愛も一段落し、金之助は「虞美人草」の執筆に専念した。手を休めると書斎の銅花瓶に鏡子が活けた虞美人草をぼんやりと眺めた。

「この花ほど、今回の物語の女性たちは華やかではないかもしれぬ……」

立派な銅花瓶は四月に東京美術学校(のちの東京芸術大学)で講演した時のお礼に贈って来たものだ。講演の表題は『文芸の哲学的基礎』であった。

この講演は帝国大学英文科の学生だった志賀直哉が聴講し、金之助のやわらかで、それでいて一貫性のある講演内容に感心し、日記に書き留めた。金之助と志賀直哉はのちに小説の依頼者と執筆者という関係で逢うことになる。

執筆に忙しい中で金之助は家を探しはじめた。西片町の家の家主が、最初は家賃を二十七円と言っていたのに、ほどなく三十円にし、さらに秋からは三十五円に上げると言い出したからである。

金之助は憤慨した。

「あの家主は、人と人の約束をいったい何と考えておるのだ。許せん。この頃の金満家には道徳というものが著しく欠けておる」

金満家に対する金之助の怒りはこの数年、偏執的ですらあった。

金之助にしては珍しく、〝木曜会〟で門下生に「虞美人草」への投書を読むように言った。

「いや評判はすこぶるいいに決まっていますが……あっ、これは面白い」森田草平が言った。

「あの美しく妖しい女性の藤尾(ふじお)がいったいどんなふうに美しいのかがわからぬから、背丈や顔付きを書いて欲しい、とある」

「背丈？　入隊試験じゃないんだから」

金之助は言いながら小紙に何かを書き留めた。

「まあ、読者は勝手きわまりないもんです。藤尾が十分に美しいのは周囲の男たちの態度でわかるじゃありませんか」虚子が言った。

「あっ、そうか、そうですね」

小宮が同調した。

虚子は金之助の表情を見てつぶやいた。

——少し神経質になっておられるな……。調子を落されないとよいが。

金之助の胃病はかなり進展し、痛み出すと執筆を止めねばならなかった。

虚子が外へ気晴らしに誘おうにも小説のことが頭から離れないようだ。虚子は先日の句を思い出していた。

酸多き胃を患ひてや秋の雨　　漱石

明治という時代はすでに四十年が過ぎていた。江戸期の長い封建社会が終焉(しゅうえん)したのち、明治政府は新しい国家体制を確立しなければならなかった。藩を廃し、日本という国を天皇の下に統治し、憲法を制定して立憲国家を築くために何もかもを一からはじめた。明治維新のきっかけになった欧米列強からの開国の要求に応えられる国家が必要だった。
そのために国家の中軸となる人材に欧州を視察させ、法律や税制などの仕組みを学ばせた。同時に列強国と対抗できるようにするために富国強兵策を推進した。産業を発展させ、農業の革新を進め、不平等条約の改正のために交渉を続けた。交易の拡大で阿片(あへん)戦争に苦しんだ清国のようになる危険を孕(はら)んでいたが、日本が列強国との正面からの衝突を回避できた背景には、四方を海で囲まれた島国であったことと、列強国同士の微妙な力関係があった。しかし明治という時代の核心は清国との戦い、すなわち日清戦争での勝利であった。

軍事力としては未熟であったが、日本は大国、清に勝利した。この勝利に世界は刮目(かつもく)した。そしてそれ以上に世界の耳目(じもく)を集めたのは、この極東アジアの小国がロシアとの戦争に勝利したことであった。明治という時代を確立させたのは、実にこのふたつの戦争の勝利であった。富国強兵、殖産興業に国民は休む間もなく邁進(まいしん)した。世界の歴史の中でも、これほど運に恵まれた小国はなかった。国が崩壊の危機に晒(さら)されなかったのは、統治者である天皇の能力と魅力にあった。欧州の国王、皇帝とは違った統治者への信奉が、この小国に少しずつ培われ、ふたつの戦争を克服した。

熊本の高校の教師であった金之助が、公務員として給与の中から十パーセントの戦艦建造費を納めていたように、戦時中の増税などに国民の大半が黙って従った。日本海海戦の大勝利の要因に、この国民の団結力があったと言っても過言ではないだろう。ふたつの戦争の勝利は、後の時代には国家の行く末を歪曲(わいきょく)させることになるが、国民を昂揚させた。「一等国」として、人々の教育水準を向上させるために必要な人材を育てるのは国民の意思であった。少し時期は遡るが、金之助の留学も、外国語教育に国家が力を入れた証しであった。

同時に人材の育成は、創造や芸術の世界を、国民に広く識らせることにもなった。

極東アジアの小国は、冒頭で紹介したように、ヨーロッパ全土を制圧したあの皇帝ナポレオンが知っていた〝黄金の国〟であり、〝武器を持たぬ国〟と誤解されもした。

パリ万博に参加した徳川幕府の官僚たちがフランス人に奇怪に映ったように、日本の文明は百年以上遅れていた。その百年以上の格差を奇跡的に縮小したのが、明治の四十五年であった。


明治四十一年の正月を、金之助と妻鏡子、長女筆子、次女恒子、三女栄子、四女愛子、長男純一は、昨秋引っ越したばかりの牛込区早稲田南町七番地の新しい家で迎えた。

「皆、皇居の方にむかって、祝賀の礼をしなさい」

金之助はようやく落着いた家の正月の事始めは、天皇への挨拶からはじめようと思っていた。二年前から正月の祝事はすべてやめるよう妻には命じていた。ともかく訪問者が多かった。すでに教師を退職しているのに、一高、帝大英文科の学生、大学院生が平然と門を叩く。門には面会謝絶の紙が貼られ、すべてを〝木曜会〟にて面談と決めていても、訪ねる者はあとを断たない。

小説のせいであった。『吾輩は猫である』以来、作品が版を重ねた。他の作家の作品も書店の棚にあるのだが、夏目漱石作品だけが勢い良く売れて行く。小説を掲載している新聞社は部数を増やすし、作品を出版した書店は潤う。

夏目漱石は、まさに〝時代の寵児〟のごとき存在になろうとしていた。

ところが当の金之助は、昨秋ようやく脱稿（作品が完結すること）した「虞美人草」の仕上りが、あれでよかっただろうかと考えたり、次回の作品をいかにするかを思案したりしていた。

新聞社の小説事情はいつも切羽詰まっていた。

「先生、何か短いものでもかまいませんから、読み切れるものをいただけませんかね。一日で読み切れるものでもかまいませんし、二、三日で完結してもいいんです」

「君は長さや分量ばかりを言いますが、少し作品への希望はないのですか」

「そんなことを先生に言おうものなら、私は暇を与えられますよ。どうかよろしく。作品の内容でしたら、それは読者が読みたくてしかたないものがよろしゅうございます」

「……読みたくてしょうがないものか……。あ、そうだ。私の書生の一人が、この間から高級官吏の令嬢と恋仲になった上、失踪をして行方がわからなくなっていたのだよ」

「えっ、あの平塚明子（ひらつかあきこ）女史（のちの平塚らいてう）の事件ですか？　たしか二人は心中したのでは」

「心中ではないよ。二人とも生きているもの」

「なんだ、生きていらっしゃるのですか」

「おいおい、そんな物騒なことを口にしてはいけません。その相手が、私の下によく顔を出す、森田草平という男です。どうだろう、この書生に、失踪の顚末を書かせてみては。きっと当人しか知らぬものが出て来て、思わぬものになるかもしれないよ」

「……たしかにそうですね」

金之助のこの発想は小説家の発想ではない。今で言う編集者の発想だった。

森田は金之助に呼ばれて、失踪の顚末を書いてはどうかと言われたが、気乗りがしない上に、どう書いてよいのかわからず、話は進まなかった。

こう書くと金之助がスキャンダラスなものに興味を抱く人に思えるが、そうではない。

「書けないものは書く必要はありませんよ。書くしかないと思ったときに書けばいいのです」

原稿が足りずに困っている朝日の担当者の求めに応じ、金之助は短篇を書いた。まるで穴埋めに聞こえるが、そうではなかった。これらの作品が「文鳥」であり、「夢十夜」であり、「永日小品」である。世に出ると、これらの短篇は長・中篇と並んで、令和の時代の今日でも、若い人に読まれ続けている漱石作品となるのである。

〝漱石の小品に真の文学の価値あり〟とまで断言する研究者、評論家があとを絶たない。

新聞連載をはじめると、作家の下には掲載紙が配達される。金之助の早稲田の家には東京朝日と一日遅れの大阪朝日が届いた。

「虞美人草」はなぜか大阪で人気だった。三越呉服店の企画した、〝虞美人草浴衣〟の反物も開店したばかりの大阪での売れ行きが好調だった。

着物の柄ひとつにしても関西と関東（東京）では好みが違うが、「虞美人草」が関西で受けたのは、連載が京都の場面から始まったこともある。

金之助は小説以外の記事も、当然読んだ。国際情勢も気になるし、その当時の新聞が得意とした事件報道、中でも心中事件や男女が絡むスキャンダルにはどうしても目がむく。

――炭坑や鉱山での争議がずいぶん増えたナ。

日露戦争の奇跡的勝利は開戦間際まで不眠不休で続けられた戦艦建造や、武器、弾薬の製造が功を奏した面がある。その半面、鉱山資源と燃料の石炭採掘のため多くの労働者が酷使され、各地で待遇改善を求める暴動やストライキが起きた。

「虞美人草」の連載を終えてほどなく、早稲田の家に荒井某と名乗る男があらわれた。鉱山労働者の現状をまとめた資料を持ち込んで来て、「この材料を小説にしてくれないか。その報酬としていくらか金を貰いたい」と言って来た。

金之助はまだ青年に見える相手の資料を簡単に読み、お金を与えた。

小説にするつもりはなかった。今、金之助と同時期に新聞が掲載している小説は三十余りあった。それは三十人の作家（作家と呼べぬ者もいたが）が、三十の小説を書き進めているということであった。そうした小説の中に、誰それが作家に物語の素材を与えたと言われるものや、モデルとして政治家、実業家の名前が挙がる小説もあった。

金之助は、そういう噂が立つような小説は、内容がスキャンダラスなだけで、小説と呼べる域には達していないことをよく知っていた。

だが、男が残した資料を読み返すと、面白い所もある。特に坑夫がどのような環境の中で採掘し、生活しているかは物珍らしかった。

――この現実を書けば読者は興味を抱くやもしれない……。

当時、金之助は困った事情をひとつかかえていた。明治四十一年正月から連載を予定していた島崎藤村の「春」の掲載が急遽延期されたため、代わりの小説の執筆を依頼されていた。

金之助は「坑夫」の連載を東京と大阪の『朝日新聞』で始めた。本望（ほんもう）ではなかったが、朝日には何かと世話になっているという気持ちを抱いていたし、寺田寅彦の科学随筆を掲載するなど、無理をきいて貰っていた。

一人の恵まれた家に育った青年が恋愛のもつれから東京を飛び出し、鉱山で働くことになる。主人公がそこで出会ったさまざまな人との交流を描き、その五ヵ月間を「坑夫」の物語とした。四十一年の元旦から三ヵ月余りの連載であった。

東京が梅雨入りしてほどなく、金之助は寺田寅彦と上野へ音楽会を聞きに行った。道すがら二人は話をした。金之助と寅彦の会話は、金之助が疑問に思っていることを寅彦に投げかけることが多かった。

「『文鳥』はどうでしたか？」

「坑夫」の後で掲載した「文鳥」は短い作品であった。門下生の鈴木三重吉がしきりに文鳥を飼うことをすすめた。金之助も、初めて飼育する文鳥の表情や仕草に興味を抱き、よく可愛がっていた。執筆で疲れた時や、神経が苛立ちはじめた時、文鳥の瞳を覗き、鳴き声を耳にすると、気持ちが安らいだ。

ところが世話をしてくれていた女中と妻たちが、うっかりして、この鳥を死なせてしまった。金之助は息絶えた文鳥を掌に寝かせた。その冷たさと、あまりの軽さに哀切の情があふれ出した。

その気持ちの切なさを書いた作品だった。

「『文鳥』は読んでいて切なかったです。ちいさき文鳥だから、余計に哀悼の情が湧くのでしょうか。先生はあの文鳥をご自分と同じ視点で捉えられています。それが他の人にはできないのです。私も読んでいて、哀切な感情がこんなにも湧く、自分の胸の内は何なのだろうと思いました」

「私は君の『団栗』を読んで、あのお子さんの団栗を数えるあどけなさゆえに、余計に悲しみが強くなるのだろうと思いました」

「文鳥の、あの純白と軽さ、冷たさに通じるということでしょうか」

金之助はうなずきながら、

「次の小説は、若い人が成長して行くもっと明るいものがイイナと思っています」

「それは楽しみです」


当時、日本の大学の新年度は九月に始まった。夏休みが終わると、新しい学生たちが東京、京都、仙台といった大学のある街へ田舎から出てきた。

森鷗外のような大秀才（年齢を二歳偽って医学校予科に合格した）もかつてはいたが、この頃は、熊本の五高のように、全国に八つできた高校で基礎の科目を修業し、大学に進学するのが普通だった。そうした青年が、夏になると各地方都市から上京した。

帝国大学に加え、明治、法政、早稲田や慶応義塾などの私学のあった東京の九月は、一斉に瑞々（みずみず）しい香りのする新入生、書生たちであふれる季節でもあった。

「虞美人草」「坑夫」の次に金之助が新しく執筆する小説は、この瑞々しい青年を主人公にしてはじまった。

青年の出身地は五高がある熊本であった。帝国大学に入学すべく、青年が汽車に乗って東京へむかう場面から小説ははじまった。その青年の名前を、そのまま題名にすることにした。

「三四郎」である。

小説の連載開始も、大学の新学期がはじまる九月一日であった。

――青年が成長して行く姿を描こう。若者の成長とは失敗の連鎖である。苦悩と不安の積み重ねである。

金之助は主人公の姿を、これまで見た友人たちの苦悩振りと、自分自身の経験を合わせて、造形することにした。

——上京して早々に出逢う出来事をひとつひとつ若者なりに乗り越える姿を描こう。

登場人物一人一人のモデルとなる周囲の若者を見回した。そのモデルに似つかわしい若者たちが周囲にいた。「木曜会」をはじめとする門下生たちの行動を参考にした。それは小宮豊隆の慎重過ぎる故の失敗や、鈴木三重吉の誇張癖や、森田草平の恋愛沙汰であった。

「三四郎」の執筆は快調であった。

それもそのはず、描こうとする世界は五高教師として暮らした熊本からはじまり、十年ほど過ごした帝国大学のある本郷界隈である。


快調な執筆が進む九月の中旬、早稲田南町に引っ越して以来、元気がなかった猫が亡くなった。物置の隅で横たわっている猫を見て金之助は肩を落した。

金之助は悄然として猫の前に立っていた。

——そうか、おまえはそんなに具合いが悪かったのか……。

早稲田南町に引っ越してから、猫が餌を食べては、あちこちに嘔吐するのは知っていた。汚れた座蒲団を見て、体調が悪いのだから仕方あるまいと怒ることもしなかった。

それでも猫は金之助の姿を見つけると、ミャーゴと鳴いて、じっとこちらを見た。

「何だ。何か用か?」

そう尋ねても、何も伝えようともせずどこかに失せるのが常であった。たまに何度かミャーゴと鳴く時もあった。

「用があるならちゃんと言え。私は忙しいんだ」

そう言うと、こちらの事情がわかったかのように失せてしまう。

千駄木に住んでいる時、犬も、筆子と恒子が欲しいと言うので、少しの間飼い、名前も付けたが、そのうち犬の方からどこかへ失せてしまった。千駄木は周りに雑木林が残っていたし、川、池が多かったから、どこかへ迷い込んで戻れなくなったのだろうと、車夫が言っていた。その犬は家の者になつかなかった。

その点、目の前で息絶えている猫は、家に迷い込んで来た時から、腹這い（はらばい）で本を読んでいる金之助の背中に乗ったり、昼寝をしていたら腹の上でスヤスヤ寝たりと、大胆であった。

妻の鏡子も女中も、猫を見つけては首根っ子をつかんで、どこへ捨てましょうか、と言ったりしていた。つまみ上げられた仔猫の目は、驚いているというより、愛くるしさがあった。

「ここに居たいというのならしばらく置いてやれ」

女中は渋々猫を離した。すると仔猫は金之助の膝の上に走り寄って、そこが自分の居場所のように座った。

金之助は苦笑し、

「そうか。じゃ、ここに居ろ」

と言った。すると、まるで言葉がわかっているように、ミャーゴとちいさな身体のわりに大きな声で鳴いた。

まさか、この猫を主人公にして、いや主人公と言うより、話の案内人にして、初めての小説を書くとは思ってもいなかった。

——やはり、この猫がいたお蔭やもしれぬ。

金之助はそうつぶやくと、女中に車夫を呼ぶように言い付けた。

「旦那さま、猫は死んだのでございますか」

女中が泣きながら聞いた。

女中の涙に濡れた顔を見て、金之助も、手厚く送ってやろう、と思った。

車夫に猫のことを告げると、物置からミカン箱を持ち出して来て、死骸を入れた。

「どこへ埋めましょうか」

「……そうだな」金之助は庭を見回し、「桜の木の下にでも埋めてやりなさい」と言った。

やがて埋葬が終わると、金之助は書斎から筆を持って出て来て、ちいさな墓標に〝此(こ)の下に稲妻起る宵あらん〟としたためた。

「先生、何と書いてあるんですか。えらく長い戒名ですね」

「戒名じゃない。悼句だ」

車夫に聞かれ、金之助は怒ったように応えた。

車夫は、その句をぜひ私にも書いて欲しい、と小紙を出し、懐の中に入れて帰った。

車夫の女房のオヤジが俳諧をやるらしく、のちに車で迎えに来た時、「先生、ありゃ、あの猫に目覚めて欲しいってことでがすね。先生はやっぱりおやさしいや。猫も本望ですね」と笑った。

猫が死んだ翌日、金之助はあの猫を知る松根東洋城、鈴木三重吉、小宮豊隆らに猫の死亡通知の葉書を出した。〝ただし「三四郎」執筆中につき会葬には及ばない〟と付け加えた。

東洋城は通知を受け取り、〝先生の猫が死にたる夜寒かな〟と一句したためた。

この猫に人一倍世話になった高浜虚子は、墓前へ供物まで持って来て〝吾輩の戒名もなき芒(すすき)かな〟と詠んだ。

九月二十二日の『東京朝日新聞』の随筆欄は「夏目氏の猫死す。夏目氏の愛猫は今春以来慢性腸胃カタルを患っていたが、治療の効果なく、四、五日前六歳でついに冥土に旅立ったという。氏は厚くこれを庭前に葬って自筆の猫の墓標を建て、さらに黒枠付きの葉書にて、猫が生前特に親しかった二、三氏に報せた」と記事を載せ、東洋城と虚子の句まで紹介した。

　妻の鏡子もしばらくは娘たちと毎日墓参した。


「……死んでしまったんですね。でもあの猫のお蔭で、人気の本をお出しになりましたものね」

　とくは早稲田南町の庭の桜の木の下の墓標の前に線香を立て、手を合わせていた。

「やっぱり福猫だったんですね。旦那さまがおやさしくなすったから、猫が恩返しをしたんでしょう。中には恩を仇（あだ）で返す悪いのもいますからね」

「で、どうだい？　キヨの具合いは」

「はい。そりゃもうお元気で、出産も六人目にもなりますと、盆、暮れの挨拶みたいだとおっしゃってました」

　とくは鏡子の六人目のお産の様子を見に浅草からやって来ていた。

「盆、暮れか。アイツ、この頃面白いことを言う」

「元々、楽しい方なんです。そうさせたのは旦那さまですよ。奥さまは、もうすっかり癪（しゃく）の方もなくなったとおっしゃってました」

「……そうか、熊本では世話になったな」

「世話なんておっしゃらないで下さい」

「おまえの言う通り、子供が産まれると、女というものは、なかなか強くなるものだ」

「そりゃ、そうですよ。人は若い時はいろいろございますよ。それでも今度のお子さんで六人な

んて、やはりお二人は仲がお良ろしいんですよ。奥さまはとくの言葉を信じて下さいましたから。元気なお子さんを産んで、お育てになっていれば、水の中なんぞへ飛び込む暇はございませんよ」

「ハッハハ、飛び込む暇もないか。そりゃ愉快な言い回しだ」

金之助が笑うと、とくは真顔で言った。

「旦那さま、お身体をくれぐれも大切になさって下さいまし。旦那さまが忙しいのと、奥さまが子育てに忙しいのは訳が違いますから。今日ひさしぶりにお顔を拝見して、心配になりました」

「いや、このところ本当に胃の調子が悪くてね。困ったもんだ」

「何度申し上げてもお医者さんに行って貰えないと、奥さまが心配なすってました」

「どうも医者、病院ってヤツが苦手でね。間違ってヤブ医者にでも当たったら大変だ」

「旦那さまほど偉い方が行かれる病院に、そんな人がいるわけがございません。そういえば今、朝日新聞の評判の『三四郎』を、あれは私のことだと、熊本から私にも二通手紙が来ました」

「ハッハハ、そりゃ愉快だ」

その年の十二月、鏡子は男児を出産した。

金之助は伸六と名付けた。

「何ですの？　この屋敷の門番か、奴みたいな名前は……」

「門番、奴は可哀想だな。中年に六番目で生まれたんで伸六だ。いい名前だ。私の金之助なんぞは、金満家の倅みたいで、子供の頃は嫌だったよ」

「そうだったんですか」

「ああ、大泥棒除けの金之助だが、その割にはよく泥棒に入られるよ」

「泥棒も避けて通るような家には運気もむかないんですよ」

「とくは何もかも運に結びつけるんだな」

「そりゃそうですよ。どんな賢い方も、立派な方も、運が良くなきゃどうしようもありません。『坊っちゃん』を読ませていただきましたが、胸がこう、スーッといたしました。奥さまも同じことをおっしゃってました。『あれは旦那さまの手の内だからご自由に遊んでらっしゃる』と」

「ほう、キヨは面白いことを言うね」

「それに……」

「それに何だい？」

「私は小説のことはよくわかりませんが、浄瑠璃でも、歌舞伎でも、華がなくちゃイケマセン」

「ほう、華かい？」

「ええ、そりゃ語り物の勘所です」

——ほう、勘所と来やがったか。

「『三四郎』は、その勘所がございます。それに一番大切なものもきちんとあります」

「ほう、そりゃ何だい？」

「艶気です」

金之助はとくの、白髪が目立つ髪を見ながら、ちいさくうなずき、右手の小指を立てて、「コレかね？」と言った。

「ハイ、そうでございます。三四郎さんは女性にいつも惚れ込みます。それがとても、あの子らしくて可愛いんですよ」

翌年初夏に『三四郎』が〝春陽堂〟から出版されると、これもまた好評でよく売れた。職業作家としての夏目漱石の面目が立った作品であった。

金之助は次の作品、「それから」の執筆に入った。胃の調子が良くなかった。そんな中で金之助は大学時代の友人で、今は南満州鉄道の総裁になっている中村是公(なかむらこれきみ)の招きで、満州、韓国旅行に出かけた。

秋の満州、韓国旅行は、いきなりあらわれた大学予備門時代からの旧友に、急に段取りを整えられて出発するはめになった。

中村是公は、当時から気ままな青年だった。一高と高等商業のボート競技のリーダーで、勝利に沸く一高関係者が褒美に欲しい書物を与えようということになった。そのとき是公から「本など興味ない。おまえに買うちゃる」と言われ、金之助は以前から欲しかったシェークスピアの高価な原語版『ハムレット』を買ってもらった。のちに金之助が礼を言うと、当人は与えたことさえ覚えておらず、肩を叩いて立ち去った。帝大卒業後は大蔵省に入り、官吏として出世街道を歩んだ。留学先のロンドンでも逢い、一流の世界を紹介すると言ったものの、そのままになっていた。

「これ、どうしましょう?」

鏡子が書斎に来て、封筒を差し出した。

「何だ、それは?」

「中村是公さんの使いがお持ちになりました」

「金か?」

「五百円入ってます」

「何の金かも言わずに置いて行ったのか？」

「はい。南だか、北だかの総裁だとか」

「学生時代から訳のわからん奴だったからな。そこらに置いておけ」

「一緒にご旅行へ行かれるのですか？　やっと朝日の小説が終わりそうですのに……。またお身体の方が……」

「大丈夫だ、あいつはいい加減だから。それに総裁だか何だか、私も知らない」

是公はさらに舶来の煙草二百五十本を、先に使いに持って来させてから顔を出した。

「君、南満州鉄道会社とは一体何だね？」

金之助の言葉に是公は口をあんぐりとさせた。

「君はよっぽど馬鹿だな。満鉄が何かを本当に知らんのかね？」

呆きれ顔の是公を見ながら金之助は思った。

——是公に馬鹿と言われてもちっとも怖くない。

是公は金之助に満州が、満鉄が何たるかを実際に見せたいから、満州へすぐ行こう、と言い出した。

早稲田から輿（こし）に乗せられて、旅に出た。一流の船室で移動し、一流の宿に泊まり、一流の人々に挨拶を受け、金之助はたちまち体調を崩した。

「ここが乃木（のぎ）大将とロシアのステッセル将軍が会見した場です」と言われても、田舎の農家にしか見えない。

「あれが大激戦地の二百三高地です」と説明されても丘陵の影は静寂そのもので、満天の星がまたたくばかりだった。

「夏目先生、何かご感想は?」
と聞かれるが、地元新聞の記者や内地(日本)からの派遣記者にどう応えるべきか思いつかない。

何しろ朝から胃が痛くてしかたなかった。

満州を回り、韓国へと続く旅行は、是公の性格そのままで、いきなり講演してくれなどと言われる。そして、なぜ今講演ができないか、という講演をしている自分に金之助は呆きれてしまった。

金之助は満州にしても、韓国にしても、そこが自分たちの街のごとく暮らしている日本人の多さに驚いた。案内された日本人が建設した数々の工場の立派な姿に、ここはすでに日本なのではないかと奇妙な感想を抱いた。あちこちから日本語が飛び交うなか、現地の学生が来て、講話をうかがいたいと申し出たが、胃の痛みが激しくて断る始末だった。

鏡子への絵葉書に「まるで内地にいるような毎日である」と綴った。

十月十三日、およそ四十日間の旅を終えて釜山に着いた。その日の夕方、関釜連絡船に乗り、翌日の朝には船室の窓から日本の島影が見えた。

下関から大阪、京都を経て、十七日の午前九時に新橋停車場に到着した。筆子、恒子、栄子がプラットホームに立っている姿を見て、金之助はようやく顔がほころんだ。

早稲田に帰宅して四日後には、『朝日新聞』で旅行記「満韓ところどころ」の連載がはじまった。

ハードスケジュールの慣れぬ外地への旅で、金之助の体調は取り返しのつかないほど崩れ、数分置きに胃の上を手でおさえるようになっていた。

そんな中、金之助は朝日の池辺三山に、今連載中の泉鏡花の後の連載は森鷗外に依頼したいと手紙を書いた。「難しいかも知れぬが、その場合はなんとかしよう」とも付け加えて。備えとして、永井荷風（ながいかふう）にも注文していたのである。

満州へ旅立つ直前、泉鏡花は早稲田に金之助を訪ねてきていた。仕事がないので、朝日で連載をさせて貰いたいという。池辺への手紙はその後の作品の相談だった。

これではまるで編集者である。

金之助は、夏目漱石という一人の作家としての態度と、夏目金之助として、大胆な妻とスクスク育っている子供たちにむかう態度を、何ひとつ変えることはなかった。

夏目漱石という作家は、誰と話をする時も同じ姿勢であった。それが彼の対話法であった。

この姿勢は、彼が遠くの人へも近くの人へもよく書き送った手紙においても同じだった。

面白い手紙の例として、永井荷風に宛てた手紙と、ドイツに留学していた寺田寅彦への手紙を紹介しよう。

逗子に滞在中の永井荷風への手紙は、泉鏡花が連載中の「白鷺（しらさぎ）」のあとに荷風が「冷笑」という小説を執筆することを約束してくれた、その礼状だ。候文である。

〈拝啓御名前は度々御著作及西村などより承（うけたま）はり居り候処、未だ拝顔（はいがん）の機を得ず遺憾（いかん）の至に御座候……只今逗子地方にて御執筆のよし承知致候。御完成の日を待ち拝顔の栄を楽み居候……以上

金之助〉

永井荷風様

十余歳年下の荷風は新進作家として注目されつつあったが、フランス留学の経験を綴った『ふらんす物語』が風俗を乱すとして発売禁止となっていた。それでも金之助は荷風の小説を人一倍

評価し、並々ならぬ作品を世に出す人と評していた。

一方、こちらは大の仲良しの寺田寅彦への手紙である。寅彦は今年の三月からドイツに留学していた。今秋、金之助は会社の要望もあって『朝日新聞』に「文芸欄」を立ち上げていた。その欄への執筆をドイツ留学中の寅彦に依頼する文面である。(長いものなので所々省略させて頂く)

〈君が度々手紙を寄こして呉れるのにたゞの一度も返事を出した事がない。正直をいふと、もらふ度に、今度は出さう〳〵と思ふが、あまり溜つてゐるから、書くなら長いものを書かう抔と贅沢を極めてゐるうちに、まあ手近な用を片付けなければならなくなる。実は御存じの通り、坐つてする仕事がいくらやつても、遣り切れない位積つてゐる。……其所へもつて来て此二十五日から文芸欄といふものを設けて小説以外に一欄か、一欄半づゝ文芸上の批評やら六号活字で埋めてゐる〉

こちらはまるで友達に語っているかのようで、作家漱石の文章の上手さはさすがだ。

この明治四十二年の十一月二十八日付で出された手紙には、もう一ヵ所興味ある一文が綴ってあるので紹介する。

〈まあ食後に無駄な時間でもあつたら絵端書へでもいゝから何か書いて呉れ玉へ……僕の家は経済が膨脹して金がいつて困る。然しまだ借金は出来ない。君の留守にとう〳〵ピヤノを買はせられた。帰つたら演奏会をやりにき給へ。君が買へ〳〵と云つてゐたから、ピヤノが到着した時は第一に君の事を想ひ出した。君がゐたら嘸喜ぶだらうと思つた。筆が稽古をしてゐる。それで来年の春は同じ位の年の人と一所に演奏会へ出て並んで何かやるんださうだからえらいね〉

最後の一文は少し親バカぶりが微笑ましいが、文面でいささか気になったのは、作者が傍点をつけた部分である。『吾輩は猫である』を出版して、漱石はたちまちベストセラー作家になったと書いたが、〝猫〟に続く「坊っちゃん」も好調で、そして初夏に出版された『三四郎』は、今年出版された本の中で断トツの売れ行きであった。こうした本の印税に加え、朝日新聞の給料もあった金之助は、合わせて五千円ほど年収があったようだ。これは官僚トップに匹敵する。なのに〝僕の家の経済は困った状態だ〟と、家族のような弟子の寺田寅彦に打ち明けている。

これはどういうことであろうか？

ひとつの原因は鏡子である。この手紙で触れているピアノは四百円、現在の価値では数百万円した。それを娘の教育のためとはいえ、ポンと買ってしまう。六人の子だくさんはこの時代は珍しくないが、学問や稽古事でたちまち支出は膨らむ。裕福な家に嫁いだ中根の妹たちに見劣りしない暮らしをしたいという意識もあった。

友人や門下生にかかわる支出もあった。たとえば子規が亡くなったあと、妹の律は職業学校に通い、裁縫の教師となる。その過程で何くれとなく援助しただろう。門下生の学費や生活費にいくばくかを用立てたことも一度ならずあった。

養子縁組を解消したはずの塩原の養父もたびたび金の無心にきた。それは寅彦にこの手紙を書いた日、正式に絶縁状を交わすまで続いていた。

雨の多い年だった。春の長雨が止まず、そのまま梅雨の走りと重なった。家の中に風邪が流行し、いつも娘の誰かが鼻水を垂らしていた。鏡子はすぐに回復したが、金之助は鼻水を拭うか、くしゃみをしていた。鼻水をすすり、痛む胃をおさえながら「門」の執筆を続けた。

五月の或る朝、雨垂れの音色と筆子の弾くピアノの音の不調和に気付き、洗顔しようとした手を止め、金之助はそちらに顔を上げた。その途端、大きなくしゃみが出た。ハッ、クション、ハックションとした時、口元をおさえた掌にヌルリとした感触がし、開いてみると血のかたまりだった。

――喀血か？

一瞬思い、鏡の中の自分の顔を見ると唇が血で濡れていた。自分の瞳に不安な印象が映った。

――これと同じ眼色をどこかで見たぞ？

不安そうに金之助を見上げた瞳だった。

子規である。

激しい咳とともに血を吐き、金之助が枕元の半紙を取って渡した折の表情だった。

寄宿舎の安蒲団が血で濡れた。金之助は階下の外にある井戸端へ行き、手桶の水に手拭いを浸し、それを絞って子規の口元に当てた。

「す、すまんのう。えらい血やのう。ほ、ほ、ほ、時鳥になったぞなもし」

子規は興奮し、自分を時鳥にたとえていた。

「それはいいから。ここに来る途中、帝大の医師に喀血について訊いて来た。今年は春から風邪が流行し、クシャミと咳がひどくて血を吐く者が多いそうだ。安静にしていろということだ。時鳥とて、夜は休むものだ」

うん、うんと子規は子供のようにうなずいて目を閉じた。

そうしてすぐに目を開け、金之助に言った。

「あしは大丈夫やろか？」

「大丈夫だと先生も言ってたよ」

「そうやのう。あしは、これからの新しい時代に、明治という世に新しいもんをこしらえにゃいかんからのう」

「そうだな。大将の言うとおりだ」

ようやく寝息を立てた子規の姿が浮かんだ。

――あれも初夏だった気がする……。

金之助は初めて、自分の病気を考えることにした。

雨垂れと筆子のピアノの音色を聞きながら廊下を書斎にむかった。子規の言葉が横切った。

――新しい明治の世か……。もう新しくはなくなっているがな……。

金之助は二十一年前の初夏の夜の情景がどうして急によみがえったのかわからなかった。

蘇鉄（そてつ）の葉に雨がしきりと落ちていた。

「あら、お目覚めですか。少し顔色が……」

妻の鏡子が心配そうに見上げた。

「うん、胃の調子がすぐれん。やはり病院へ行ってみようかと思う」

「それは良いことでございます。ぜひともそうして下さいませ。すぐに菅さんへ連絡して、あの長与病院へ車夫をやらせます」

「いや、そんな急でなくてもいいんだ。朝日の小説もあるし」

「朝日、朝日って何もそんなに追われなくともいいじゃありませんか」

「そういう言い方をしないでくれ。仕事には責任がある」

六月に入って金之助は内幸町にある長与胃腸病院へ出かけた。当時、胃腸病に関して最先端だった長与病院は金之助を丁重に迎えた。診察の結果、胃潰瘍と診断され、数日後に入院するよう申し渡された。

「腹部を少し蒸して胃の血行をよくする〝蒟蒻療法〟をいたしましょう」

――今、蒟蒻と言ったか。あの蒟蒻のことか。

あの蒟蒻であった。蒟蒻を煮込んで、それを患者の胃の上に載せるのである。

熱いか？　熱いに決まっている。お腹は当然、火傷する。効くのか？　効くからやっているのである。蒟蒻湿布なる民間療法は今もあるらしい。

熱い。と言うより、痛むナ、という感触の療法だった。

それでも療法を終えて赤くなった腹を拭いて貰うと、どこかすっきりとした気がする。

――このまま快方へむかえば良いが。

蒟蒻療法は肌が戻るまで、休みを必要とした。そうなると、それまではベッドに横になるだけで、朝は日比谷公園をゆっくり散策できた。昼間は銀座を歩いたりした。

路面電車に乗れば、日本橋まですぐだったし、本郷、神楽坂へも行けた。新聞連載の「門」の原稿も完結したから、美術展の案内があれば、上野までも出かけた。

七月に入り、二度目の蒟蒻療法を終え、火ぶくれになった腹を少し切ってもらった。すっきりした。昨日、鏡子が来院して、入院料（四十一円二十七銭）のことやらを告げられた。

――キヨが来ると金の話だナ……。

「蒟蒻がいくらだって？」

「十五丁分で二十七銭です」

金之助は聞き返した。

「ほう案外とするんだな。まさか残りを煮て皆で食べる訳にもいくまい」

「あら、同じことを私も考えておりました」

鏡子はそう言って、フッフフと笑い出した。金之助もつられて笑った。

翌日、部屋が淋しいと言っていた鏡子が女中に花材をかかえさせてやって来た。鋸草(のこぎりそう)、麒麟草(きりんそう)、金竜花(きんりゅうか)を活けて行った。花が夏の風に揺れて、香りも色彩も華やかに思えた。

午後、車夫を呼んで出かけた。上野へ行くつもりだったが、皇居を見てみたいと思い、馬場先門から内堀沿いを抜け、神保町へむかった。

天気が良く、風も気持ち良かった。人通りはまばらだが、学生、書生の姿が混じっていた。袴穿きで革靴の女子学生のように見える姿のうしろ髪がまぶしかった。女子学生を追い越したら、すぐに乾いた靴音が鳴り出し、

「夏目先生、夏目先生……」

と女性の声がした。若々しい声だった。

そんな若い女性に知り合いなどいない。

空耳だろうと思ったが、車夫が車を止めた。

すぐに一人の女性が肩で息をして胸に手を置いて言った。

「ご無沙汰しています、先生」

見ると正岡子規の妹の律であった。

「やあ、律さん。聞き違いかと思って通り過ぎて失礼をした」

「いいえ、私もそちらの車の主さまを見たら夏目先生のようでしたので、あわてて追い掛けました。先生でよろしゅうございました」

律はまだ息を切らしていた。金之助は車を降りて、律の顔をゆっくりと見た。

——少しふくよかになられたようだ。

最後に逢ったのはロンドンから帰ってすぐに根岸の家へ焼香へ行った時だった。あの折はまだ律も、母堂の八重さんも子規が亡くなって気落ちしたのか、ずいぶんとやつれていた。

「律さん、こんな時刻に、こんな所でどうしたのですか？」

律は鞄を胸に大切そうに抱いたまま片手で左方を指さした。

「あそこに女子職業学校が……」

見ると、そこにレンガ造りの建物があった。

——そうか、すっかり忘れていた。

根岸の家でひっそりと暮らしていた律に、〝今からの女性は結婚して嫁となり、家に入るだけではダメですよ。自立して一人で社会のために生きていかなくてはいけない〟と手紙を書いて、入学費は用立てるし、予備の勉強が必要ならそのことも調べると助言した。

共立女子職業学校（のちの共立女子大学）へ入学した報告は受けていた。

「どうですか、頑張って学んでますか？」

「数年前からそこで裁縫を教えています」

律は目をしばたたかせ、嬉しそうにうなずいた。

「それはよろしかったですね。卒業してすぐに教師の口があるとは。律さん、あなたが在学中にきちんと励まれた証しです。兄上の子規君もさぞ喜んでいるでしょう」

「ありがとうございます。これも皆夏目先生の御援助のお蔭と、毎日、母と先生の短冊に手を合わせております。今日、先生に報告ができたことを帰って母にも兄にも伝えます」

律の目に大粒の涙が浮かんでいた。

——こういうのは苦手なのだが。

「そ、そうですか、それは何の短冊ですかナ」

「はい。見つつ行け旅に病むとも秋の不二」

――また、そ、それか。

金之助は何度もうなずいて律を見た。


金之助は降りしきる夏の雨の中を一人、新橋駅から修善寺(しゅぜんじ)へむかった。宿は修善寺温泉の菊屋という旅荘で、門人の一人で宮内省に入って北白川宮の御用掛をしている松根東洋城が手配してくれた。本店、別館とあり、清潔な宿であった。

療養へ来たと言っても、場所が変わっただけで、同行した看護婦の出す牛乳や水を飲み、安静にしているだけのことだった。

初日は少し吐血したが、症状は軽く、胃の痙攣もない。安静にしていれば快方にむかう気がした。三日目も吐血はあったが、ごく少量だった。

雨は相変らず続き、各地で鉄道が止まっているようだった。夏のはじめから茅ヶ崎に家を借りて、子供たちは海水浴も兼ねて避暑に行かせていた。鏡子は子供たちの所だ。金之助は、こうして一人静かにしていると気持ちが落着いた。

ほどなく鏡子が修善寺に来て、子供たちの様子を知らせてくれた。しかしやがて、どうして何も治療をしないのかと言いはじめた。

朝日新聞に夫の治療についての小言も勝手に言ったらしく、朝日の方が騒ぎ出し、東京から医者と記者をすぐ送ると言い出した。

――せっかく静かなのだから……。

やがて医者が来て、看護婦までが枕元に座ると、金之助は急に気持ちが悪くなった。医者はいろいろ診察し、もう少し様子を見ましょうと、いったん引き揚げた。金之助は今までになく胸がつかえ、身体が火照っているのを感じた。その顔を見て、

「どこか気持ちが悪いのですか？」

と鏡子が近づいて来た。

——おまえが来ると皆が騒ぎ出すし、それに……。

金之助は喉から絞り出すような声で、

「むこうへ行ってくれ」

と怒鳴ったつもりだったが、いきなり喉の奥からグウェーッと音がした。金之助は咄嗟に鏡子の手を握り、胸元へ引き寄せるようにして身体を起こし、顔を前方へ突き出すようにして血を吐き出した。大量の吐血に鏡子は驚き、「誰か」と叫んだ。その間も吐血は続き、さらに量が出た。顔に添えた手拭いから血は滴り、鏡子の着物の胸元や帯が赤く染まった。

約五百グラムの大吐血であった。

すぐに医者が引き返して来て、脈を取ろうとしたが脈がつかまらぬと言い出す始末だ。カンフル注射を数本打ち、食塩注射も打った。それでも顔に精気が戻らない。「先生、夏目先生、しっかりなさい」と声を上げ続ける。

その声に金之助は反応しようとしたが、声が出ない。すでに当人は胸につっかえたものをすべて吐き出し、妙にすっきりした気分になっていた。

かたわらにいた誰だかわからぬが、この状態ではお子さんたちも呼んだ方がよろしいのではと声がした。こ、これは、危篤なのですか、と医者に訊き出す者もいた。

その騒ぎの中で金之助は冷静に周囲の会話を聞いていた。

――何が危篤だ。心配する振りをしやがって。

「奥さま、お子さんをすぐに」

金之助は、その時、はっきりした声で、

「いや、すぐに呼ぶには当らないよ」

と目を大きく開けて天井を見て言った。

皆驚いて金之助を見返した。

それでも、その後吐血は何度か続いた。

この部屋にいた朝日新聞の坂元雪鳥（白仁三郎）記者が、〝夏目漱石、危篤なり〟と本社へ打電したものだから、大騒ぎになった。

金之助が横たわる部屋の騒動がおさまると、金之助も目を閉じて、しばし寝息を立てていた。医者はしきりに脈を取り、周囲の者にむかってうなずいていた。

金之助は容態が少し小康状態になってから、約三十分の間、意識をまったく失なってしまった。

後年、この時の人事不省の三十分を金之助は何かにつけ意識をするようになった。

それがそのまま〝死の感覚や意識〟になることはなかった。ましてや死に対する恐怖とも無縁だった。〝そこに無意識の三十分があった〟。それだけのことでしかなかった。

朝日への打電は、たちまちのうちに広く伝わり、病床を訪れる人は想像を超える数となった。

翌日の新橋駅発の始発列車には、兄の夏目直矩、子供たち三人、中根倫、高浜虚子、大塚保治、安倍能成、森田草平、野上豊一郎、野村伝四、池辺三山をはじめとする東京朝日の面々。翌日の便で菅虎雄、鈴木三重吉、森巻吉、春陽堂編集者、長与病院の看護婦数名……。と伊豆の片田舎の温泉宿は異様な人の群れとなった。

修善寺温泉での大患の後、金之助の体調はすぐに快復はしなかった。多量の吐血は金之助を見る周囲の目を変えた。

特に金之助の仕事の大半の発注元だった東京朝日新聞は自分たちの〝打ち出の小槌〟である漱石という作家に、読者に人気の小説を長く執筆して貰うために、〝無理をさせない〟方針を決めた。

朝日新聞社員になってからの夏目記者の働きぶりは文字通り獅子奮迅の活躍であった。紙面の看板小説「それから」を連載中に、一高同期生の満鉄総裁、中村是公の誘いで、満州、韓国を旅すると、旅行記を書かせるために到着した街には常に朝日の記者が待ち受けていた。それは帰国後すぐ、「満韓ところどころ」という題名で連載した。その上、始めたばかりの文芸欄への原稿依頼で、自ら永井荷風やドイツ留学中の寺田寅彦に手紙を書くのだから、身ひとつで持つわけがなかった。池辺三山は〝夏目先生を守れ〟と各記者に命じた。

現代の常識から考えても、朝日の漱石への依存は並外れたものであった。この並外れた仕事量をこなしたのは金之助自身である。金之助の〝一度約束した仕事は放り出してはイケナイ〟という律義な性格がそうさせていた。

ともかく夏目漱石という作家は一度引き受けた約束を反故にすることは決してしなかったし、プロ意識と人の善さ、頼まれれば、二階からでも飛び降りてみせる江戸っ子気質が、寝る間も削ってやり続けさせたのである。結果としてこの三年余りの歳月で執筆された作品の量の多さと、質の高さは当時のどの作家にも成し得ないものだった。

「ともかく朝日の仕事だと皆やってしまわれるのですから、もし倒れでもしたら、あれじゃ朝日に打ち倒されたも同然です」

と鏡子が怒るのも無理はなかった。

しかし奮迅の働きぶりの源には、金之助と池辺三山の友情があった。金之助は三山を他の新聞記者とはまったく違うと見ていた。〝私の小説（「草枕」）を見出し、今日の作家として生きて行けるようにしてくれたのは彼のお蔭である〟と三山を信奉していた。

その三山の朝日での立場が微妙になっていた。

大患から一ヵ月後、金之助は東京に戻り、ひさしぶりに早稲田の風に当たったが、すぐに病院へ連れて行かれた。


まだ病人であった金之助だが、帰京にはひとつ楽しみがあった。

この年の三月に誕生した五女の雛子（ひなこ）であった。

早熟で、面立ちもしっかりしていた。のちによちよち歩きができるようになると、自分で水桶をかかえて〝猫の墓〟を清めてくれ、手を合わせ、その水を飲んでしまう面白さがあった。

入院中の病院は病院で、門下生たちがひっきりなしに訪れた。

年が明け、『門』が春陽堂から出版された。

前年から打診があった博士号授与の話が文部省から正式に来た。門人たちも喜び、賛同して、ぜひ貰うべきだと進言したが、金之助は、これを断わった。

「寺田君のように物理の専攻なら博士号もそれなりに役に立つ。また医学界も、良い医療を目指せば、権威のようなものが必要となるだろうが、文学には権威も熨斗も必要ない。博士号など無用だ」

金之助は文学に対して真摯な姿勢を崩さなかった。

大きな連載のない時期、金之助は社の要望で講演会に出かけねばならなかった。講演料は勿論出るし、旅行は執筆の骨休めになる。後に講演集も出版するほどで、講演を好む者も多かった。

六月に金之助は鏡子を同伴して長野の講演会に出かけた。ついでに松本、諏訪地方へ旅もした。次の講演依頼は大阪朝日からの関西方面であった。夏の暑い盛りに明石、堺、和歌山を旅させられ、金之助はまた体調を崩し、入院した。

さすがに金之助も少しずつ仕事を減らした。まずは「文芸欄」を廃止した。さらに十一月、体調を快復させるべく、根本的な行動に打って出た。朝日に辞表を提出したのである。朝日はあわてて、池辺三山自らが説得に来て、辞表を撤回させた。

そんな折、五女の雛子が急に容態を悪くして亡くなった。

特別に可愛く見えていた雛子の死はこたえた。初めての子供の死ということもあった。それまではしなかったが、金之助は子供全員を連れて、潮干狩りや食事に出かけるようになった。その折、他の家族と逢わざるを得ない。その度に金之助は、よその子があんなに元気なのに、なぜ自分の雛子が、と複雑な心境になり、胸を痛めた。

翌年一月、「彼岸過迄」の連載がはじまった。

二月に、雛子に続き、池辺三山が突然に逝った。

大切な人の死が続いた。

明治四十五年七月二十日、天皇重篤の号外が東京の町々に舞った。七月三十日午前零時過ぎ、天皇が心臓麻痺にて崩御。

金之助は天皇の死去の報を聞き、この年の六月、靖国神社の能楽堂で、その顔を見ることになった陛下と、もう一人の男の顔がよみがえった。

もう一人の男とは、乃木希典（まれすけ）であった。

金之助は正岡子規を通じて、この二人をずっと見続けていた。子規は天皇を敬愛し、その臣下の中の乃木希典を尊敬していた。軍人を好むことのない金之助に対し、子規は乃木の業績、人柄を常に賞讃していた。天皇が帝国大学の卒業式に臨席するようになったと知ると、子規は復学したがり、「無事に帝国大学を卒業して、その式で陛下の尊顔を拝めないのが、唯一の慙愧（ざんき）なり」と大粒の涙を零したほどだった。

明治天皇は嘉永五年（一八五二年）、孝明天皇の第二皇子として誕生し、幼名に祐宮（さちのみや）を賜り、親王宣下で睦仁（むつひと）の諱（いみな）を得た。孝明天皇の崩御の後、第百二十二代の天皇となった。維新の象徴として仰がれ、江戸、明治のふたつの時代を生きた。大政奉還を受けて新政府樹立を宣言し、六百八十年の武家政権に終止符を打ち、王政復古の大号令の下に戊辰戦争を乗り越え、江戸開城から東京遷都を果たした。天皇親政に切り替え、近代国家の君主として新しい立憲国家形成をはじめた。勅諭で征韓論を収めたのち、士族の反乱から始まり日本史上で最後の内戦となった西南戦争を鎮圧した。陸海軍を天皇の軍隊とし、自ら統率する国家の体制を確立した。

睦仁親王の時代から聡明（そうめい）であった明治天皇の波乱の歩みと、実に並走するがごとくに天皇のために死線を生きた軍人が乃木希典であった。

乃木希典は西南戦争に連隊を率いて出陣した。

この戦いで乃木は軍旗を奪われるという大失態をし、自死をはかった。日露戦争でも多くの兵を死なせたことを天皇に詫び、死んで責任を取りたいと希望したが、これを聞いた明治天皇からたしなめられた。日清、日露という二つの戦争を生きた二人の運命のごとき関係の帰結だった。

「乃木を死なせてはならぬ」

天皇の言葉がまことしやかに国民に伝わった。

天皇崩御の報せを聞き、やるせない気持ちのまま書斎に一人佇むと、二人の男の姿を見たあの日のことがよみがえった。

靖国神社で行なわれた行啓能のワンシーンだった。その日、天皇陛下と皇后陛下も臨席しての能の会に山縣、松方(まつかた)の両元宰相、各大臣に要の軍人、事業家に役人……日本の主だった人物が参加していた。

金之助の目は二人の人物に注がれていた。天皇と居並ぶ軍人の代表、乃木希典だった。陛下の御顔を拝するのはひさしぶりだった。少し年齢を召されてはいたが金之助より十五歳上の陛下は相変らず聡明で落着いた雰囲気だった。そこに存在するだけで、この国の姿勢が見えるような人であった。それに比べて、事業家や役人たちの、陛下への礼のなさに金之助は呆きれ、憤怒さえした。しかしその中に一人だけ、眉ひとつ動かさずに座す人物がいた。乃木である。多くの列席者がいるのに、金之助には二人の姿しか見えなかった。

——この二人が明治という時代を築き、支えて来た象徴なのだ。

行啓能を思い出しながら、金之助の頭にひとつの考えがよぎった。

——明治という時代が終わろうとしているのではないか……。

金之助は一月半後に東京で執り行なわれた天皇の大喪の礼の日も、この書斎にいた。その宵、天皇の柩を乗せた轜車が宮城を出た時、大号砲が東京の空に鳴り響いた。そうしてやがて青山練兵場にさしかかると、弔砲と寺院の弔鐘が響き渡った。

同じ時刻、乃木邸の奥の一室で、乃木希典と妻、静子が御真影にむかって正座し、大音響の中で殉死した。

西南戦争で軍旗を奪われたこの軍人が日露戦争から凱旋して以来、乃木を決して死なせてはならないと言い続けていた明治天皇と、乃木の間柄は、日本国民の多くが知るところだった。

また大音響が帝都の空に響き渡った。

金之助は号砲の音が重なれば重なるほど、胸が痛み、やるせない気持ちになった。金之助は長い時間、黙し、そして最後につぶやいた。

「明治というかがやける時代が終わったのだ」

彼は切ない心境を小説「こころ」に込めようと決心した。

天皇が崩御し、皇太子嘉仁が即位した。元号も大正となった。明けて大正二年、金之助は数え四十七歳となった。

去年の暮れからひどい頭痛が続き、執筆になかなかむかうことができなかった。それでも原稿の催促は相変らずだった。

正月早々、寺田寅彦を呼んだ。『大阪朝日』の長谷川如是閑が日曜版に科学を題材にしたページを欲しいと言う。門下生で科学者は寅彦一人だった。

「科学は面白くなくてはいけません。読者が興味を抱くものでないと……」

「寅公（寺田）、そりゃ小説も同じだぜ」

金さん、寅公と呼び合って相変らず二人は仲睦まじかった。

この年一人の青年が一高を卒業し東京帝国大学に入学する。東京、下町は大川そばの牛乳製造販売業者の長男で、辰年辰月辰日辰刻に出生したことで龍之介と命名されていた江戸っ子は、日清、日露の勝利に感激した軍国少年であったが、一高から帝国大学英文科へ進学するという、金之助の歩み方そのまんまの学生だった。

翌々年、青年は友人の久米正雄とともに漱石山房（早稲田の自宅）の木曜会に出席し、漱石のあの独特の奥ゆかしい視線に見つめられ、どぎまぎするどころか、ひどく感激して〝自分も先生のように文章で身を立てたいものだ〟と決心した。この青年が、のちの作家、芥川龍之介であった。

中勘助という大変引っ込みじあんな若者が長野で書いた小説「銀の匙」を漱石に読んでもらい、絶賛を得て大正二年春から『東京朝日』に連載することになった。

かたや岡山の田舎で漱石の小説を読んで心酔した一人の青年、内田百閒が帝大を卒業し、漱石の門下生として校正を手伝うようになっていた。

阿部次郎、安倍能成、和辻哲郎、武者小路実篤らも、漱石という〝文学の大きな存在〟を仰ぎ見つつ、着々と自らの文学に挑んでいた。

金之助の体調はいっこうに回復にむかわなかった。

なのに彼は、大正三年の年明けに出版する『行人』の打ち合わせに忙しく、四月から連載予定の「こころ」の構想に余念がなかった。

そんな中で金之助の唯一の愉しみは画を描くことだった。画を描いている時は痛みや不安を忘れることができた。

この年、大正三年の四月から金之助は東京と大阪の『朝日新聞』に「こころ」の連載をはじめた。亡き明治天皇と乃木希典の二人の思慕に触発されて書きはじめた作品である。難しい題材も執筆を遅らせたが、遅筆の最大の理由はやはり胃潰瘍だった。

執筆も終盤に入った夏の日、手紙です、と鏡子が書斎に顔を出した。どーれ、と差出人を見ると、志賀直哉とあった。金之助自ら志賀に手紙を書き、「こころ」の次の連載小説を依頼していた。

——そうそう、そろそろ連絡があるはずだった。

手紙にはまず、引き受けた折の心情が達筆で綴られていた。ところが読み進めると、その時とは人生観や創作姿勢が変わって来た、とある……。

——待てよ、これはもしかして断わり状なのではないか？　いやまぎれもなく断わり状だ。

金之助はあわてて暦の日付を見た。

——締切まであと二週間しかないじゃないか。いくら何でも常識というものがあろう。

そこに玄関先で人があわてて家に入る音がした。先生、夏目先生、大変です、と書斎に近づく声がした。戸を開けると、同じ封筒に同じ文字、志賀からの手紙を手に、朝日の担当記者があわてふためいて立っていた。

「そう驚きなさんな。確かに志賀君の態度は甚だ不都合だが、人生観が変わったなら無理に書いてもしょうがないじゃないか」

金之助がゆったりと言うと、

「そ、そんな呑気なことを」

と記者はかぶりを振った。金之助の、漱石の呑気は皆がよく知っていた。

「じゃ先生が次も書いて下さるのですか」

「私は『こころ』で疲れ果てた。とても次は」

「ではどうするんですか！」

「少し妙案があってね、フッフフ」

「何、何ですか？　妙案とは」

金之助がそれから口にした案は、彼が選んだ十人ほどの新進作家に、次々と短い連載を書いてもらうことだった。これが思わぬ評判を呼んだ。

その新人たちの顔ぶれは、今日も大正期を代表する作家として名を残す人ばかりだった。

武者小路実篤、小川未明、野上弥生子、久保田万太郎、田村俊子、里見弴、谷崎潤一郎……。

作家、漱石が後に名編集者とも呼ばれる所以となる出来事であった。


大正四年は一月から「硝子戸の中」、六月から「道草」を連載した。相変わらず執筆に忙しかったが、すぐに寝込んでしまうことが多く、一日に一本書くのがやっとだった。そしてリウマチと思われる痛みに悩まされながら大正五年を迎えた。

門人たちが金之助の容態を心配して訪ねて来たが、大半は鏡子によって面談を断わられた。そんな中で寺田寅彦だけが特別に、書斎や枕元まで通された。

「どうですか？　お加減は？」

「良くはないね。本も読めやしない」

「根を詰めて読まれるのも身体に悪いんですよ」

「そうでもないさ。ほら、これを読んでごらん」

書斎で寅彦にむかって一冊の雑誌が放られた。

「ああ、これが評判の『新思潮』ですか。この芥川君、先生も随分とお誉めだとか」

「別に私だけが誉めてるわけではないさ。この作品の前に芥川君の『羅生門』という作品を読んだんだが、作中の下人と不気味な老婆の描写がなかなかでね。それに、その『新思潮』に載った『鼻』という作品は絶妙だね。久米正雄君もいいが、芥川君の作品には、これまでの日本人が書いたものとは違う気色があるんだ」

「ほう、それはどんな気色ですか?」

「そうだね、日本人離れしていて『鼻』なぞはどこかフランス文学の匂いというか、気色がするね」

「私も留学の折、フランスで随分と鼻の大きな紳士を見ましたからね。あの異常な鼻の大きさは何なのでしょうね」

「それがフランス人の個性なのかもしれないね」

「鼻の大きさがですか?　そりゃ面白い」

「ハッハハ、そうかね。気に入ったかね?」

と金之助が笑おうとして、大きな咳を立て続けにした。寅彦が口元を拭おうとすると、そこにべっとりと血が付いた。

——これはイケナイ。

寅彦は立ち上がって妻の鏡子を呼びに行った。鏡子は芝居見物に出かけていた。

――ヤレヤレ、これじゃ先生もこころもとないはずだ……。

口の周りの血を拭うと、金之助は次の小説の話をはじめた。

「題名を『明暗』と言うのだが、どうだろう?」

――ヤレヤレ、そんなに根を詰めなくても……。


大正五年五月、新連載「明暗」がはじまった。それに先立ち、愛媛、松山の中学校での教え子で医師になっていた真鍋嘉一郎(まなべかいちろう)の診察を受けた。リウマチだと思い込んでいた身体の痛みは糖尿病によるものだとわかった。治療のための食事制限もあってか、また胃の痛みが激しくなった。

「明暗」はずいぶん書きためてあるので、しばらく寝込むが大丈夫だと朝日新聞に連絡した。

胃潰瘍の発作で嘔吐を繰り返していた十一月、大内出血をした。脳貧血で金之助の意識はもうろうとしていた。

真鍋も看護婦も傍らで必死に治療を続けたが、いっこうに病状は良くならなかった。

十二月にまた大内出血を起こした。枕元はいよいよ鏡子や子供たちが囲むようになった。

金之助が横たわる部屋のむこうに控えの間があって、そこには常に四、五十人の親戚、そして門下生、朝日をはじめとする新聞社の記者や出版社の人間が控えるようになった。

金之助の吐く息は途絶えがちで、時折、咳込むと歪(ゆが)んだ顔が当人の痛みを伝えた。

父親のその表情を目にして、次女の恒子や三女の栄子が声を上げて泣くのだが、鏡子や長女の筆子が金之助を気遣って、「ダメですよ。泣いてはダメですから」と盛んにたしなめた。

子供たちは歯を食いしばって、必死に我慢をしていた。

その様子に気付いた金之助が、子供たちの方を見やってやさしく言った。

「いいんだよ。もう泣いたっていいんだよ」

その言葉を聞いて、子供たちがいっせいに声を上げて泣き出した。

金之助は子供たちの泣き声を耳にして、ちいさくうなずいた。

夕暮れ、どこからともなく寺院の鐘の音が聞こえはじめると、金之助の息が少しずつか細くなり、鏡子が手をしっかりと握り続けていなければ、金之助の吐く息は途切れがちになった。

大正五年十二月九日、午後六時四十五分。家族、親戚、知友、門下生に見守られながら、夏目金之助は四十九歳の生涯を終えた。

連載していた「明暗」は、十二月十四日の『東京朝日』に掲載された第百八十八回をもって中絶、未完となった。これが最後の作品である。


部屋のあちこちからすすり泣く声や、慟哭（どうこく）する声も聞こえた。

──先生は本当に亡くなったのか……。

寺田寅彦は哀切の声を聞きながら自問した。

「お気の毒なことです」

先生の希望でそばに詰めていた真鍋医師の声が耳に届いた。最初の妻の死に立ち会えなかった寅彦は〝お気の毒に……〟という言葉を枕元で耳にしたのは初めてだった。その言葉がそのまま先生の揺るぎない最期を示しているように思えた。

寅彦は鼻の奥が熱くなり、嗚咽しそうになった。それを必死で我慢し、立ち上がって廊下へ出た。メモを片手に何人かの記者が電話のある部屋にむかっていた。明日の朝刊に先生の訃報（ふほう）を載せるための記者たちのあわてようは異様だった。

「〃巨星墜つ〃だね、見出しは……」

　電話口で声を上げる記者の声がした。少しずつ人々が廊下に出て来ている。寅彦はいったん外へ出て、火照った身体を冷やそうと思った。

　その廊下をこちらに歩いて来る青年の姿があった。痩身で総髪の髪型に個性があった。

――芥川君だ。

　寅彦は、〃木曜会〃で紹介されていたから、芥川の顔はすぐにわかった。

「やあ芥川君、どうしたの？」

「はい。外へ出ていったん帰りかけたのですが、もう一度、先生の顔を見ておきたくなって引き返して来ました」

「そうかい。僕も引き返すつもりだから一緒に行きましょう」

「そうして貰えると助かります。久米正雄君は受付係で門前に立っています。僕だけが我儘を言うのは気が引けて……」

「こういう時は、好きなようにするのが一番なんだよ。哀しみはなり振りかまわず受け止めておいた方がいいんだよ」

「は、はい。おっしゃるとおりにします」

　二人して枕元にむかうと、やはり最後の別れに来た人の列ができていた。

　さあ行こう、と寅彦は龍之介の手を握って列をなしているのとは反対側の方へ座った。死顔をスケッチする者や、撮影している写真記者もいた。

「さあ芥川君、手を握りなさい」

「いや、このままで十分です」

寅彦と龍之介は並んで早稲田の家を出た。

外へ出るとひんやりとした風が足元をさらった。二人は夜空を仰ぎ見た。星影がなかった。

「一雨来るんですかね？」龍之介が言った。

「ああ、霙混じりの雨だね。修善寺の大患の折は日本中がひどい豪雨で、あちこちで汽車が止まって、街々の水の被害も酷かったと聞いたよ。まるで先生の急病を空が慟哭しているんではないかと、駆けつけた人たちが言っていたそうだ」

「今夜の、この霙混じりの雨は何でしょうね？」

「う〜ん、この手のことに言葉を合わせるのを先生は好きじゃなかったからね。文章知らずの私には言葉を探せないね。そうだ、先生が『羅生門』や『新思潮』の『鼻』を誉めていた芥川君なら適切な言葉が出るんじゃありませんか？」

「いや、ありません。先生は特別ですから」

「その言葉、そっくり今夜はもらって帰るよ。そうだね。先生は特別な方だよね」

「何が特別なのでしょうね？」

「あまり私に尋ねないで下さい。急な死で、正直、ひどく私は動揺しているんです」

寅彦が突然立ち止まった。

そうして雨の夜空を仰いで静かに言った。

「芥川君、君、先生の『こころ』を読みましたか」

「はい、読みました」

「乃木希典は実に三十五年間、自ら死ぬことばかりをずっと考えていたそうだ」

「僕も、あの文章を読んで息が詰まりました」

「私はね、先生と熊本で出逢って、以来二十年、ずっと先生の背中を見て歩いて来たんだよ。先生の背中を見ているだけで安堵ができてね。一度だって自分の死のことすら考えたことはない」

「たしかに僕も、先生と話しているだけで妙に安堵できました」

「いったい何だろうね？　あの、安堵は？」

「さあ……皆同じ気持ちだと思います」

龍之介は言ってうなずいた。

「うん、そうだね。不思議な先生だったね。私にとっては先生と出逢えたことがすべてだったんですよ。ほら、この空には星は見えないけど、先刻、記者の一人が〝巨星墜つ〟なんて言ってたけど、そんなもんじゃない」

「まったくです。寺田さん、今度、先生の話を聞かせて下さい」

「ああ、いいよ」


小説家、夏目漱石の死は、東京、大阪のみならず日本全国津々浦々まで驚きをもって伝わった。

同時に各書店では漱石の作品が飛ぶように売れはじめた。死の直前まで、残される鏡子と子供たちの生活を心配していた金之助にとって、自著がその年（大正五年）から翌年に最大の売れ行きとなり、次から次に増刷しても間に合わなかったのだから、小説家の懐具合とは皮肉なものだった。

亡くなって数日が過ぎても弔問客は引きも切らなかった。誰からともなく「このままじゃいけない。まずは僧侶を呼ばないと格好がつかない」という声があがった。

ところが家族と門下生では話がまとまらず、中村是公が鎌倉の円覚寺へ人をやり、釈宗演に導師を依頼することを決めた。戒名は〝文献院古道漱石居士〟とし、十名の僧侶が来て葬儀のかたちがまとまった。葬儀は青山斎場で執り行なわれ、千余名の会葬者が参列した。友人総代は狩野亨吉、門下生有志総代は小宮豊隆。弔辞は朝日新聞社主の村山龍平と狩野、小宮が読んだ。落合の火葬場で荼毘に付された。森鷗外はこの日の日記に「夏目金之助の葬に青山斎場に会す」と書き残している。

遺骨は雑司ヶ谷霊園に埋葬され、墓標は菅虎雄が書いた。毎日のごとく何かが催されていた。二ほぼ連日、寺田寅彦はそこにおり、芥川龍之介は自宅のある鎌倉と東京を毎日往復していた。二人に加えて、内田百閒、松根東洋城、鈴木三重吉、小宮豊隆、久米正雄、松岡譲の姿もあった。

年が明けても、漱石の会葬はかたちを変えて続き、そのまま追悼句会が催されることもあった。その会葬の隅に、多くの女性の姿が目についた。その女性たちの中には妻、鏡子の妹や知人もいた。正岡子規の母、八重と、妹、律の姿を何度も目にした人がいた。

各新聞紙上では漱石の特集が組まれ、雑誌『近代思潮』は『夏目漱石氏の追憶』を特集した。『新小説』は初めて〝文豪〟なる言葉が用いられた、『文豪夏目漱石、臨時号』を発刊した。田山花袋、泉鏡花、正宗白鳥ら名だたる日本の小説家、文人が追悼文を書き、思い出を語った。

ようやく落着いた初夏、阿蘭陀書房より、芥川龍之介の最初の単行本『羅生門』が出版され、鈴木三重吉が編纂する『世界童話集』の刊行が始まった。そうして門下生が揃って〝漱石全集〟の発刊について毎日のごとく話し合いをもった。

「気持ちの良い風に、いい眺めですね」

芥川龍之介は駿河台のてっぺんに立って、六月の風を吸い込むようにした。隣りに並んだ寺田寅彦も同じように風を吸った。遠く浅草の街が見え、蛇行する隅田川が風に光っていた。

「たしかに薫風は格別に心地よいですね。早稲田の山房での打ち合わせは終わったのですか」

「ええ何とか。僕はあの集まりの中では新参者ですから、元〝木曜会〟の人たち、いまの〝九日会〟の人たちの意見を黙って聞くだけです」

漱石が亡くなって半年が過ぎたのに相変らず門下生たちは早稲田に集まって何かと打ち合わせをしていた。寅彦もたまに呼ばれるが、文学者ではないので上手く逃げていた。龍之介はそうはいかない。先日出版された短篇集『羅生門』は大変な評判で、漱石門下の若手の筆頭と呼ばれていた。

「この場所は先生が一番のお気に入りだったのもご存知ですか?」

「いや知りません。どうしてですか。寺田さんと逢って、先生の昔の話を聞くのが楽しくて仕方ありません」

「私は文学者じゃないし、先生のそばにいただけで、お役に立てる話ができる自信がありません」

「実は僕は、先生にすすめられて『ホトトギス』に掲載された寺田さんの『団栗』という掌篇を読みました。感激しました。あなたは立派な文学者です」

「そんな……」

「どうして先生はこの場所がお気に入りだったのですか」

「ここで先生は偶然に、正岡先生と二度お逢いになったそうで、私と歩いていた時も懐かしそうに話しておられました」

「正岡先生と言うと、あの俳諧の……」

「そうです。正岡子規さんです。先生に小説を書くように導かれたのは正岡子規さんです。だから先生の先生なんですよ、子規さんは。私たちは子規さんの孫弟子でもあります」

「孫弟子か、そりゃいい」

嬉しそうに龍之介が言うと、寅彦は身を寄せて小声でささやいた。

「ここは先生が大恋愛をして、大失恋をなさった場所でもあるんです」

龍之介が目を丸くして寅彦を見返した。


「ハッハハ、蕎麦屋の主人が〝一高を退めるなんてもったいない〟と先生に言ったのですか。そりゃ愉快だ」

三十数年前の汐留の屋台の蕎麦屋の話を聞いて龍之介は笑い出した。

「そんな時代があったのですね、先生にも」

「私はその逸話を先生らしいいい話だと思うんです。正岡先生の話し方が、これがまた落語みたいで面白いんですよ。何しろ夏目先生と正岡先生が仲良くなるきっかけは日本橋の寄席ですからね」

「私も落語は好きですが、先生からそんな話は聞いたことがありません」

「先生もあなたも生粋の〝江戸っ子〟だから、そんなものは好きで当然だと話題にされなかったのでしょう。何しろ〝この弱虫、威張ってもそこから飛び降りることはできまい〟と言われて、本気で飛び降りる人たちですから」

「ハッハハ、私も『坊っちゃん』の中で、あの件が一番好きです」

二人は笑ってうなずき合った。

「寺田さんは先生の作品では何がお好きですか？」

「私は『草枕』と『三四郎』です。舞台が熊本と、本郷界隈ですから。芥川君は？」

「私は『明暗』の続きが読みたかった。作品は『こころ』が断然です」

「どうです。道灌山か箱根山辺りでも登ってみませんか？　それとも先生が子供時代を過ごされた浅草や大川辺りまで歩いてみますか？」

二人はあてを決めずに歩き出した。東京湾からか、それとも隅田川からか、水を含んだような風が二人の背を押した。

「私は寅年寅の日に生まれたんですが、龍之介という名前も、ひょっとして……」

「はい。辰年の辰の月、辰の日の、辰の時刻に生まれたので、そう付けたようです」

「実は先生も……」

「えっ、先生も辰年ですか」

「違います。先生は卯年ですが、生まれたのが庚申の日の申の刻でした。その日に生まれた赤児はひとつ間違えると大泥棒になると言うので皆が慌てたそうです。ただし名前の一部に金の字か金ヘンを付けると大丈夫だと……」

「……それで金之助か、ハッハハ。先生が大泥棒なら愉快だったでしょうね」

遥か東京湾の光る様子を見て寅彦が言った。

「こうやって高い場所から遠くを見ると、私は先生が山径を黙々と登っていらっしゃる姿が見える時があるんです。先生が登ろうとしている頂きは、さらに上にあるのです。それでも先生は一人で登り続けている。何と言ったらいいのでしょうか、あの山は、あの峰々は……」

前を歩く龍之介が足を止めて、独白のように語っている寅彦を見て言った。

「私も同じような先生のうしろ姿を見たことがあります。私たちは先生のうしろ姿と足跡を追って懸命に登れば、それでいいのだと思います」

「うん、まったく、まったく……」

寅彦が嬉しそうにうなずいた。

「……そうですね。私が勝手につけた名前ですがあれは〝漱石山脈〟とでも言うのではないでしょうか」

「そりゃいい。〝漱石山脈〟か。いい命名だ」

「そう言われるとお恥ずかしい。実は芥川君にミチクサのお話をしておきたかったのです」

「ミチクサですか？　あの作品の『道草』でしょうか？」

「そんな高尚なものではありません。実は熊本の五高の時代、私、入学してすぐに先生から俳句を教わりました。夢中になって、連句の会はひらくし、結社も作るんだと、勉学がそっちのけになって、教頭先生から叱られまして、それを先生に相談したんです。叱られるかな、と思っていたら、先生は笑って庭の築山を指さしておっしゃいました。

『いいかね。教師はあの築山のてっぺんが最終の目標のごとく教えるだろうし、学生もそう思うだろう。でも実は、勉学も生きることも、いかに早くてっぺんに登るかなんてどうでもいいことさ』

『いろんなところから登って、滑り落ちるのもいれば、転んでしまうのもいる。山に登るのはどこから登ってもいいのさ。むしろ転んだり、汗を掻き掻き半ベソくらいした方が、同じてっぺんに立っても、見える風景は格別なんだ。ミチクサはおおいにすべしさ』

こんなふうにおっしゃいました」

「いいお話ですね。ミチクサ先生か……」

遠くから届く海の光が二人にはやさしい笑みのように思えた。

二人は駿河台から本郷を上野の方へ下り、浅草にむかった。

「芥川君、あそこに乾物屋があるでしょう」

寅彦は一軒の店を指さした。

「大きな店構えでしょう。あの店の女将が美人で評判だと言うので、先生と二人で見物に来たことがあります」

「えっ、わざわざ先生もですか？」

「君は素の先生をご存知ないね。その折も先生は三時間道端に立って、女将があらわれるのを待っていらっしゃいました」

「本当ですか？」

寅彦はちいさくうなずいて、

「ほら、『草枕』に出て来る、あの温泉の出戻りの女性」

「はい、はい。美しい裸身の」

「そう、あの女性の裸身は偶然、小天温泉の湯屋の中で見られたんです。女性は先生がいるのに気付かず、背伸びなんかしていたそうです」

「そう言えば、そんなシーンがありましたか」

「でしょう？　先生は偶然見かけた彼女の裸身が忘れられず、その後も小天へ何度も出かけられたそうで、熊本市街にいる時もずっと彼女のことを三年近く空想していらしたそうです」

「先生にそんな面があったのですか？」

「それだけじゃありません。私も最初は驚いたのですが、先生は時折、家の中で鏡子奥さまの着物を肩に掛けてうろうろなさるんです」

「女装趣味ですか？」

「そりゃ言い過ぎでしょう。私も驚いて、そういうことがお好きなんですか？　と尋ねたんです。そうしたら『美しいもの、綺麗なものに包まれたいと思うのは、人間の普通の欲望でしょう。絵画だってそうです』と」

「なるほど一理ありますが、私は家の中で女性の着物や長襦袢を着て過ごすことはとてもできません」

「別に君にやりなさいとは言ってません」

「あっ、そうですね」

その時、二人のそばでミャーゴという声がした。見ると一匹のノラ猫が二人を見上げていた。

「もしかして先生が化けて出てるんですかね」

「そうかもしれません。ほら猫も店の中を窺（うかが）ってますよ。先生と同じで美人を探してます」

寅彦の言葉に、龍之介は愉快そうに笑った。

店先に乾物屋の女将らしき女性があらわれた。なるほど噂通りの美人であった。女将は足元の猫を抱き上げて、小僧にカツオブシの切れ端を持ってこさせた。猫は嬉しそうに声を上げた。六月の風が彼女の髪を揺らして、うなじに巻きついた。

「しかし美しい人はいいですね。風までが何やら好色に見える」龍之介が見惚れるように言った。

「先生がいらしたら、さぞ喜ばれたでしょう。まさに〝六月を奇麗な風の吹くことよ〟ですね」

「寺田さんの俳句ですか?」

「正岡先生の作です。私のは〝月並みぞな〟」

子規の口調をまねて寅彦は笑った。

「寺田さんの号は〝牛頓（ニュートン）〟でしたね。さすがは理学博士です。どんな研究をされているのですか?」

「今は日本列島を地震が襲った時の海水の変化を研究生に調べさせています。太陽もそうですが、月も周期を持って動いています。潮の満ち引きも星の巡り方と関係しています。その動きを見ると、この国ではおよそ百二十年に一度、大きな地震が来るのです。そうでなければ、疫病が人々を襲います。このことを先生に説明したら、先生は『人間が、前の災いを忘れる歳月でしょう』とおっしゃいました。それでこういう理論に達しました」

「どういう理論ですか?」

「天災は忘れた頃にやって来る」

「そりゃ面白い」

「芥川さんも俳句をなさるんですか?」

「私のはいい加減なものです」

「号はあるのですか？」

「〝我鬼〟としていましたが、本当は〝河童〟がよかったかと思っています」

「えっ、あの川や池に棲むという河童ですか？」

「そうです。それは奇妙な生きものです。全国各地にいるんですね」

「見たのですか？」

「いや、それは。ただ……」

「ただ、何ですか？」

「私たちが夏目漱石に逢っていたのは事実です」

「素晴らしい邂逅でした」

「同感です」

ミャーゴと声がして二人は川の方を見やった。

夏目漱石・執筆一覧

括弧内は初出紙誌。
記名のないものは『朝日新聞』

明治38（1905）年

1月 「吾輩は猫である」（『ホトトギス』）
1月 「倫敦塔（ろんどんとう）」（『帝国文学』）
1月 「カーライル博物館」（『学燈』）
5月 「琴のそら音」（『七人』）

明治39（1906）年

4月 「坊っちゃん」（『ホトトギス』）
9月 「草枕」（『新小説』）
10月 「二百十日」（『中央公論』）

明治40（1907）年

1月 「野分」（『ホトトギス』）
5月 『文学論』（大倉書店）
5月 入社の辞（『東京朝日新聞』）
6月〜10月 「虞美人草」

明治41（1908）年

1月〜4月 「坑夫」
6月 「文鳥」
7月〜8月 「夢十夜」
9月〜12月 「三四郎」

明治42（1909）年　1月～3月「永日小品」
6月～10月「それから」
10月～12月「満韓ところどころ」

明治43（1910）年　3月～6月「門」
10月～翌2月「思い出す事など」

明治44（1911）年　7月「ケーベル先生」

明治45・大正元（1912）年　1月～4月「彼岸過迄」
12月～翌11月「行人」

大正3（1914）年　4月～8月「こころ」

大正4（1915）年　1月～2月「硝子戸の中」
3月「私の個人主義」（『輔仁会雑誌』）
6月～9月「道草」

大正5（1916）年　5月～12月「明暗」（未完）

初出　「日本経済新聞」朝刊
二〇一九年九月一一日～二〇二〇年二月二〇日、
二〇二〇年一一月一一日～二〇二一年七月二二日

伊集院　静
（いじゅういん・しずか）
1950年山口県防府市生まれ。'72年立教大学文学部卒業。'81年短編小説「皐月」でデビュー。'91年『乳房』で第12回吉川英治文学新人賞、'92年『受け月』で第107回直木賞、'94年『機関車先生』で第7回柴田錬三郎賞、2002年『ごろごろ』で第36回吉川英治文学賞、'14年『ノボさん　小説　正岡子規と夏目漱石』で第18回司馬遼太郎賞をそれぞれ受賞。'16年紫綬褒章を受章。

ミチクサ先生（下）
2021年11月15日　第1刷発行

著　者　伊集院　静
発行者　鈴木章一
発行所　株式会社講談社
〒112-8001　東京都文京区音羽2丁目12-21
電　話　編集　03-5395-3505
販売　03-5395-5817
業務　03-5395-3615

本文データ制作　講談社デジタル製作
印刷所　豊国印刷株式会社
製本所　株式会社若林製本工場

ISBN978-4-06-525743-2
N.D.C.913 294p 19cm